文学传播研究丛书

重建文学的历史相关性

叶诚生 著

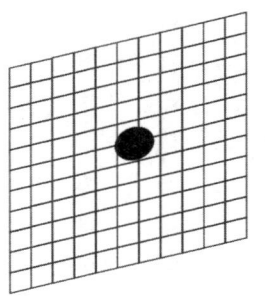

海峡出版发行集团 | 海峡文艺出版社

图书在版编目(CIP)数据

重建文学的历史相关性/叶诚生著. —福州:海峡文艺出版社,2021.6
(文学传播研究丛书)
ISBN 978-7-5550-2526-9

Ⅰ.①重… Ⅱ.①叶… Ⅲ.①中国文学—文学研究 Ⅳ.①I206

中国版本图书馆 CIP 数据核字(2020)第 260614 号

重建文学的历史相关性

叶诚生 著

出 版 人	林 滨
责任编辑	蓝铃松 陈 婧
出版发行	海峡文艺出版社
经 销	福建新华发行(集团)有限责任公司
社 址	福州市东水路 76 号 14 层
发 行 部	0591—87536797
印 刷	福建新华联合印务集团有限公司
厂 址	福州市晋安区后屿路 6 号
开 本	720 毫米×1020 毫米 1/16
字 数	222 千字
印 张	12.75
版 次	2021 年 6 月第 1 版
印 次	2021 年 6 月第 1 次印刷
书 号	ISBN 978-7-5550-2526-9
定 价	60.00 元

如发现印装质量问题,请寄承印厂调换

目　录

新文学传播的日常世界与地方经验……………………………………（1）
从《读有所得》看人文读本的文学趣味………………………………（11）
文学传播视野中鲁迅作品的阅读与接受………………………………（25）
"写在历史边上"的故事
　　——莫言小说接受的一种视角……………………………………（35）
媒体政治视域中"中国叙事"的个案诠释……………………………（42）
开放文学史书写的新论域………………………………………………（46）
文学批评价值建构的若干面向…………………………………………（55）
重建文艺理论的历史相关性……………………………………………（61）
经典建构的现代性语境及其反思………………………………………（65）
挣脱与重建：中国文学现代意识的复杂生成
　　——以梁启超"新小说"理论为中心……………………………（72）
"越轨"的现代性：民初小说与叙事新伦理…………………………（79）
鲁迅科学史叙事的人学视野
　　——重读《科学史教篇》…………………………………………（90）
现代叙事与鲁迅启蒙思想的多义性……………………………………（100）
《朝花夕拾》中的儿童叙事及其文体功能……………………………（111）

文学教育视野中的鲁迅经典作品重读
　　——以《阿Q正传》《秋夜》为例 …………………………………（121）
都市"恶之花"与城市"文明病" ……………………………………（130）
"问题叙事"与"诗化抒写":解放区文学实践中的个性表征
　　——以赵树理、孙犁为中心 ………………………………………（136）
构筑历史与人生的诗境 ………………………………………………（146）
中国小说现代性命名的审美视域 ……………………………………（155）
诗化叙事与人生救赎
　　——中国现代小说中的审美现代性 ………………………………（164）
从手稿到刊发稿:老舍《语言与生活》简说 …………………………（178）
《春城纪事》与"建国"前后的常任侠 ………………………………（183）
让沉默者发声
　　——《中国的一日》与工人的解放叙事 …………………………（188）

新文学传播的日常世界与地方经验

讨论五四以后中国新文学的发生发展，人们惯于选取思潮流派与作家作品作为主要对象，近年来虽又不断增添有关期刊出版等文化生产中介的研究，但整体而言，文学史研究仍侧重以作家的创作活动为中心的固有模式。一方面，这一研究习惯充分观照了现代作家一个世纪以来的文学实绩，甚至可以说已经做到了"深耕细作"；另一方面，人们仍会对既有的文学史叙事感到种种不足，其中之一便是有关新文学的观察与阐释往往难以还原实际的日常视野和驳杂的地方经验，文学史难免与普通人隔离，同时，文学的传播与接受又被置入少数新文化中心城市的有限空间之中。正是在这一背景下，1936年由邹韬奋发起、茅盾主编的大型文集《中国的一日》[①]，成为中国新文学史上一个极为特殊的存在，而这次空前的征文活动本身也成为一个重识新文学传播有效性及其历史情境的典型个案。晚清以来经由"五四"逐渐成形的中国现代文学始终有一个现代国人的共同体叙事与想象，无论这一"共同体"指涉的是家国与民族，还是阶级与社群，其实都往往表征为某种特定的宏大叙事，真正坐实于国人的日常生活并见出地方差异的书写较为罕见。重释《中国的一日》的复杂语义也正可视为一次"触摸历史"[②] 与重建文学史复杂叙事的尝试。

---

① 茅盾主编的《中国的一日》（1—4），1936年9月由生活书店初版，2012年6月由生活·读书·新知三联书店再版。

② 陈平原：《触摸历史与进入五四》，北京大学出版社2005年版，第5页。

"作为生产者的作者"①

《中国的一日》本是对高尔基编录《世界的一日》这一空前动议的大胆学步，结果《世界的一日》尚未成书，学步者却已创造出一部新鲜的有意义的大书。追摹苏联文艺的做法在20世纪30年代并不鲜见，尤其是对于以茅盾为核心的编者来说，《中国的一日》的进步色彩是应有之义。这种"进步性"除了一般性地被解读为左翼文学精神之外，其实还可以得到更具体的理解。在几乎同时期的本雅明看来，苏联报刊鼓励读者上升为记者、作者的合作者的做法非常值得赞赏，因为"报刊以传统方式所维持的作者与公众的区别开始消失，读者随时准备成为作者。本雅明将之命名为'作为生产者的作者'，这种生产者努力去成为作者，作者也努力去成为生产者的发展，本雅明称之为生活条件的文学化，文学将成为多数人的共同财富"②。虽然本雅明在1934年发表这番论述时怀有更复杂的问题意识，但这种要求普通人摆脱旁观者角色转而参与文化书写实践的取向正击中现代文学隐含的一大症候。无论是晚清的"三界革命"，还是五四新文学运动中的"三大主义"，其标举的平民文学与大众文学实际上与真正的"生产者"存在相当的隔膜，普通人虽然升入新文学的形象系列，但仍然只是启蒙精英笔下的对象与他者，甚至可以说，正是在对普通大众"他者化"的塑造中，新文学作家建构起一个启蒙与愚昧、进步与落后的"现代"叙事。尽管这种叙事也确实反映了某种历史实际，但一味止于为普通大众"代言"甚至有意无意地隔离了来自大众的声音，这不能不说是新文学试图建构新的社会共同体过程中的一个缺失。在这一视野下，左翼文学的进步意义不应仅仅体现在对大众的政治动员上，还应该体现于对大众的文化自主意识的自觉培育上。《中国的一日》发端于对世界进步文艺的借鉴，最终彰显的正是"进步性"的更深内涵，即成就了新马克思主义者本雅明所呼唤的"作为生产者的作者"，普通人不再仅仅是对象化的存在，大众的声音亦成为新的家国共同体和声中的一个声部。

---

① 吕正惠：《文学的后设思考》，正中书局1991年版，第43页。
② 吕正惠：《文学的后设思考》，正中书局1991年版，第44页。

普通人发声首先带来了文学史上仅见的"对象的声音",从被新文学作家反复叙写的对象转而成为叙事的主体,《中国的一日》反转了文学史的惯常图式,读者反向参与了建构文学历史的言说实践。当然,这里所说的"普通人"既是指所谓"普罗"大众,同样也是指在新文学作家之外的社会成员。由此,《中国的一日》里的普通人才会如茅盾所说,"除了僧道妓女以及跑江湖的等等特殊人生而外,没有一个社会阶层和职业人生不在庞大的来稿中占一位置"①。这些身份各异的作者往往截取身边的日常人事作为素材,叙事所及正是自己的人生实际,而这些普通人的自我塑造对于文学史既有的相应形象而言,常常不乏某种"陌生化"效应。20世纪30年代的乡土小说叙事曾经塑造了不少农民与乡绅的形象,无论是茅盾笔下的江南蚕农还是吴组缃笔下的宗法大户,都大多给人留下左翼文学中习见的阶级叙事的色彩,两类人物的现实感和日常性并不充分。《中国的一日》中来自江浙一带的征文作者同样多写当地农事,而尤以书写蚕事为众,在这些相近题材的乡土叙事中,无论是农民还是乡绅商贾,都天然地克服了20世纪30年代"社会剖析派"式的单向维度,在普通作者的朴素叙事中不自觉地表现出他们所处的乡土生活的更多侧面。如果说茅盾的《农村三部曲》中的风俗描写更多的是一种叙事修辞的话,那么,普通人笔下的"小满戏""演街戏"等与蚕事有关的乡土风情往往就是叙事对象本身。不少作者写到身在其间的茧市周边的演戏观戏盛况,而这些"神戏"又都是当地丝行或商铺共同出资扮演的。作者们的"普通人"身份使他们能够以日常的眼光看待这一切,从而复活了彼时带有某种民间欢庆色彩的乡民生活的一个侧面,而处于蚕事两端的商贾与蚕农在这种特定时节的民间节庆活动中均身在其间,共同构建一年一度的土风乡情。相较之下,新文学的乡土叙事虽然蔚为大观,但真正体现乡土世界自身的秩序与节奏、风情与习惯的作品其实并不突出,即使有这样的叙事成分,也往往不在有机的日常生活层面展开,而是服从于更严正的社会题旨。

普通的"生产者"参与自身的形象建构,这一新的叙事形式不仅为新文学中的固有形象带来陌生化效应,而且自然地拓宽了文字表现的对象世界的边

---

① 茅盾主编:《中国的一日·关于编辑的经过》,生活·读书·新知三联书店2012年版,第6页。

际。茅盾等人的农村题材小说专注于农民生存之艰,作品中不见乡土世界中本该存在的身份不同却又同处底层的人物之间的对话与联系。换言之,其乡土世界常常处于理性剖析的特定视角下,日常意义上的有机性、完整性尚有不足。《中国的一日》中相近题材的作品出于乡土世界之中的普通人物之手,他们眼中的日常生活是浑然一体的,在他们近乎自然的叙述中,乡镇里的读书人与蚕农并不隔绝,有的来稿甚至直接以二者的对话为叙事焦点,可以说,像蚕事收获季这样的乡间节点,实际上网罗着整个日常世界中的各色人物,被置于叙事前台的既有文学史上习见的蚕农形象,也不乏乡村教员和中小学生这些本就属于这个世界中的人物。这种并置正是普通作者眼中的真实,乡间学校的师生们在蚕假中趁势排演文明戏,意图借茧市收获一点票房,其间的酸甜苦辣在作者看来正与蚕农的喜怒哀乐相仿佛。值得注意的是,当日常生活中的"生产者"转而为自己言说时,他们眼中的新文学作家和知识分子反而成了某种有待观照的对象,其间更有文本意义上的直接对举与交接,从而构成新文学作家与普通生产者之间的某种"对话"。举例而言,张天翼曾写过一篇名为《蜜蜂》的小说,其中的养蜂者来到乡间,当地农民的稻浆被蜜蜂吃得精光。作家有意借养蜂这一题材观照乡村人事,却无意中犯了知识性的错误,蜜蜂啄食庄稼本是以讹传讹,虽然古今中外此类误传层出不穷,但并不符合科学事实。《中国的一日》收录了浙江桐乡的一位养蜂者的征文作品《养蜂者的悲哀》,文中着意强调的不仅仅是蜂农的劳动之艰辛和收获之不易,还有蜂农们"精神上的痛苦"。蜜蜂啄食农作物的谬传连累养蜂者不断受到世人的奚落,在征文作者所举的诸多例证中便有张天翼的《蜜蜂》。这位养蜂者能著文言说,又看过张天翼的小说,当然也算是有文化的"生产者"。对照之下,新文学作家的乡土叙事出于某种社会义愤或小说修辞,往往简化乡村生活的实际,惯于用倾向与想象替代对乡土人事的细致体贴,虽然并不违反文学叙事的逻辑,但作家们所期待的启蒙效应或批判力量却在富有血肉实感的日常世界中受挫或碰壁,其文学创作的初衷也未必就能很好地实现。《养蜂者的悲哀》这样的故事更像是一个隐喻,"生产者"一旦摆脱作家笔下被言说的固定形象,他们不仅能塑造自我,也能带来对他人的不同认识,至少,不再失语的被表述者可以复原日常世界的某种实感。

空间差异与地方叙事的多义性

《中国的一日》既是原本的文学受众反过来作为写作者参与"共同体叙事"的鲜活材料，也是直接考察新文化、新文学在不同空间下所表现出的差异性、在地性以及历史的丰富细部的典型样本。无论是民族国家意义上的共同体动员，还是社群阶级意义上的集体认同，抑或是文化思想意义上的新旧归属，转型中的历史演化不仅是时间意义上的前后之变，也表征为共时态中的纷繁的空间线索。人们习见的宏大叙事的粗线条讲述既是因为受制于某些历史观念，也可能是由于忽略了不同空间下的差异性。《中国的一日》面向全国征文，除新疆、青海、西康、西藏、蒙古以外，各省市均有来稿，此外尚有侨居在南洋、暹罗、日本的征稿。可以说，正是通过"一日"的放大和空前的地方性元素的凸显，这次征文在某种意义上天然地打破了文学史的机械的时间叙述模式，从而提供了基于不同地域与文化空间下的新的观感。

地缘因素往往不仅体现为特定的地理条件的差异，更与文化生态的优劣直接相关。《中国的一日》的稿源分布在地缘空间上就有极大不同，最极端的对比是上海与云南，上海一地的投稿有600多篇，而云南的征文本就不多，最终被采用的稿子有的还是标准降低后的结果。从编辑理念来看，茅盾等人自觉避免征文活动变成文化发达的少数地区的"中国的一日"，所以对于远离文化中心的边缘之地往往专门设定尺度，这也尽可能接近了自南至北、自西徂东的中国的每一角落的声音都能被收录其中。实际上，这种参差与落差本身亦有其历史意味。一方面，人们固然可以从中看到离开新文化中心地域之后的文化递减效应，另一方面，所谓"外省"与边地的方叙事也不断提供有关文学与文化演进的新鲜经验。河南开封的一位年轻教员在征文中讲述自己在这一天写作一篇禁烟论文的过程，这位作者长于写作，且有征文获奖的履历，这次参与征文也是志在必得，可以说是当地名副其实的一位"写手"，其文章观与写作心得自然颇具代表性。"谈到措辞这方面，我认为更满心的，是既非文言，又非白话"①，作者的这一认识并非臆测，而是阅读当地报刊、追随当地"要人名人"

---

① 茅盾主编：《中国的一日》，生活·读书·新知三联书店2012年版，第1561页。

文风的结果,且被作者目为"得风气之先"。时至20世纪30年代中后期,这种文白杂糅的语体在新文学中自然早已边缘化,在新文化的中心地带即使存在这种语体实践,也不会成为青年作者追摹的对象。这种文化落差当然不仅仅见诸语言文体层面,在文学与文化观念的新旧之辨上,某些"外省"的声音提供了非常不同的价值取向。一位来自江西南昌的征文作者详细讲述了1935年在当地成立的一所国学研究院眼中的新文学新文化究竟为何物。研究院中的青年学生有时不免要追逐新潮,课余阅读《中国新文学大系》《文学》等新文学读物,教授们则不以为然,新文学仍被视为抛却圣贤心法甘当西洋走狗的文化上的自暴自弃。值得注意的是,中西新旧之辨虽然在新文化中心地带早已被新学人物看作已经见出高下的旧题,但处在相对边缘地域中的文化守成主义者并不认同这种现成的答案,而且其质疑与分辨又是学理的而非意气所致。他们甚至也曾是变法和革命的信徒,最终选择的却仍是回到传统学问中的路径,以此既能祛除新学人物学问不足之病,又能获取应对中国危机的文化资源。像这种所谓"顽固者"的声音在新文化运动过去20年之后其实已经难以在现代性的直线进步模式中获得历史叙事上的平等位置,却意外地通过《中国的一日》所具有的自然延展的空间线索得以挤占一个叙事角落。实际上,这种地方性的文化情境也无意中坐实了新文学中始终存在的文化权力之争,新旧之辨不再仅是空洞的义理层面上的抽象观念,而是化为实际人物言说实践的文化现实,从而使人见出某种驳杂的历史情势。

　　李欧梵在论及文体、语言、诠释等问题时曾提出一种"混声杂唱的文本",这种文本将自我分割,使各种意欲得以释放,也能满足读者不同的期待[①]。《中国的一日》其实也可被视为某种混声杂唱的交响,这种"杂体"文本一方面表现在其文体形式的丰富性,500篇征文用稿几乎涵盖了所有文学体式,包括短篇小说、报告文学、小品文、日记信札、游记速写,甚至短剧,等等,另一方面,这种混杂性更是表现在文本意义由地方性空间差异所带来的多重指向。在一个普遍强调变动、发展、进步的现代时间观统摄下,《中国的一日》通过定格于某一个"当下",暂时止歇了现代性瞬息万变的惯常步态,改以空

---

① 李欧梵:《前言》,收于《徘徊在现代和后现代之间》,李欧梵著,上海三联书店2000年版,第16页。

间叙事的方式复原、呈现、存留一个个不同地域、人群、个体的历史面影,实际上也就越出了被提纯或净化之后的文化中心主声部的覆盖。征文作者身居不同群落或阶层,地缘上也远近各异,其文化态度、文学趣味、现实处境以及精神立场均有不同,无论在哪一个"空间"意义上(地理、文化、阶层等),那些向来缺乏写作经历的人终于发声,他们写下的均是自己的关切,完成的也是自己的表达。"一日中国"虽然近乎"同题作文",但"空间"差异带来的文本语义的多元性没有被稀释、整合或压抑。举例而言,新文学中不乏有关新女性的叙事,但受制于女性解放的惯常题旨,这些女性形象往往相似性大于个别性。《中国的一日》中也不乏相关的女性塑造,虽然形象本身的文学性不如新文学作家笔力所致,但很少见到千人一面的弊病。这种女性叙事的丰富语义在一定程度上恰恰源于空间意义上的分殊与差异,其中既能见出地缘性也能看到阶层空间所释放出的不同的文化态度。征文作者中有两位分别来自浙江与河南的年轻人,前者投身于新式教育,后者忙于在乡村培育苗圃。他们在文中各自叙写了自己的妻子或女友的日常苦恼。两位女性都可谓新式女子,但一个能创作短篇小说,另一个则致力于不断融入乡村生活;前者得沿海风气之先,与丈夫尝试家庭模式的新改造,后者则追随男友亦步亦趋,最终接受了从城市到乡村的生活转换。显然,这里的两位新女性都在叙事中获得了具体的生活实感,她们既走出了新文学作家习见的同质化的女性想象,也表现出了各不相同的现实情境和精神面影,从而坐实了不同文化群落、不同地域背景投射在女性叙事中的"空间"差异。

文学生活:文学传播与接受的情感维系

从某种意义上说,《中国的一日》正是 20 世纪 30 年代中期社会公众"文学生活"① 的一次聚焦与放大,正是基于日常生活中自觉不自觉的与文学相关的精神联系,成百上千的征文作者才会有能力汇入这一次空前的全民合唱当中。从《中国的一日》的发生背景来看,民族主义的政治动员应该是题中应有

---

① 温儒敏:《"文学生活"概念与文学史写作》,《北京大学学报》(哲学社会科学版) 2013 年第 3 期。

之义，战争危局中的家国情怀与民族意识引发了新一轮国人共同体想象的激情。茅盾等人的初衷也正是通过全民参与的书写实践唤醒"沉默的大多数"，勾勒出历史激变中的中国世相。实际上，"文学生活"视野中的《中国的一日》并未囿于简单的政治动员，而是见出了文学与公众之间的丰富多样的联系，这种实际存在的精神关联不仅给予作者们某种写作自信，同时也为他们的书写活动提供了内在的情感动力。

  新文学的发生原本即与构建"现代中国"紧密相关，国人对现代生活的感知、对民族国家的认同在一定程度上正是建立在其文学阅读与接受的基础之上。以往的文学史叙事虽然隐含着一个新文学的受众视野，但往往又被大而化之，甚至仅仅在叙事背景的意义上或隐或现。《中国的一日》带给文学史完全不同的叙事可能，受众集体走向前台，通过各自的书写活动聚合起来，不仅非常直观地凸显了文学之于社会公众的召唤力，而且将以往语焉不详的日常世界与地方空间中的"文学生活"直接呈现出来，坐实了新文学的现实有效性，也充实了全民集体发声时的情感内涵。征文中部分以"集体创作"名义创作的来稿颇能见出社会一角由共同的文学兴趣引领的精神追求，像《枣庄的一日》就出自当地八位身份、年龄各异但又以文学爱好为纽带组成的小规模的创作集体，其中既有铁路职员、机车工人，也有中小学生、饭馆伙计。值得注意的是，这样一个文学小群落并没有止于征文本身的写作，而是表现出更多的与编者主动对话的愿望——他们是少有的附上"作者来信"的征文作者，详尽地叙述了集体写作的背景、各位作者的身份，甚至还有对文稿的自我评价，期待编者能看到他们态度的庄严和共同拥有的一颗希求光明的心。可以说，《中国的一日》一方面激发了这样一些文学受众的表达欲望，另一方面更是强化了他们经由文学浸润所形成的集体意识和情感认同。另一例"集体创作"来自更加偏远的贵州，一群小学教员在征文后面同样附上致编者的信，他们深感当地文化的落后和交流的不便，在闭塞中他们所做的富有意义的一件事就是自立儿童通讯社，通过编发自己的文章与外界相互沟通。置身新时代边缘空间里的一群人之所以能与"外面的朋友"相互砥砺、息息相通，能跟国人欢乐与共、哀愁与共，文学显然是最大的触媒。

  如果说"文学生活"在中国的某些角落里可被视为边缘群落文化突围的重要凭借，那么，在新文学接受相对便利的文化地带，"文学生活"已然成为人们日常世界里的有机组成部分，其日常性与普遍性在《中国的一日》中同样得到具体的体现。征文作者中不乏某些身居一定社会地位的社会才俊，像南京中央政治学校法律系主任兼考选委员会专门委员以自己的日记向茅盾等人投稿，文中引人入胜的不是那些繁忙不堪的公务活动，而是这位留法归国的官员一日生活中时时透露的诗意情怀：午间片刻小憩时在考试院明志楼前目睹芍药盛开、色香兼胜，忍不住驻足流连，一时间诗性盈怀，兴会无限；晚间回到家中以读书消遣，每日夜读包括文学读物在内的中外文书籍两小时，日记中还专门记下当日的读书心得。像这样的上层人士虽置身文坛之外，但丝毫不少日常生活中的审美感兴，其精神世界的这一侧面在一定程度上更新了人们对之已经固化的既有认知，也可谓对民国上层社会一角的某种还原。当然，《中国的一日》中更多见到的还是那些"普通人"的文学生活，在他们那里，文学阅读、写作投稿等活动自然缺少了精英才俊们锦上添花般的闲情逸致，但更加凸显了文学在其庸常人生中的情感释放功能和伦理支撑力量。20世纪30年代的小职员阶层其实也是一般知识青年的聚集体，他们每日为生计劳碌，实际生活中也缺少亮色，甚至物质与精神上的困顿也时常发生，在这种生存境遇中，文学成为成本不高却又功能显著的纾解方式。电报员出身的一位年轻作者在神经高度紧张的日常工作中疲惫不堪，而晚饭后的每日消遣便是阅读当期的《文学》杂志。另一位话务员不仅以《读书生活》为日常读物，而且每天坚持写作。镇江的一位交通兵属于特种职业人员，每月薪酬低微，但照样在同事的异样眼光中坚持购买新文学杂志。与这些单向接受文学读物的受众不同，还有一些普通的知识青年不仅阅读新文学作品，而且更深地介入新文学的写作与传播之中，像一位湖南青年学医出身，却充职于军界驻京办事处，看上去离文学很远，但他实际上是一位成功的业余小说作者，不仅是白薇、沈从文的热心读者，而且参与到《南京日报》副刊《潮声》的编辑工作中，阅读视野也已涉及《东方杂志》《译文》《大公报》等。《中国的一日》征文成书的时刻并非一个岁月静好的安稳时代，这些年轻职员、小学教师甚至底层士兵一方面在兵荒马乱中应对日常变乱，另一方面又不忘读书投稿，文学之于他们除了是重要的情感慰藉，也已成为支撑他们现世生存的精神力量。20世纪30年代影响广泛的《文学》杂志是征文作者们提及最多的一份刊物，《文学》的左翼色彩和进步倾向也正是一代文学青年心中的理想寄托，频频出现在《中国的一日》中的这份文学刊物其实也为20世纪30年代普通民众的文学生活打上了积极的精神色调。正是在负载着国人现实理想的文学世界里,民众找到了言说和认同的可能,从而实现了覆盖广大日常空间的情感互通和思想共鸣。

  《中国的一日》征文活动及其文本成果既是抗战文学的先声,也是直接考察20世纪30年代新文学与社会各层面互动的典型样本。在很大程度上,《中国的一日》也预示了新文学在第三个10年与民众更为直接、更为广泛、更为全面的相互作用。文学生产、传播与接受中的新的变化也正蕴含其中。选择一个普通的时间节点,追求差异性的多样的历史讲述,看取日常或平民的经验视野,这些叙事方式的自觉追求不仅让我们看到了20世纪30年代与新文学相关的历史场景的诸多生动的细部,其实也应该促使我们思考文学史本身建构的新的可能。可以设想,假使没有《中国的一日》,历史上的那个特定的5月21日完全会淹没在时间洪流之中,而千百位普通人的讲述重新激活了这个历史一瞬,这一天忽然变成了"新年的第一日"①,一切都很新奇,什么都值得加以注意。这足以提示我们重新爬梳文学史叙事中屡屡被无视的部分,尤其是新文学抵达日常世界之后所发生的那些动人的事件。在专业藩篱紧密包围的文学史对象视野之外,普通人的文学生活所体现的现代国人的共同体叙事乃至由此所构筑的文学历史尚有丰富的语义值得重释。

(原载《东岳论丛》2017年第9期)

---

① 茅盾主编:《中国的一日》,生活·读书·新知三联书店2012年版,第1554页。

从《读有所得》看人文读本的文学趣味

在全民阅读时代渐行渐远的当下，出版物的不断分流与多样化已成常态。就文学读物而言，一方面，传统意义上的"纯文学"读本所能覆盖的读者群日渐缩减，另一方面，各式各样的人文读物却又通过征用丰富的文学资源、调动潜藏的文学热情、满足不竭的文学兴趣，体现出此类读物别样的"文学性"。可以说，样貌不一的人文读本所共同呈现出的某些文学趣味已经成为考察当下文学阅读取向的一种标本。

所谓"人文读本"并没有构成所指固定的某类统一体式的出版物，本文仅在如下意义上使用这一概念：这些读物的取材大多集中于文史哲，而在所用材料中又偏于经典对象，在价值观上偏于对世俗理念的超越和人文精神的守护。实际上，对于以往的纯文学读物而言，这种选材和导向是最为普遍的，即使仅在道德意义上讲，这些也应该是题中应有之义；而对于当下的人文读本而言，这些价值选择常常被提升为某种崇高义理，这本身当然已经揭示出社会人文精神已然衰退与陷入危机的背景。也正是在这一背景下，人文读本的出版与接受在社会公众那里起到了纯文学读物不易达成的美育与伦理作用。

除了《读者》《意林》等虽具人文读本色彩但并不以此自我标榜的大刊之外，湖南的《读有所得》、重庆的《读点经典》、广东的《新三字经》、福建的《领导文萃》、中华书局的《月读》等更能代表明确定位于基层公务员、城市白领和普通大学生的此类读物的特点。笔者从中选取出版时段较新、自觉意识更强的《读有所得》作为调研对象，集中考察该刊所体现出的文学编读中的趣味与取向，从而引发对当前社会文学阅读某一侧面的进一步思考。

《读有所得》的基本面貌

作为一份由湖南省委宣传部和湖南文艺出版社共同策划的连续性出版物，《读有所得》于 2010 年 11 月创刊，此后便以月刊形式定期发行。读本围绕"三新三典"来设计专栏以及编选内容。"三新"指"新思想、新知识、新经验"；"三典"指"传统经典、现代经典、国外经典"。读本共设八个专栏：《本期关注》《视点》《古典》《今文》《译苑》《人物》《书香》和《艺术欣赏》。强调"读"，更重在"得"：经典美文之后，既有历代名人评说又有当代专家学者的心得感悟。读本希望读者不仅能从中汲取思想与知识营养，还能享受深度阅读、延伸阅读的思想回味和艺术美感。此外，读本还开设有特色栏目《多读一点》《多得一点》，分别讲述名人故事、介绍方法性内容，增加阅读趣味性与实用性。每一期包含一个隐性主题，每期的主题立足思想前沿，紧扣当下时势。各小专栏围绕隐性主题多层次多角度编选内容。从 2013 年 1 月开始，通过编读沟通和广泛听取各方意见，读本又对栏目做出以下调整：增加"三新"，将《本期关注》《视点》合并为《特别推荐》，共五篇文章；减少《古典》选文篇数；将《人物》扩展为《文史撷英》，增加了文章篇数①。

《读有所得》在经济上获得了湖南文化产业引导资金支持，在出版发行上一方面依靠党政系统的政策性扶持，另一方面也走一般图书发行的普通渠道（除了刊物所在地湖南省内的新华书店外，笔者在山东省济南市新华书店的通俗流行读物柜台上也看到了正常发售的《读有所得》）。当然，从调查来看，该刊目前还不是一份以盈利为目的的市场型出版物，其定位主要是着眼于构建学习型公务员群体、提升公众人文素养的读本，这也就决定了当前情形下该刊偏于社会效益的功能设计。

从办刊初衷和刊物背景条件来看，《读有所得》显然有时事政治的因素。根据笔者对该刊三位编辑的电话和邮件调查，刊物的成因和创立过程都与主流

---

① 本文调查数据来自对《读有所得》编辑部相关人员的采访和对长沙市（2013 年 8 月）、济南市历城区（2013 年 1 月）部分新华书店的实地调查。《读有所得》编辑吕苗莉、李雪娇、贺兰萍先后提供了大量文献材料。

政策相关联。2009年9月，中共十七届四中全会的报告中发出"建设学习型党组织"的号召。2010年2月，中共中央办公厅下发《关于推进学习型党组织建设的意见》。《读有所得》的办刊设想正是根据全国性的自上而下"建设学习型党组织""推动文化大发展大繁荣"的决策部署，为不断提升广大党员的学习能力、理论素养、工作本领而积极探索出以新内容、新载体、新方式为特点的出版形式。这样看来，该刊首先满足的是为湖南省实现科学跨越、富民强省提供强大的思想保证、精神动力和智力支持这一实际需要①。在此背景下，笔者发现同样值得注意的是，该刊成型后在很大程度上有效克服了以往那种政治类读本的单调枯燥感，无论内容设计还是刊物装帧，《读有所得》均给人以耳目一新的阅读印象。该刊编辑吕苗莉给笔者提供了当初刊物创办的工作时间表：决策部署阶段（2009年7月）；市场调研与选题策划阶段（2009年8月至2010年5月），有针对性地比较研究全国其他同类产品，在大量掌握第一手市场信息以后，深入听取湖南以及北京相关专家的建言，最终完成选题方案；样书设计与制作阶段（2010年6月至9月），2010年7月，样书出来后，组织调研组专题考察《读有所得》；正式出版阶段（2010年11月至2012年12月）。可以说，刊物从开始阶段便自觉确立的精品意识和人文读本的大方向，保障了《读有所得》的文化品位和丰富性。

《读有所得》的文学取向

《读有所得》创刊至今所一再呈现出的丰富色调和相对厚实的人文蕴含在很大程度上源于其文学趣味。笔者将从以下几个方面解析调查所得和对该刊特有"文学性"的理解。

一、选材和点评中的文学面向

截至2013年9月，《读有所得》已出版32期。根据笔者统计，每期文学类内容所占总篇幅比例为51%左右，此外尚有包含或近似文学内涵的音乐、美术等艺术类材料。具体到特定栏目，出现文学内容最多的是《古典》《今文》《译苑》《人物》《书香》，约占栏目总数的62%。《读有所得》是文摘和原创素

---

① 有关《读有所得》的社会效应，"红网"等媒体有过专门报道。

材并重的刊物,因此,为刊物撰写各种特定文稿的作者构成也是考察和衡量其文学样貌的重要指标。总体来看,该刊作者队伍呈现不断扩大趋势,作者绝大部分为全国各大高校以及社科院类研究机构的专家学者(96%左右),个别其他撰稿人来自文联、报社、博物馆等文化部门。其中较为稳定出现的作者单位有北京大学、南京大学、北京师范大学、山东大学、吉林大学、中国人民大学、湖南大学、华东师范大学、南开大学、集美大学等,此外还有中国社科院、复旦大学等。来自各学术单位文学专业的专家学者在总人数中所占比例为84%,其他为艺术专业、历史专业、古籍整理和国际文化专业等。在文学专业作者队伍中,教授所占比例与副教授所占比例基本持平,均在45%上下,其他作者为讲师和博士生。当然,反映在每一期刊物中,这一人员构成比例会有小幅波动,甚至在有些月份(如2012年3月、9月)教授作者比例超过三分之二。

上述选材和作者人选数据明显反映出《读有所得》对文学题材的侧重和对撰稿人权威专业身份的认知偏好。该刊的文摘素材当然包括大量作家作品类文本,但同时并不刊发当下撰稿人的文学创作类作品,刊物原创类文章限于评论和赏析类文字。可以说,这种选择设定一方面为读者提供了丰富多样的文学选文,同时也充分发挥了专业学者的分析鉴赏之优势,从而确保文学接受的"读"和"得"兼而有之。

从选文本身来看,首先可以见出的是作家作品的经典性。进入该刊的代表性作家计有屈原、宋玉、陶渊明、李白、杜甫、王维、苏轼、王安石、郑板桥、曹雪芹、吴承恩、龚自珍、梁启超、章太炎、胡适、李大钊、鲁迅、林语堂、叶圣陶、朱自清、巴金、老舍、梁实秋、戴望舒、郁达夫、冰心、苏雪林、左拉、歌德、托尔斯泰、海明威、罗曼·罗兰、雨果等等,当然也包括先秦诸子以及若干当代中国作家。虽然限于容量,该刊不可能更多覆盖文学史上的经典作家,但其选择的经典性意向非常突出。一方面,这一意向服务于该刊办刊初衷中的"三典"(传统经典、现代经典、国外经典)原则;另一方面,经典文本的可阐释性也是最强的,这是保障该刊内容丰厚性的一个有力支撑,也符合点评人即前述专家学者的文学取向和学术趣味。从目前可见的全部《读有所得》中,笔者并未发现通俗文学作品的踪影。虽然文学史上雅俗互动、由俗而雅甚至通俗变经典的作家作品并不鲜见,但《读有所得》显然在雅俗问题上采取的是相对保守的成规性尺度。其次，该刊兼顾思想性凸显的作品与形式感强烈、语言突出的文本，二者在数量上基本相当，而且经由不同栏目的区隔，两类文章分获不同的功能和旨趣。《古典》栏目中司马迁的《史记》（节录）、王安石的《答司马谏议书》、谭嗣同的《仁学》（节录）等代表思想厚重、富于精神启迪的一类文字，这一部分体现刊物对历史文化厚度的刻意追求和对文学教化功能的自然认同。而主要出现在子栏目《美文推荐》中的诸多作品则面目清新、文采斐然，意在为读者提供阅读快感和审美愉悦。在另一栏目《今文》部分，这一特征稍有减弱，原因主要在于今文与现实人生的黏着力显然更强，从历史体验上来讲也与读者更加切近，所以不易像唐诗宋词那样纯粹形式化和经典化。当然，鲁迅的《上海的儿童》、梁实秋的《谦让》、傅雷的《傅雷家书》等所代表的选文显然偏于说理，而林徽因的《深笑》、蔡澜的《焚香》、柯灵的《野渡》等显然又是现代诗文中偏于抒情与文人情趣的一类代表。

  从学者的议论与鉴赏文字来看，首先，出于文学研究领域研究名家之笔的文章并不少见，像戏曲史家蒋星煜，文学史家袁行霈，古典文学知名学者莫砺锋、骆玉明，等等，以及以王岳川、张光芒、曾艳兵等为代表的活跃在学界一线的学人。他们的点评往往要言不烦、举重若轻，加之卸去了高头讲章式的拘囿，更易见出任意点染、随性而谈的趣味，可视为文艺随笔或学术杂谈之类的"闲笔"，正中《读有所得》所期望的引领阅读时风、体味人文情趣的宗旨。这样看来，该刊在撰稿人选取上的某种"名人意识""权威意识"还是取得了非常正面的传播效果。当然，其他普通学者的文字自有其可感之处，该刊体式的短小便利也为作者的即兴发挥式的机智与灵动提供了可能。上述特点均为刊物带来了爽然有致的阅读趣味，读者接受的思想与艺术信息密度大、篇幅小，阅读活动的质感自然易于被人体会。其次，笔者在调查中了解到，编者对撰稿人的点评文章一般有两项要求，一是不要黏着于选文本身，二是尽量贴合每期的隐性主题。这一编辑方针当然不一定得到完全彻底的落实，但通观大部分点评文字，可以说基本达到这一要求。由此一方面固然有效实现了刊物的编辑理念，另一方面，也有一个缺憾，即点评往往主要从思想内涵出发，最终也以落脚于主题性内容为目标，总体看来偏内容、轻形式，导致对某些选文的阅读接受中的审美引导不足，而点到为止式的评说也不易深究原文内涵。从文学接受的角度衡量，读者从中得到的更多是确定的语义而非对话式理解的丰富性；同时，读者更多地感知到文本表达了什么，但较少有机会明白文本如何表达以及何以如此表达。后者对文学阅读而言其实更加重要。

二、刊物装帧和普通栏目中的文学情趣

虽然从前述分析中可以看到，《读有所得》在点评文学选文时多少有些重义理胜于重辞章，但是，该刊在通俗人文读本中之所以能引人注目，很大程度上恰恰与其浓厚的文学氛围相关。笔者注意到创刊伊始的《读有所得》实际上采用的是线装本装帧，封面、衬页和封底用纸均为朴雅风格，内里正文部分每页均有竖排"读字""读词""读句""读韵"等文字，一如传统书页上的眉批，既为装点，也是用心集成的内容。这种传统文人在刻印诗文、相互酬和时习见的雅趣经由《读有所得》的装帧设计被部分呈现出来。改版后的刊物不再是线装本，转用一般装订，封面为素雅的原白色，每期封面的左下角均印有彩绘漫画，线条简洁朴拙、画面平实可喜，一般为儿童、老人和日常人物，多丰子恺、黄永玉式画风。此外，每期封面刊头一侧，还印有竖排的内容各异的诗句，可以说刊物散发的文人情致和文学气息丝毫不减。

文学情怀同样渗透和辐射到该刊的其他普通栏目当中。以《本期关注》和《视点》栏目（后合并为《特别推荐》）为例，乐黛云、王蒙、莫言、刘心武、卢新华、韩少功、梁晓声、陈染、毕淑敏、茨威格等均被选入栏目，其人其文的审美感召力和精神影响力当然为刊物平添了丰厚的文学滋养和斑驳色调。由于该栏目在刊物的头条位置，显豁醒目，虽并非专为文学内容而设，但这些作家与学者的出现，的确有引领一期刊物阅读风向的作用，其中不少人物在文学史上的经典意义也提升了刊物在文学维度上的号召力。当然，渗透于刊物栏目之间的"文学性"并不仅仅意味着精神声势和心理吸引，而且有意为读者提供扎实的文学阅读对象。《译苑》栏目当然并不限于文学译作，但对于不太接触专门的外国文学读物的普通读者来说，该刊提供的风格与体式各异的外国文学作品选译，已经是可贵的异域文学营养。这方面素材中出现的外国作家既有读者熟悉的传统意义上的经典作家如安徒生、罗曼·罗兰、屠格涅夫、果戈理、契诃夫、泰戈尔、雪莱、毛姆、马克·吐温、纪伯伦、高尔基、爱默生、雨果、华兹华斯、叶芝、左拉、莫泊桑、歌德、莱蒙托夫、戈尔丁、蒙田、霍桑、川端康成等，也有现代意识更加强烈的作家如博尔赫斯、马尔克斯、卡夫卡、惠特曼、波德莱尔、斯特林堡、海明威、加缪等，还有一些普通读者阅读

较少的作家如米斯特拉尔、赫兹里特、夏目漱石、高尔斯华绥、阿索林等。这些不同时期、不同风格、文体各异、语言文化背景复杂多样的作家作品在《译苑》栏目中频频出现，可以说为刊物增添了强烈的文学异彩。

《读有所得》与文学阅读

作为一份处于成长过程中的人文读本，《读有所得》为了解和提振全社会的文学阅读活动积累了某些经验，也为我们观察和思考出版物与文学传播之间的良性关系提供了一定的启示。

一、文学阅读空间的多元存在

当下的文学接受状况一直是让人们深感忧虑的问题，虽然网络等新媒体给文学的生存与传播带来了新的机遇与可能，但对于传统的纸媒形式下的文学阅读而言，存身的空间似乎越来越狭窄。实际上，除了考察标志性的若干纯文学出版物之外，如果我们将目光更多地投向一些看似与纯文学距离较远、面貌也并不那么单一纯粹的普通读物，可能会有不少可喜的发现。《读有所得》其实就是这样一份刊物，它并非文学出版物，从创办初衷来看，毋宁说它是一份首先面向机关公务员的人文社科学习读本。从该刊的内容来看，文学之外，尚有管理、时政、历史、哲学、法律和艺术等各种门类。然而，正是在这样一个交叉平台上，文学阅读大行其道，无论从精神引领意义上还是从知识获得角度来看，文学实际上成为刊物不可或缺的构成要素。从某种意义上说，《读有所得》最初的拟想读者生活在距离文学较远的党政机关，其生活模式、工作环境和行为与心理习惯均与文学有不少差异；该刊最初的决策推手也是凭借时事政治之力，借构建学习型社会的政策潮涌一举创立而成，这一背景当然也与惯常理解与想象中的文学传播的起源与目标不相吻合。但是，尽管有种种差别和距离，文学的广泛阅读与有效接受局面就此形成了，固守纯文学行为模式与思考习惯的人们也许会不以为然，觉得这只是文学搭台、时政唱戏，或者诧异于文学何以会"礼失求诸野"、存身于别处？实际上，从前述调查分析可以清晰地看到，《读有所得》既有文学倡导之形式，也有足够坐实的文学阅读之内容，刊物的文学趣味浓郁，人文情怀凸显，已经构成了文学阅读的别样空间。这也给当下的文学传播与接受提供了很好的借鉴，可以说，文学阅读的空间其实是富有弹性的,也是具备兼容性的,多元的文学接受空间也正是依此形成的。

二、文学经典的优势传播效应

笔者在调查中也曾发现,其实,目前在综合性报纸副刊、青年读物、文摘类杂志等纸媒上不同程度地存在文学选文的版面,但似乎多受制于两个问题——一是快餐类、流行性文本居多,二是千篇一律的小情调作品泛滥。前者多是类型文学的天下,后者是盲目渲染空乏无物的小资情怀的产物。无论哪一种情况,实际上都影响甚至败坏了读者对文学的期待和阅读胃口。当然,大众文化在后现代文化氛围中自有其文化合理性和现实功能,但毕竟无法提供持久的文学动力。《读有所得》并无自觉抗衡流行文化的使命,也未必用心思考过雅俗文学的复杂纠葛,然而,刊物始终坚持下来的"选经典、论经典"的策略确实为它带来了淳厚的审美气息和触动人心的文学效应。这为当下的文学传播与接受显示出一条实在可行的路径,因为经典所具有的丰富无际的意义世界、卷帙浩繁的文本素材、经年累积的心理影响,以及历史与美学的双重价值,正是读者所真正需要的,也是读者能够持续感知的。这才是文学理应给人的精神营养,也是能够持久吸引读者的根因。立足经典、重读经典,这是新的文化境遇中文学传播所能凭借的有效力量。

三、文学阅读功能的多样化:米谷?菜蔬?点心?

一份最初面向党政机关公务员读者的学习读本交由一家文艺出版社策划出版,《读有所得》的这一做法实际上也透露出刊物对文学情怀的偏重。尽管如此,该刊也不可能办成真正的文学期刊,换言之,仅有文学志趣既不是刊物的标准也并非该刊目标读者的唯一需要。这也是《读有所得》以"人文读本"为方向的含义,文学固然意义深厚,但涵养精神、求知问道、提升自我、服务社会这样的综合目标无法仅仅依靠文学阅读来实现。这里实际上涉及一个如何定位当下普通读者文学阅读价值的问题。对于专业读者而言,研读文学自有其不言而喻的学术意义,而对于普通读者来讲,读文学目的何在?流行文学的受众可能践行的是大众文化中的消费主义原则,读书实为消遣,文学可供娱乐,如同茶余饭后的一道点心,没有也无妨,有它更过瘾。另外一些真心热爱文学的读者可能会视文学为日常之必需,虽与实际功利无关,但关乎个人的精神旨趣和生命质量,文学阅读成为他们消化胸中块垒、涤荡灵魂世界的凭借,如同菜蔬之于饮食,虽不能尽饱,但日常不离。更进一层的读者则视文学为生命,阅读非为他用，而是生活方式和生命存在本身。他们不去关心缘何而读书，而是自觉将身心与文学相融合，文学是信仰，也是生命，正如人非食米谷无法存活一样，一切均为不证自明的切己之道。

如此三分读者其实并不绝对，在实际的文学阅读中，读者的阅读动机和阅读功能可能是交叉重叠的，能够完全满足读者所有的阅读期待的出版物其实难以存在。我们需要思考的是如何在每一种定位的层面上做出切乎本身的精品，而尽量避免似是而非的粗制滥造。《读有所得》当然还并非完善之作，其时政语境与文人情趣的内在紧张不难见出，湖湘文化的特色和底蕴也并未充分体现。就文学品格而言，如何在凸显思想价值的同时，恰当引导读者对文学形式的感知欲求，这些都是该刊以及更多类似人文读本需要克服和解决的问题。

《读有所得》读书杂谈、评点文字之一瞥

《读有所得》每期均设有针对古今选文的相关阅读评点式的杂谈随笔文字。为了将前文所述的刊物面貌和文学意趣落实于具体鲜活的个案实例，本文在此转录一组相关的读书杂谈、评点短文。这些文字均由笔者撰写，正可传达笔者亲历该刊编读活动的某种实感，也可让读者瞥见《读有所得》阅读世界之一斑。

"阅读时代"的背影

历史学家吴晗的杂感多有劝人勤勉向学的题旨，今天读来，更是令人怀念那种不以读书为苦、反以阅读为乐的远去的时代。且不说古人如何在困境中一心求学，离我们最近的一次读书热潮就发生在20世纪80年代。当时的社科新书、文学杂志乃至重印的学校课本都会风靡社会，尚处于十分俭朴的物质生活中的人们却能竞相购买、传阅甚至抄录，可谓"五四"以来现代国人经历的又一次崇尚阅读的时代。当下的我们不再身处那种艰苦求知的境遇，然而，带来文化的高峰体验的阅读生活似乎也与我们渐行渐远了。

与曾经的令人神往的阅读时代相比，今人置身的其实是一个信息拥堵的世界。若干年前，我们曾用"知识爆炸"或"信息时代"来表述文化现

实的演进,今天看来,这种不由分说、扑面而来的信息其实越来越像是泥沙俱下的资讯的无限堆积与叠加,无比被动的我们只是"信息风暴"袭击的对象,谁都很难说清自己究竟得到了什么,尽管绝大多数人仍然会不由自主地追逐炫人耳目的时新资讯。

说到底,信息拥堵带来的是一个浮躁的、快餐式的文化时代,信息本身还无法等同于知识,后者需要经由头脑与心灵的沉淀,而知识的薪火相传很大程度上是通过沉静的阅读与对话完成的。我们现在不缺少方便快捷的阅读手段,但难见真正的阅读生活。人们更加习惯的是匆匆的浏览,不断更新的网络交际平台极大地影响着人们的存在方式,就阅读而言,不再崇尚私密的个人化的诵读与默会,而是急于在各式媒介平台上径自言说。当我们深陷这种均质化、粗鄙化的话语场时,怎能不去遥望逝去的书香流溢的阅读时代?但愿我们不只是看到一个时代的背影,还能再次拥有那样的深沉情怀。

生命痛感的意义

在一个像当下这样被消费主义文化笼罩的时代,大众媒体制造的财富幻想和幸福憧憬可以说左右着不少人的神经,我们很容易沉迷于物化的享乐和过度的占有。与此相伴生的却往往是精神的粗鄙化和思想的平面化,赋予生命以严肃意义的时代似乎已经过去了。正是在这样的生存背景下,重读彭德怀的自述显示出特别的意义。

彭德怀那一代中国人所遭遇的苦难曾经是大家共同的历史记忆,这些苦难其实也并不专属于哪一个家庭。我们看同样是共产党人的瞿秋白,也曾有过对亲生母亲因家贫而自杀于春节时分的惨痛回忆;另一位亲近革命的左翼文学领袖鲁迅先生,也有过为人熟知的"从小康坠入困顿"的不幸记忆。对于今天的人们而言,重温这些苦难记忆的目的并非是庆幸自己已经远离了那种灾难深重的岁月,而是从这些饱尝生命之痛的历史伟人那里汲取某种可贵的精神财富。可以说,困苦的生活既是他们挥不去的生存阴影,更是他们日后获取坚强意志和辉煌人生的原动力。彭德怀从贫穷的屈辱中走出来,带着久经磨炼的生命强力投身拯救大众的事业中;瞿秋白也是带着家庭破败的创伤踏上生命的新旅程,最终以大无畏的自我牺牲诠释了神圣信仰的力量；鲁迅更是痛定思痛，个人的困厄引发他勇于直面人生，成为一位反抗绝望的精神界之战士。反观我们大多数人，虽然免于遭受物质匮乏之苦，却无以建立一种支撑生命的精神强力，惯于在温软的环境里消磨人生，无力追求更有意义的生活目标。

艰难时世中的苦境故事越来越成为遥远的历史背景了，而当下的现实人生实际上又面临着新的困惑。享乐主义和玩世心态使自我越来越不能承受生命之轻，如何重新理解生命痛感的意义不能不成为一个严肃的论题。

人生中的常与变

丰子恺被誉为"现代中国最像艺术家的艺术家"，同时也是慧根深厚、心怀大爱的智者。丰子恺的不少散文通过书写时间的无从把握体味人生的常与变，既有宗教情怀，也富含现实意味。

现实人生总是与特定的时空条件相联系，时间本身却是无始无终、永恒流动的。人生之常自然只是一个相对的概念，荣辱成败之间的不断转换则是绝对的，肉身的短暂存在与最终虚空也不时警醒世人不要执迷于一己的得失："蜗牛角上争何事？石火光中寄此身。"当然，人生毕竟长至百年，如何才能担得起生命岁月的重负？如何才能悟出"大人格"与"大人生"？古人讲"不以物喜、不以己悲"，丰子恺先生说"不为造物所欺"，其实都是呼唤一种人生的大智慧——不黏滞于一时一地的一己悲欢，澄明其心，明达其志，方能最终克服迷乱的心性，物我皆归于太平。

也许会有"勇猛精进"之士不以为然，他们唯恐自己失却了"适者生存"的奋斗本领，视"明达通脱"为无所作为。实际上，对生命怀有终极关切的人，虽然看轻一时的利益，但更会严肃地对待自己的人生。这里不妨重温丰子恺的业师李叔同先生由入世而出家的生命历程，李叔同早年留学海外，倡导新文艺；回国后献身美育，桃李天下；晚年皈依佛门，身体力行，广大律宗。每一步都身心投入、克己利人。如何理解这一人生选择的意义呢？丰子恺对此有独到的认识："我以为人的生活，可以分作三层：一是物质生活，二是精神生活，三是灵魂生活。我们的弘一法师，是一层一层地走上去的。"丰子恺之所以于学术文艺之外，尚能穷究生命，不忘关乎根本的灵魂世界，正是善思的禀性与弘一法师潜移默化的影响带来的。我们每个人在追求事功、沉潜艺文之余，不妨也都尝试更上层楼，虽不能至，心存向往也有利于更深地理解人生。百岁人生在时间长河里不过转瞬即逝，对于承担着人生重负的每个人而言，毕竟又是实实在在的生命过程。果真明心见性，又不失人间情怀，终会获得超越的"大人生"。

人生兴味付闲谈

朱自清先生是现代散文大家，散文是最见作者个人性情的文体，朱先生提倡的"谈话风"俨然是五四新文学中散文创作的一种范式，无论内容还是文章做法正体现了朱自清的性情与趣味。

"闲谈"为什么是不可少的？表面看来，无所用心的谈话是一种人生的消遣。世事艰辛，生存不易，即使和平盛世，也有无尽的生之烦忧与重负。在百般缠身的俗务中偷得浮生半日闲，三五知己甚至若干闲人坐而清谈，虽于事无补，但也无伤大雅，不经意间消磨掉一段不长不短的时光，对信奉"时间就是金钱"的现代人而言，的确是非常奢侈的消遣了。这样看来，闲谈的功用很像民国初年的鸳鸯蝴蝶小说，作者无意于高深的寄托，读者也乐得排忧解闷。闲谈也像时下流行的肥皂剧，无论是古今穿越，还是中外情仇，在自家舒适随意的客厅或卧室内，都可化为现代人自我陪伴的消遣对象。

然而，闲谈的可贵之处更是体现在一种正面的人际交流中。闲谈之"闲"避开了过于功利的算计，卸下了明争暗斗的盔甲，保证了谈话人之间程度不一的"去伪饰、存真情"的可能性。闲谈之"谈"激发了自由交流的热情，克服了主动或被动的戒备心理，虽然难以完全达到畅所欲言的佳境，但松弛的语境带给人们一种身心的"愉快的休息"，常常会有始料不及的连珠妙语和彼此会心的情感共鸣。相比之下，对于不乏冷漠感与荒凉意识的现代人来说，小说与电视虽然自有"疗伤"的功效，但都不如彼此呼应的鲜活的语言交流来得直接和畅快。进一步而言，语言是人的存在方式，言语活动正可见出一个人的胸襟与灵魂。闲谈中的率性与宽容、灵感与絮语，无不表达着日常人生的丰富感兴，虽然往往是随机的申发与片段的思绪，但这些也正是过于严肃的人生中难得的诗意。一个愿意在闲谈中流连且能感受闲谈之美的人，应该不是一个心灵狭隘、思想乏味的人。

可以说，无论是围炉相对还是瓜棚夜话，人们享受的都是彼此人生中兴味盎然的一面。

无比复杂的言说

朱自清先生平正自守，时而颇有夫子气，一生中既有桨声灯影、荷塘月色般的诗意，也成就了"饿死不食美国大米"的气节。他的一些散文虽有微言大义，但在一般意义上，的确也表达着不能承受的言说之苦。

言说本是人类的存在方式，因为人是意义的动物，语言活动带来各种意义的可能性，多元的意义安顿着各色人等的身心。言说的复杂性当然源于意义的复杂性，在一个"意义共同体"中，人们自由言说，畅快交流，语言成为港湾、家园和避难所。而在缺少共识、意义匮乏的人群中，言说变得举步维艰、障碍重重，语言在这种情形中不但不能拯救我们，反而可能成为险滩、重负和冲突场。置身后一种情境下，人们往往选择沉默，变得无话可说。

当然，言说的复杂性远不止于此。当下的社会，言说的空间和平台因为大众文化的勃兴和信息技术的发展而变得前所未有地开阔，但在一片聒噪中，人们反而越来越觉得身陷"被言说"的境地。当大众媒体所制造的人间"仿像"替代现实本身成为人们习焉不察的日常生活后，当利益而非信仰成为人们交流的凭借时，谁还能指望说出源于真实体验的话语？谁还会愿意互诉内心的衷肠？也许，在我们暂时抽身于炫目的荧光屏和浮躁的名利场之后，才会重新生起言说的冲动吧？

常识离我们有多远

老舍是小说家、剧作家，也是少见的幽默大师。他的不少文章正话反说，充满反讽的韵味。老舍笔下提到的其实多为不合常理的人与事，究其因也恰恰是由于常识的缺失。

以戏剧观赏为例，观剧理应有序、自律、自尊，也要尊重他人，推而论之，日常中的小节、关键处的大事，无不需要规则意识。然而，我们置身其间的社会常常是积习胜过规矩，自利远大于公德。不知老舍假若目睹今日的"中国式过马路"会做何感想，半个世纪过去了，国人的文明常识似乎依旧匮乏。

常识因其普通平实的属性往往被人轻视，没有人会向大家炫耀自己拥有多少常识。实际上，常识的重要性并不因其简单朴素的内涵而削减。质言之，我们离常识有多远，也就意味着我们离文明有多远，因为文明并非空中楼阁，正是无数常识化为日常的实践，才能建构合情合理的有序社会。

老舍解释他何以幽默时曾说，因为悲观所以幽默。由此看来，这篇着眼于国民性批判的讽刺之作也是源于对世道人心的失望了。我们也常听到文明批判者呼唤严刑峻法的声音，大体也是基于对性本善的怀疑和对人性恶的判断。然而，文明的达成也并非可望而不可即，普及常识也不失为一种简单的方式，而且，还要"从我做起"——这本身正是一个需要回归的常识。

（原载《东岳论丛》2014年第5期）

文学传播视野中鲁迅作品的阅读与接受

鲁迅是中国现代文学与现代文化的标志性人物,也是在当下历史与文化语境中聚讼不已的阐释焦点。因此,了解和分析当下鲁迅作品的阅读与接受状况对于认识目前中国社会不同人群的文学趣味与思想立场乃至探索全社会精神实践的取向与问题,都具有十分重要的意义。本文也是大型系列调查"中国当代文学生活"课题的一部分,希望通过"鲁迅的当代接受"这一个案揭示国人当代文学生活某一侧面的现状与得失,以利于对当下文化实践活动的反省与建构。

本文的调查活动和调查结论均建立在问卷调查和个案访谈之上。此次调查工作共发放问卷2092份,回收的问卷中部分存在局部错漏,在分类分项计算分析时可能会影响到问卷数量的合计数目,但由于同样保存了大量有效信息,所以仍被视作可供分析的材料。问卷调查部分的被调查者中男性846人,女性1042人。初中及以下文化程度者246人,高中或中专程度者406人,大专或大学本科程度者1140人,硕士研究生及以上文化程度者90人。被调查者的职业分布情况中,国家机关、党群组织、企事业单位负责人117人,国家机关、党群组织、企事业单位行政办事人员(含警察、消防、保卫人员)112人,各类专业技术人员(包括各级教师)260人,宗教界人士52人,工业建筑业及交通运输业职工36人,农林牧渔业生产人员64人,商业、服务业工作人员66人,军人22人,私营公司企业业主65人,私营、外资公司企业办事人员31人,自由职业者72人,高等院校学生716人,中小学(含中专、职高)学生170人，离退休人员47人，无业或失业人员41人，其他3人。被调查者的年龄分布情况中，18岁以下172人，18—25岁909人，26—35岁202人，36—45岁241人，46—55岁245人，56—65岁23人，65岁以上28人。在调查工作的个案访谈部分，受访对象为男性，46岁，律师事务所合伙人，笔者与他有两次电话访谈。

调查结果一：问卷部分

参与问卷调查的受访者基本的文学生活状况如下：43%的人会在业余时间拿出一部分精力从事文学阅读，32%的人偶尔会阅读文学作品，14%左右的人大部分业余时间用于阅读文学作品，只有不到1%的人几乎完全没有文学阅读时间，还有一部分人是文学专业人士，不易区分业余与非业余阅读时间。在对当下文坛的评价上：较多的人（40%左右）认为当前文学有不足之处，但仍有较大希望；有不少人（30%左右）认为文坛与现实一样乱象丛生；另有一些人（20%左右）对当前的文学发展持较为肯定的态度，少数人并不了解或关注文坛的形势。对于网络文学的态度方面：70%的人认为网络文学良莠不齐；10%的人认为网络文学毫无价值；另有不到10%的人认为网络文学质量很高，甚至可以代表中国文学发展的方向；还有一些人不了解网络文学或认为无法评价。在文学趣味的选择上：阅读经典作家作品的人数低于阅读通俗畅销类文学作品的人数，如果加上选择网络文学阅读的人数，经典文学的接受群体显然会进一步缩减。

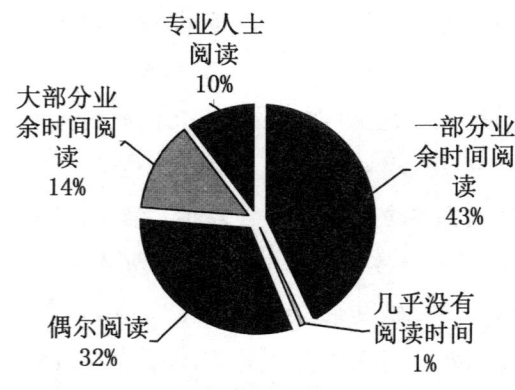

受访者基本的文学阅读状况

问卷调查的受访者中青年学生的比例较大,约占47%左右,在前述各项主要的正向调查数据中,这一类群体的指标均高于受访者的总体数据水平,而在"几乎完全不读文学作品"和"网络文学毫无价值"的选项上,学生群体所占比例均有缩减。对于经典文学的态度,学生的选择倾向也相对趋于正向的积极态度。

在围绕鲁迅的当下接受这一问题所集中展开的调查项目中,受访者回答"阅读鲁迅的原因"时,"认同鲁迅的批判精神"这一选项人数最多,按照选项所占人数由多至少的顺序,下面依次是"名人效应或教育牵引的影响""欣赏鲁迅的文学趣味""吸取思想营养"和"寻找精神支撑"。对于"鲁迅作品的当代意义"这一问题,51%的受访者选择"国民性批判的继续",37%的人选择"体现中国现代文学的高度",5%的人选择"抵抗消费主义文化",另有7%的人选择"基本上已经失去当代价值"。关于问卷中提到的"阅读鲁迅作品的最大困难或心理障碍":排在首位的是"时代差异造成的精神隔膜"这一选项,"鲁迅思想过于复杂"列第二位,二者人数各占三分之一多;"鲁迅作品语言不够平易"列第三,人数有15%左右;"鲁迅笔下缺少宽容的态度,导致读者不易共鸣"这一选项列第四,约占10%左右;另有部分受访者表示不好回答。

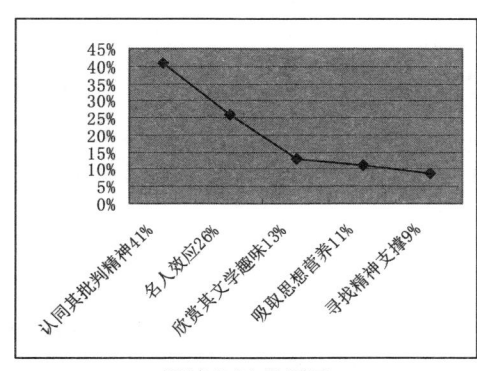

阅读鲁迅的原因

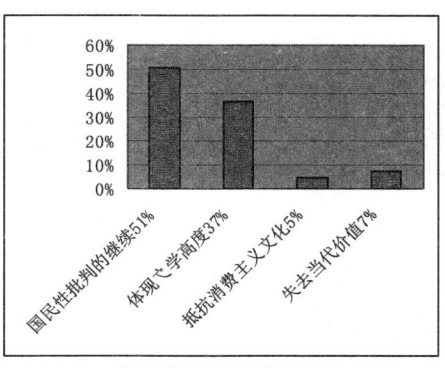

鲁迅作品的当代意义

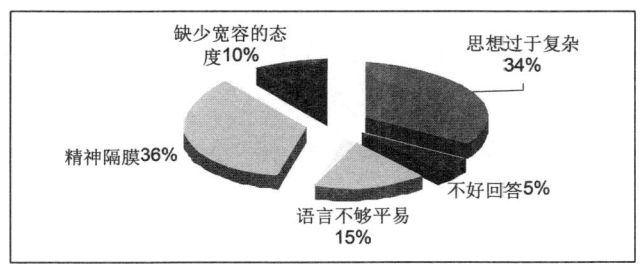

阅读鲁迅作品的最大困难或心理障碍

调查结果显示,受访者的年龄与文化差异对阅读鲁迅作品的影响最为显著。以 18—25 岁、大专或本科学历的受访者为例:这一群体在回答"阅读鲁迅的原因"时,"名人效应或教育牵引的影响"这一选项的人数居多,至少与"认同鲁迅的批判精神"这一选项的人数持平;而在回答"阅读鲁迅的最大困难"时,他们中的多数人选择的是"时代差异造成的精神隔膜",同一选项在 46—55 岁、56—65 岁的相近文化程度的受访人群中则选择人数最少。再以初中及以下文化程度人群为例,在回答"鲁迅作品的当代意义"时,不少人空选,已选的选项也明显分散,可以看出受访人并非足够理解诸选项的实质含义,特别对"抵抗消费主义文化"一项罕有人选。在另一极端人群中,硕士及以上文化程度的受访者则明显活跃,对"代表中国现代文学的高度"这一抽象选项的选择反而较集中,"抵抗消费主义文化"一项的选择人数也明显增多。不过,文化程度较高的人群也并非始终表现出某种自主选择的情形,比如对"国民性批判的继续"这一选项,大专或本科学历的受访者选择人数极多,以至于明显影响到对其他更有深度的选项的考量和认可,从中可以见出鲁迅接受中的从众理解取向。

总之,问卷部分的调查结果体现出鲁迅及其作品在当下仍有可观的受众,但这些接受者的业余精力花费在文学阅读上的比重并不稳定;多数人虽然对文学的未来发展仍持较积极的态度,但他们大都并不肯定当下的文坛现状;受访者对网络文学的态度有理性的一面,但网络阅读方式和网络文学文本的吸引力在一定程度上制约着他们的文学趣味。换言之,当下文化语境中鲁迅的受众虽然部分地保留着传统文学教育所带来的偏向经典文学价值的文学观,但在阅读实践上并不容易保持经典阅读与快餐式阅读之间的均衡。具体到鲁迅作品的接受,虽然在经典文学阅读的范畴内鲁迅仍然是阅读选择的焦点对象,但阅读鲁迅作品的动力源显得单一,阅读鲁迅的接受效应并不持久,对鲁迅作品意义的理解不易深入,接受者心目中的鲁迅形象相对粗略。

调查结果二:个案访谈部分

律师王先生(下简称王)今年 46 岁,1989 年毕业于北方一所重点大学的哲学系,随后进入一所工科学校担任公共课教师,后又获得西方哲学硕士学位并进入政府部门工作，20世纪90年代末转入律师行业。王开始阅读鲁迅的时间较早，大约在中学阶段便主动从县图书馆借阅《鲁迅全集》，那是20世纪80年代前期，这种阅读显然不同于学校教育牵引下的被动接受。谈到自己的阅读缘起，王说最初是被鲁迅的叛逆精神所吸引，而且也想知道课堂以外的鲁迅究竟如何。王自述鲁迅对自己的中学时代影响颇深，主要体现在独立思考习惯的养成和奋争意识的逐渐强化。我在访谈中对进入大学之后王在鲁迅阅读上的变化很感兴趣，据他提供的情况，在大学学习之初，他确实有过一段时间远离了鲁迅的著作，尤其是在大一和大二的上半学年，那时候阅读最多的是西方哲学类的著作，跟专业有关，同时也是当时知识界的阅读热点。王重返鲁迅是在大学阶段的后期，据他回忆翻阅最多的是杂文。有意思的是，王在毕业后担任"马克思主义哲学"公共课教师的不到两年的时间里极力向学生推荐鲁迅作品，而且得到积极回应，可从一个小侧面看到20世纪90年代初大学生对鲁迅的态度。王自述阅读鲁迅有三个阶段：前面所说的中学时期是第一阶段，虽然懵懂但阅读感受强烈，属于最受鲁迅影响的时期；大学直至读研的几年时间里属于第二阶段，开始在多样的参照视野中阅读鲁迅，可以算是与鲁迅形成对话关系的时期；20世纪90年代末至今属于第三阶段，对鲁迅的阅读时断时续，目前已经基本不读鲁迅了。

王虽然只是个案，但由于他的鲁迅阅读史跨越时间较长，自身身份覆盖面也较广，所以也在一定程度上反映出超越个别性的阅读变迁信息。总的看来，王对鲁迅的阅读热情呈现由高到低的变化趋势（这是总体而言，其阅读热情在高位持续时间其实较长），阅读质量则呈现由低到高的相反趋势，即使在目前基本不读鲁迅的情形下，王自以为仍然保持着对鲁迅的足够理解力。从这一个案也能侧面印证前述问卷调查中的某些结论，如鲁迅对许多读者的最初和最大吸引力都与鲁迅式的批判精神直接相关，而读者对鲁迅的文学趣味与文学价值却往往关注不多。

问题与成因

概括起来，本次调查反映出的鲁迅及其作品的当下接受中存在以下主要问题。

一是鲁迅在知识群体以外的影响力正在降低,这里所说的"知识群体"是指广义上的知识分子、青年学生所构成的人群。这一群体实际覆盖的社会机构或职业分类主要是学校和专业技术部门,而在这之外的广大社会群体和各类职业部门与鲁迅的距离却普遍较远。造成这种接受现状的原因当然有很多,最主要的还是近十几年间中国社会呈现出的唯实唯利的价值观所构建的市侩氛围带给文学阅读当然也包括带给鲁迅接受的干扰和制约。鲁迅思想与文学世界中始终有一个贯穿性的主题,那就是"立人",简单说就是使国人走出精神蒙昧、建设现代人格。更进一步来看,鲁迅又是一个怀疑主义者,他对于启蒙本身及其效应也颇多疑虑。鲁迅思想中的这两个方面都不同于简单追求现代化的历史主旋律,他恰恰要反对功利主义的发展观和精神审美委顿的现实,希望人们从"金铁主义"(即基于单纯的经济与军事发展的富强梦)中走出来。当下的中国社会虽然与鲁迅所置身和参照的时代有了巨大差异,但鲁迅的忧思也并没有失去意义,正是在此意义上,鲁迅及其作品在当下显示出十分积极的思想与文化价值。但正如前述问卷调查结果所表明的,大多数接受者并不理解或看重鲁迅的这一当代价值,他们很少意识到在"抵抗消费主义文化"层面阅读鲁迅的必要性,而这一选项其实正与鲁迅独特的现代观念相关联。即使在"知识群体"范围内,对这一选项也同样表现出相当的漠视。虽然鲁迅在"国民性批判的继续"这一层面上仍然保有不少读者,但即使这些读者也往往会产生某种解读疲劳,因为国民性批判已经是一个过度阐释的概念,它的缺乏新意反倒影响到读者对鲁迅思想与创作的当代性的感知。当时代潮流与社会氛围不断导向功利主义与享乐主义时,鲁迅精神与当下文化现实本应具有的联系很容易被无视,阅读鲁迅变得无足轻重,即使那些希望建立起鲁迅与自己的当下生活之间有机联系的接受者,也因为社会强势话语的裹挟力或自我解读取向的盲目性而无法克服与鲁迅的距离感。从前述的访谈个案即王先生的情况来看,王当前同样处于基本不读鲁迅的阶段,虽然在个人理解力上王能够分辨鲁迅思想之于当前社会的特定价值,但这并不带来阅读鲁迅的更大动力。在访谈中王提到自己其实没有多少真正的读书时间,既是律师工作的性质导致的,同时也是早已形成的生活状态影响所致,这种生活状态即每天大部分时间用于工作,业余时间只想放松休息,如果阅读也会倾向于一般读物,特别是轻型或软性读物,再就是成功学之类的书籍。可见,王虽然代表着某种意义上较为高端的鲁迅接收者(考虑到他的鲁迅阅读史和思考能力),虽然在社会阶层上也处于较高的层次,但他仍然深受时风的左右,这种浮躁和急于获取成功与利益的社会心态不仅影响着他的生存姿态,也最终影响到他的精神生活。

调查所反映出的第二个主要问题集中于"知识群体"对象,这一接受群体并非人们想象的那样与鲁迅的思想易于发生共鸣,而恰恰没有从鲁迅那里获取应有的思想营养。与完全受制于一般意义上的社会与时代潮流不同,知识群体所接受的影响源还有一个重要方面即当下文化思潮的影响。近年来,现代文化史上的胡适、周作人等人不断赢得越来越多的读者,而他们的思想与趣味程度不同地均与自由主义思潮相联系,而自由主义也正暗合市场经济法则与世俗化伦理,所以不少接受过大学教育的知识型读者更易于认同胡适等人的自由主义立场,也易于从胡适这一类较为乐观的现代知识分子身上寻找到历史发展的方向感。相反地,鲁迅对现代社会的矛盾态度及其怀疑乃至悲观的思想色调无法为当下的中国社会提供明晰的价值根据,人们难以从阅读鲁迅中获得实际的价值支撑。正如前述调查结果所显示的那样,知识群体在回答"阅读鲁迅的原因"时,"吸取思想营养、寻求精神支撑"是排在最后的选项,而"认同鲁迅的批判精神"排在第一位。这种情形表明知识群体在接受鲁迅时并不真正理解或看重鲁迅的思想实际,而只是认同鲁迅的思想姿态或现实态度。在这一点上,知识群体与一般的大众读者其实相差无几,都自觉不自觉地把鲁迅的批判精神抽象化了,似乎鲁迅就是一个颠覆狂人,这种符号化的批判者形象其实投射了过多的接受者自身的文化想象与思想倾向,并不理解也不想过多分析鲁迅何以常常站在一个否定与批判的立场之上。由此,虽然接受者的现实立场可能正与鲁迅的思想相左,但这并不妨碍他们视鲁迅为同道,因为鲁迅是他们释放种种负面情绪的旗手,这样,在大批自称接受鲁迅批判精神的读者那里,鲁迅及其批判精神的内涵都空洞化了。一个缺乏思想营养的空洞的批判者鲁迅并不能持久地为读者提供支撑,反而会继续强化人们对鲁迅的简化与误解,最终影响到鲁迅接受的实际效应。

第三方面的问题是鲁迅的文学趣味没有引起多数接受者的关注。鲁迅留下的作品文体类型多样,小说、杂文、诗歌(包括散文诗以及旧体诗)和艺术散文均有经典性文本,在被调查者中,小说读者自然最多,而杂文读者的人数紧随其后,另外两种文体的读者数量均较少。而在鲁迅的小说作品中,能够被读者普遍列举出的较为熟悉的文本是《阿Q正传》《狂人日记》《祝福》和《孔乙己》，读者较少提到的是《在酒楼上》《孤独者》《伤逝》。这些作品虽然都是能够代表鲁迅创作成就的经典之作，但前四篇被更频繁地阐释，特别是被更多地作为鲁迅的反抗之作与愤激之作来阐释，也就易于被看重鲁迅批判精神的读者所接受，后三篇代表着鲁迅较为灰色抑郁的情绪，思想感情也很复杂，读者普遍感觉不到足够的吸引力。这种情形与前述问卷调查中的一个问题相关，即被调查者在回答"阅读鲁迅最大的困难或障碍"时，除了占比最大的"时代差异造成的隔膜"之外，许多人选择了"鲁迅思想过于复杂"。这种实际存在的阅读难度带来了鲁迅作品接受中的问题。鲁迅的《阿Q正传》等所谓为人熟知的作品的丰富性没有得到充分的感知，而那些像《孤独者》等作品所具有的源于内在矛盾的诗意更得不到理解。无论哪种情形，鲁迅及其作品的文学性都被简化了，要么被缩减成一个横眉冷对的"战士"，要么被简单看作意志消沉者。其实鲁迅的文学魅力恰恰在于其文本的多义性，读者只有在各种释义的相互作用下才能完整地感受鲁迅作品的文学韵味。当然，对于非专业读者而言，只要阅读鲁迅，哪怕仅仅是在十分狭隘的意义上理解鲁迅作品，都是自有其特定价值的。但是，调查中所反映出的鲁迅接受中的意义缩减尤其是文学意蕴被缩减这一问题，又并非不值得关注的枝节。文学性的缩减源于接受者对它的认知能力有限或某种程度上的主观忽视，无论哪种原因，结果都是鲁迅丰富性的丧失，特别是作为文学家的鲁迅的相当一部分价值被遮蔽。

当然，读者在普遍忽视鲁迅作品文学性的情况下，仍然可以表现出阅读鲁迅的积极性和活跃性，比如多数读者均是追慕鲁迅"没有丝毫奴颜和媚骨"的批判人格而接受鲁迅，这也可以看出何以杂文紧随小说而成为阅读人群的第二选择。不过，值得关注的是，如果读者以阅读杂文的心态和方式阅读鲁迅的小说，鲁迅恐怕很难摆脱长期以来被简单定位成的那个战士形象，鲁迅自身的多面性和鲁迅作品的复杂性也很难真正被读者认识到，从长远看，这势必最终影响到鲁迅接受的广泛性和持久性，因为这种定型化的简单理解必然会使一些读者失去阅读兴趣，而那些认同鲁迅的这种定型化形象的读者也会逐渐产生阅读疲劳，继而丧失感受鲁迅真正分量的可能。总之，鲁迅的文学趣味得不到完整和足够的接受，这并不仅仅关乎鲁迅在文学史上如何被评价，同样也关系到鲁迅接受的深广度和持久效应。

若干建议

由前述分析可见，当下文化语境中的鲁迅接受可谓有喜有忧，值得肯定的是鲁迅在一定程度上仍是不少读者心目中的阅读优选对象，鲁迅的批判精神特别是国民性批判的思想主题仍受到大多数接受者的重视，鲁迅杂文的读者群也比想象的多。另一方面，值得关注和深思的是鲁迅的受众群特别是知识群体以外的受众数量在减少，鲁迅的思想内涵和文学价值的丰富性也并没有得到接受者的应有理解和感知，那个长期以来被简化的鲁迅形象并没有得到实质性的改观，这也限制了读者建立起鲁迅同当下社会与精神现实有机联系的可能性。

以下设想也正是有鉴于上述问题而提出的。

一是应该充分利用近年来断续出现的有关鲁迅的热点争议性事件的影响力，展开当下鲁迅形象的塑造工作。其实，像鲁迅与所谓绍兴师爷遗风、鲁迅的不宽容态度、读鲁迅还是读胡适、鲁迅与金庸孰为大师、鲁迅的情感生活、鲁迅作品与中小学教科书改革等等相关争论，虽然事件背后的各种话语冲突大都比较复杂，有的也近乎动机各异的炒作，但对于积极塑造鲁迅形象同样是有意义的。在这些争鸣中，除了学术性的思想冲突和现实立场的交锋之外，许多意见实际上是基于对以往过于完满或过于极端的鲁迅形象而发，这恰恰为我们塑造一个更加理性、丰富和可信的鲁迅形象提供了言说平台。作为一位经典性的文化人物，鲁迅的可阐释性很强，每一次争鸣尽管价值不一，但都是体现鲁迅形象多义性的有益渠道。

二是改善有关鲁迅作品的文学教育工作，强化人们对鲁迅文学世界丰富性的认识。虽然鲁迅作品在各个层次的学校教育中仍然具备足够的影响力，但文学教育的方式和内涵却没有走出单一化的模式。因此，自觉通过类似人文通识化的教育方式，使接受者逐渐能够感知一个思想情感和艺术趣味无比丰富的鲁迅形象，以便不断激发人们新的阅读兴趣，更新读者既有的阅读印象，唤起大众多样化的阅读期待，这样才能摆脱一劳永逸式的鲁迅接受模式，使看上去似乎走到终点的鲁迅作品解读与阐释重新回到起点，让人们看到一个生长性的、开放的、充满各种可能性的鲁迅世界。文学教育是传承经典、塑造健全人格的重要途径，经典作家的独特意义就在于其不可穷尽的精神蕴含，只有自觉走出鲁迅接受的某种历史惯性，才有可能在文学教育中留住鲁迅并进而使鲁迅作品成为一个不断敞开的阅读世界。

三是积极利用网络空间凸显鲁迅的当代意义。前述调查数据中也已经表明被调查者对网络之于文学阅读的影响力有程度不一的感受，而且绝大多数人并不排斥网络与文学的共生关系。网络空间的高参与性、灵活自由的话语方式以及无比贴近当下生活的时新性都带来了文化传播过程中的巨大优势。在网上"鲁迅"其实也是一个出现频率很高的语词，虽然网络空间中的鲁迅形象大都带有甚至强化了前述鲁迅接受中的种种问题，但鲁迅仍是一个持续的言说资源。如何将这种话题式的谈论对象转化成稳定的阅读对象，是深化网络空间中的鲁迅接受的关键所在。网民们在某一机缘的触发下所生发的对鲁迅的言说热情可以成为进一步走进鲁迅文学世界的起点，我们应该有意识地保护这种言说热情，更要积极发展这种对鲁迅的关注态势。有关鲁迅的电子资源和相关数据库应该更加成熟齐备，与作品相关的阅读材料也应该更加丰富便利，包括专业研究成果和传记历史文献都应该通过网络共享来实现其现实有效性。实际上，网络早已成为包括学术研究在内的信息与文化传播的利器，在鲁迅接受上，网络空间的可塑性和构建潜力同样是值得关注的。

（原载《中国现代文学研究丛刊》2012年第8期）

"写在历史边上"的故事
——莫言小说接受的一种视角

中国现代小说的发生与发展一直与中国社会历史的现代转型相伴生，二者相互催发、互为表里。然而，置身百年来跌宕不已的历史大变局中，中国小说究竟是生逢其时还是身陷泥淖，这又是难以一语道断的文学史论题。作为当代文学中的标志性人物，莫言及其文学实践为我们重新思考现代小说与历史叙事之间的复杂关联，同时也为我们通过文学话语重识历史与人性的多义性提供了新鲜的艺术经验与思想材料。进一步而言，从莫言的"讲史"话语切入，梳理其叙事语法，也正是阅读与接受莫言小说的一个重要视角。

悲悯视角下的历史观察

莫言小说所面对和处理的历史当然主要是中国的"现代历史"，而"现代"也正是一个多世纪以来笼罩中国社会实践和文化建构的关键词，因此包括小说在内的纷纭复杂的话语活动首先是一种"现代叙事"。现代性的叙事法则直接建立在线性时间观的基础上，即时代有新旧之分，历史有进步与保守之别，从日常生活到国家与民族的命运，都将维系在与革命、进步、直线发展等理念相关联的历史主体的现代性实践之中。可以说，与时代同步，向现代看齐，这不仅是一种主流意识形态的反复申说，也早已成为中国文学讲述现代历史的主要方式。在此背景下，我们可以见出莫言小说虽然不乏"讲史"的冲动，但绝少对现代性的简单认同。在他的小说叙事中，截然对立的新旧模式失效了，习以为常的历史主体也不再是不证自明的显赫存在,以往隐没在历史角落或者退缩于历史边缘的人物反而频频走向前台,小人物甚至"历史反角"的出场不时搅动起历史长河的大小波澜,讲史者角色的替换实际上改变了历史演进的主人公,如此被重述的历史已经变得歧义丛生而又多姿多彩、面目含混而又意味深长。

《红高粱家族》作为莫言历史叙事的最早代表,不仅在时间意义上体现出莫言小说创作的初期实绩,而且确立了莫言特有的重构历史的叙事立场和叙述策略。"战争"是讲述现代中国故事的焦点史实,莫言成长与写作的年代却早已远离那些真正的战争岁月,来自正史的记述和既有的革命历史题材的文学记忆一方面为作家提供了历史认知的可能,另一方面也形成某种认识局限和创作上"影响的焦虑"。莫言用"我爷爷""我奶奶"式的叙述视角重新讲述"高密东北乡"的抗战传奇和痴男怨女的聚散离合,土匪强人与抗日英雄、多情女子与烈女村姑、烈火金刚与野地狂欢、历史真实与主观情思等等原本难以兼容的叙事对象在莫言笔下水乳交融、连成一气,一段似乎司空见惯的战争岁月被讲述成另外一种浓墨重彩却又虚实不定的激情年代,正如小说中东北乡民酿出来的浓烈而怪异的红高粱酒。可以说,《红高粱》式的"讲史人"所在意的并非历史主潮中作为革命正义化身的"英雄儿女",而是激烈年代里不失生命野性的本色男儿和敢爱敢恨的醉人肺腑的乡间奇女子。面对厚重的红色文学传统和更加厚重的民族历史,莫言的确是把自己逼到悬崖边上——放弃对历史的正面书写,转而从历史的边缘与夹缝中寻找被遗落的真实,让那些长久无声无息的粗粝灵魂放声高歌,让雨水泥地里默默疯长的红高粱纵情摇曳,在原本的历史之光所照耀不到的天地间挥毫泼墨,这种称得上"险处弄笔"的小说书写反而在弃绝成规之后获得大更生,历史在失去人造的神圣光晕之后却又意外地获得了固有的朴野之美。讲史人卸去了历史代言人的重负,自由变身,眉飞色舞,甚而手之舞之、足之蹈之,与小说人物一样成为构筑历史新景观的陌生化角色。

对现代史的重新书写实际上一直是莫言小说的叙事重心,尤其是在几部代表性的长篇《丰乳肥臀》《檀香刑》《生死疲劳》等作品中,晚清以来100多年的历史变幻或者被聚焦于某一时段,或者得到相对完整的呈现。然而,真正值得注意的是,莫言笔下的百年历史并没有整一的演进步伐,也缺乏确定的"客观历史规律",更没有习见的历史主人翁,舞台上的角色甚至无法只画一张固定的脸谱。由于莫言小说的叙述者转换频繁而且往往与小说人物交会重叠(《檀香刑》《生死疲劳》最为典型),所以莫言的历史讲述是在一个众声喧哗的嘈杂情境中不断展开的。如果说《红高粱家族》时代的莫言还在叙述者身上寄托着民族强力和生命激情的历史正剧色调,那么在随后的一系列长篇小说中,莫言设定的叙述者身份越来越复杂多变,而且常常褪去了英雄气,代之以正邪纠结、善恶难断、亦喜亦悲、进退无着的各色人物。在叙述者莫衷一是的纷扰讲述中,历史的另一面或皱褶处得以舒展开来。在清王朝大厦将倾的剧烈动荡中,我们听到的是高密东北乡奇女子眉娘的浪语与歌哭,情理与义利煎熬下的钱知县的绝唱,民间艺人兼义和团头领孙丙的高亢惨烈的猫腔,晚清第一大刽子手赵甲阴郁的喃喃自语。在土地革命直至改革开放的风云时代,地主西门闹在一次次轮回中讲述的不再是高歌猛进的历史,而是有血有肉的个体磨难,特别是集叙述者和主人公于一身的西门闹的阶级身份,给小说叙事带来了颠覆性的历史观感和深长的伦理反思。这也正是莫言历史叙事的驱动力和最终旨归——回归历史的丰富与复杂,凸显人性的明暗与善恶,历史的讲述者不再同时是一个立法者,而是一个充分体验着人性得失与生命样貌的悲悯者。

抵达历史的敏感细微之处

莫言的历史叙事可以说是"写在历史边上"的故事,这种独具只眼的历史认识如何从经验层次上升为"完成的内容,也就是形式,也就是艺术品本身"①,这当然更是小说家需要面对的根本问题。严格说来,莫言的讲史姿态本身就是一种形式策略,所谓"另一种讲述方式"也正与另一面目的历史相互发明。"莫言"这一符码一方面是指每一部小说的作者,也就是真正的叙述者,同时也常常是小说中的人物,甚至是小说中的"剧中人物",连环的"戏中戏"式的角色。"莫言"的这种多重叙述者的身份在《蛙》中尤其突出,他是写小说的隐含的叙述者,也是"姑姑"接生的众多孩子中的一个,而且一直伴随着"姑姑"的故事,最后还成为最后一章的话剧中的一个人物。这是借鉴"后设

---

① 洛奇编:《20世纪文学评论》(下),葛林等译,上海译文出版社1993年版,第32页。

小说"叙述策略的一种结果，莫言化为己用，同样打破了现实与虚构的某种界限，出入于文本内外的人物自然地沟通着现实与想象、过去与当下，小说中的生命沉浮与悲喜歌哭同样延伸和回荡在现实人生之中，那种特有的混杂与戏拟的笔调又常常令读者的心绪百味杂陈而又不知所之。形式即内容，这种摇摆不定的叙事色调正与历史本身的不确定性同构。《檀香刑》中的多重叙述更是达到极致，小说主人公轮番登场，各自言说，又间以第三人称的全知叙述，整个叙事恰似层峦叠嶂，胜境频现，又如猫腔大戏，一唱三叹，摇曳多姿。从这种视角多变的叙述方式中固然可以发现福克纳《喧哗与骚动》等现代主义文学作品对莫言小说的影响，但更值得关注的是莫言赋予这种现代小说技法的本土神韵，特别是当现代主义手法早已成为某种新的艺术规条之后，莫言的中国民间的叙事底色和气韵生动的中国魂魄反过来又为现代主义文学灌注了新的文化内涵和艺术活力。可以说，如果没有莫言这种多重交织的叙述，晚清大变局中的激烈而混乱的现实和国人所遭遇的各种历史力量的撕扯与戕害也无从传达。进而言之，莫言整个的小说叙事也正是凭借这种"有意味的形式"抵达了历史的敏感细微之处，同时也获得了尽情言说的叙事快感。

莫言小说的文体风格和文化底色也一再体现出作家对民间艺术和野史传奇的浓厚兴趣，这一方面是一种独特的艺术趣味，同时也隐含着作家在"大历史"与"小历史"之间的自觉选择。在中国传统文化秩序中，实际上存在两种来历不同的小说样式：一种是作为史传附庸的实录叙事，一种则是包含想象与虚构的娱人故事。前者一直可以追溯到史传文学的集大成者《史记》以至更早的《国语》《战国策》和《左传》，后者的真正发端应是唐传奇[①]。可以说，莫言在很大程度上复活了小说与志怪传奇、野俚幻语之间的本来联系。莫言虽有历史大叙事的宏观视野，但落笔之处却常常语涉稗官野史之说、引车卖浆之徒、刍荛狂夫之议、神魔鬼怪之灵，正是不见经传、惯被遮蔽的富饶充盈的民间"小历史"。特别是已成莫言文学巨大意象的"高密东北乡"，那里疯长的红高粱、勾人心魄的猫腔、风水传说的奇异验证、古朴乡民的神鬼信仰等等，都不仅仅是小说叙事的风俗点缀，而且是与人的生存血肉相连的现实的一部分。《生死疲劳》中西门闹在轮回中化身为驴、牛、猪、狗、猴直至转生为一个怪

---

① 参见石昌渝：《中国小说源流论》，生活·读书·新知三联书店1994年版，第5页。

异的大头婴孩,人与各色动物间的区隔被独特的叙事所击破,阴阳两界、人畜分殊不再截然两样。小说中的人物如蓝脸、白氏等似乎从未丧失万物有灵的信仰,也在莫言新奇大胆的叙事中展示了他们与牛马相邅、与死魂对话的自然能力。《蛙》中的"泥娃娃"意象更是摄人心魄,姑姑的一生纠缠着生命的"诞生与扼杀"的悖谬,现实中拥有无比强大的政治理性的姑姑却始终不能摆脱"泥娃娃"梦魇般的追逐。莫言正是通过征用民间风俗和朴素信仰的方式,将处于历史主义与伦理主义夹缝中的姑姑所代表的现代中国的创痛记忆淋漓尽致地书写出来。莫言迷醉民间文化,那种生生不息缭绕在一代又一代普通子民生活中的文化,并不是字面上或庙堂里张扬的那些文化,他对文化的感觉几乎是原生态的。在他的文化的体认中又常伴随对人性的挖掘,包括对潜意识、集体无意识的挖掘。由此可见,莫言并非借离奇故事简单眩人耳目,他对民间资源的艺术重构实际上达到了双重的叙事效果:一方面,走出了传统小说对经史的依傍(在当代文学语境中,这种以靠近各式现代"经学"与史传而邀宠的小说多见于窄化的或庸俗化的现实主义文学),莫言小说就是一种文学对历史的言说,这种文学的方式所见到的历史也就能够容纳原生态的未被政治过滤的生存现实,能够给"历史中的人"更多的关切与怜悯,审美话语特有的"复义与含混"也避免了以单一意识形态立场为是非的机械眼光,小说不再是排斥性的,而是极具包容性的话语实践;另一方面,由于克服了严肃的史传叙事的强势影响,小说的文体本性如虚构与想象有可能得到认真的对待,特别是像莫言小说所焕发出来的具有浓郁狂欢气息的艺术神韵实际上已经更新了中国小说的文体气质。

叙事解放与自由伦理

从成名作《透明的红萝卜》到集个人风格之大成的代表作《生死疲劳》直至创空前体式与格调的《蛙》,莫言的小说题材丰富、手法各异、雅俗互见、文体多变,称得上难以归类的小说文本,莫言本身也无法简单划归某一文学风格与流派。莫言真正的现代文学启蒙来自拉美魔幻现实主义。当然,现代主义文学标榜的直觉、生命、异化、迷狂、欲望乃至主观化叙事和想象性修辞确实令彼时的莫言豁然开朗,但莫言对现代主义文学的接受方式非常个人化,他没有紧紧拥抱马尔克斯或者福克纳这些经典作家,而是转身投入自己的童年记忆和生命原乡,正像莫言感悟到的,幼年的饥饿与孤独早就激发过他的儿时幻想,苦难带来的恐惧也会产生想象力,"饥饿和孤独是我创作的财富"[①],《透明的红萝卜》中的黑孩儿正像莫言对自己童年精神奇遇的一次纪念。莫言准确地找到了属于自己的文学藏宝地,其实也正是深深体验过的生命原乡,可以说,莫言与"高密东北乡"相互建构、意义互生,莫言小说的现代质也就成为充分本土化的原创物。

事实上,莫言获得文学上的现代自觉的同时,也就意味着他获得了叙事解放的充分空间和极大可能,莫言式的语言修辞可谓这种叙事解放的显在表征。也许有语言洁癖的读者不能接受莫言语体的毫无节制,然而,离开莫言小说里那种泥沙俱下、汪洋恣肆、狂放迷乱、戏谑荒诞的特定语言,莫言小说的整体叙事效果也就不复存在,何况,莫言的文学语言也并非一味地俚俗鄙诞,每每语涉儿女细密的情思或人物极致的心理时,莫言都会呈现动人的抒写,即使是《生死疲劳》中畜道轮回着的动物之间,莫言也能写出缱绻迷人的感情呼应。当然,莫言始终不唱牧歌,他的未加节制的语体风格其实也源于莫言不甘心止于某种浪漫主义者的田园迷思。作为一个植根乡土的作家,莫言并非没有现代人普遍具有的"怀乡病",他对土地的深沉感思、对万物有灵的反复呈现、对自然人性的亲和与守护,乃至对如歌如泣的男女情爱的一次次表现,都带有浓重的浪漫主义者的诗性情怀;然而,莫言又自觉越出了乡土抒情小说的藩篱,他亲近乡民,却从未将"高密东北乡"写成桃源世界,他宁愿写出那片土地上的愚昧贫弱甚至罪恶暴行,因为人性的强弱与善恶永远并存。

至此,一个在文学世界里善于主动取舍的莫言越来越清晰可辨。整体而言,莫言小说挣脱了新文学革命以来现代汉语小说的文体清规和伦理约束,他所讲述的历史不再是一条直线发展、新胜于旧、后胜于前的客观因果组成的链条,失去确定无疑的规律和明晰单一的意义之后,世界变得难以辨识,人物越出阶级规范,得到凸显的却正是现代世界的矛盾本性。可以说,莫言的历史叙事彰显的是现代性的悖反而非自足,在此意义上,莫言小说也逃离了统摄中国现代文学的"现代性叙事"——这种叙事以现代性作为价值终点,莫言通过历

---

① 莫言:《饥饿和孤独是我创作的财富》,收于《小说的气味》,莫言著,当代世界出版社2003年版,第167页。

史重述将它重新拉回言说与阐释的起点。实际上，这也正是审美现代性所要完成的使命。对比作为审美现代性之一种的浪漫主义，莫言虽然暗合了其反省现代历史创伤的人文情怀，但又不愿做一个纯粹的浪漫主义者。而对比更为激烈也更为复杂的反抗现代异化的现代主义文学，莫言同样是一个反求诸己的行动者。

忠实于自我生命感悟和艺术取向的莫言的确获得了书写的自由。莫言式的感觉、色彩、气味、语调、反讽乃至他的故事、人物、自然与超自然的奇幻世界都只属于莫言自己。他自由出入于历史与当下，将异域的魔幻现实与本土的神鬼志怪融为一体。他可以是一个善讲故事的说书人，在小说中复活章回演义与民间戏曲的无穷魅力（《生死疲劳》《檀香刑》）；他又是一个不断创制新异小说结构的先锋派，《蛙》的书信体与现代话剧相结合的长篇体例更是达到极致。如果我们将视野扩大至整个中国现代小说的文体建构与文化伦理，那么莫言小说的伦理解放意义就会更加凸显。一个世纪以来，如何表达国人的现代经验和情感心理始终是现代文学的课题，小说被用来构筑现代民族国家的共同体认同、被用来呼应新文化运动的启蒙理念、被用来高扬阶级革命的血与火的真理、被用来书写民族救亡的炎黄大合唱，直至被用来印证和传达现实政治的实际需要。莫言这一代作家普遍开始寻求挣脱和解放，而莫言自主的艺术选择和鲜明的文学个性确保了他的自由之路的有效性和持久性。《红高粱家族》时代的力的浩歌，《食草家族》开始的"种的退化"的忧思，《生死疲劳》展开的冷峻的人性审视，《蛙》所传达的痛彻反省与忏悔，莫言始终将叙事聚焦于不同历史情境中的人的挣扎与沉浮，并且完成了从强力到原罪、从反抗到宽容、从解放冲动到救赎忏悔的精神蜕变，这也意味着莫言小说完成了某种现代小说的伦理建构——在失去神灵佑护和规范伦理的混乱的现代社会，现代人如何从失范状态和种种新的压抑中解脱出来？这显然不仅仅是某种具体的现实批判和政治困境，也不仅仅是一个民族的困境，更是一个现代人的困境。经历了步入"现代"之后的种种乌托邦冲动，文学所带来的审美救赎能否是一条走得通的自由路径？莫言小说的文体大解放和自由的精神求索至少提供了某种言说的可能。

（原载《东岳论丛》2012 年第 12 期）

媒体政治视域中"中国叙事"的个案诠释

　　作为人文学术释义实践的一个重要路径,"文化研究"在半个多世纪以来的历史认知和文本阐释活动中始终显得非常活跃。文化研究固有的左翼思想背景确保了它的批判视野,而在方法论上的杂糅色彩又使它保持着灵活应对复杂对象的话语开放性。实际上,在媒体政治的日常效应被无限放大的今天,文化研究的阐释力也正是人文学者克服疏离感、重建与现实实践之间有效关联的推动力。特别值得关注的是,文化研究在语义分析中强调事实背后的价值解析,不断解构看似自然的意义模式,努力恢复对象的历史相关性,这就使得我们不再停留于对象的表层叙事,而是将诠释活动还原为一个包含诸多意义冲突的语义场。本文试图选取一个富有代表性的西方主流媒体在一个重要历史时刻——2008年有关当时重大事件(汶川大地震、北京奥运会火炬传递)的相关言说,考察其"中国叙事"所建构起来的"中国形象"的暧昧语义,从而为我们观照相类对象提供一个文化研究的视域。

　　2008年与中国相关的重大事件在某种意义上使人产生一种与"历史"本身直接对视的强烈感受。汶川地震发生后,海外媒体同样做出了迅速反应。《洛杉矶时报》作为加州地区乃至全美富有影响的大报,除了曾在头版显要位置突出报道中国地震灾情之外,也不时在评论版面做出深度评析。地震发生一周后,该报5月20日的A14版面上刊出一篇时评,题为《好的中国》("The Good China"),全文通过对比中国与缅甸政府在处理各自灾难时的不同态度,试图建构起一个意味深长的"中国形象"。

将中国与"好的""健全的"乃至"正义的"这些价值判断联系在一起，在一些西方媒体的话语中可以说是少见的。特别是在这篇时评出现之前的两个多月里，人们似乎难以想象包括《洛杉矶时报》在内的美国主流媒体能够一反常态，对中国做出上述正面的评价。可以记起的是，当奥运火炬在旧金山传递时，《洛杉矶时报》的图文报道凸显的是当时现场的冲突与不和谐，画面与文字中更加容易出现的显然不是彼时彼地占据绝对优势的北京奥运的支持者与欢庆场面（笔者由于目睹了旧金山的真实情形，所以对当地华人、留学生乃至为数不少的美国人对北京奥运表现出的亲和与支持有切身感受，由此也就更加对那种别有用意的报道感到刺目）。当然，被不少人认为似乎更加切近新闻自身属性的西方媒体惯于施展"新闻价值"的魔力来引人看取报道对象的不同寻常之处，像奥运火炬传递中的种种大小风波，像2008年更早些时候突然爆发的民族骚乱等等，绝对符合新闻价值中的"反常性"，媒体予以报道乃至渲染也不失其自身逻辑。不过，这种过度关注与传播背后的国际政治语境又显然是不言而喻的。如果说，在不久以前甚至可以说在相当长的时间里，西方媒体塑造出的"非正义的中国形象"是某种刻意的政治行为，那么，这一次有关地震的报道与评论所勾勒出的"好的中国"的轮廓是否表明西方媒体果真完成了一次"政治自新"呢？

　　这篇时评实际上是在一个道德评判的框架中做出评断的。在时评的论者看来，中国政府的"正确反应"并非源于其有效的政治机制或一贯的政治理念，而是在伤亡如此惨重的灾难性时刻所表现出的道德力量。在民众陷入极端无助与灾难重压之下的特殊时刻，政府能否立即表达关爱、实施救助是其道德正义性的重要指标。在这一点上，论者不吝用了"模范的反应"（exemplary response）这样的高度评价来肯定中国政府的作为。当然，这种道义性价值也具有政治进步的内涵，论者并没有完全回避，只是不忘指出这种源于道德感而非体制力量的进步背后仍然有重重特定的压力。比如在论者看来汉人的统治如何赢得少数民族（文中列举的是中国西部边疆地区两个显然不是随意拾取的例子）的尊重即是一个需要不断反思的重点。显然，道德正义性本身并不能替代西方眼中的"政治不正确"（姑且借用一下这个在美国社会有特定所指的惯用概念），这篇时评的论者所肯定的"中国形象"虽然一时居于伦理高地，但远未抵达一个真正"好的"政体（regime）。进一步看，如果成功应对地震灾难的中国政府不是基于一种西方所认可的政治机制,而是在一种所谓"政治不正确"或不足够正确的前提下,表现出了极其强大的政治动员力量和极具感染力的道德激情,那么,在西方媒体的主流话语中,这种政治效果和社会感召力还会在多大程度上或多长时间里被视为一种正面的力量呢?

  实际上,这篇时评仍然未能走出西方媒体"中国叙事"的惯常"语法",只不过在当时那样一个极为特殊的语境中,论者的措辞甚至心理偏向发生了自觉不自觉的变化。面对全人类迄今仍无法掌控的自然大灾难,普遍意义上的人性关切确实有机会暂时越过其他时候万难跨越的政治障碍,人们似乎更愿意表达对同类的同情。在这里,无论是中国政府面对无助的灾民,还是西方媒体面对遭难的中国,大家的眼光和心理尺度取得了暂时性的一致。这也是中国成为"好的中国"的主要原因。然而,"语境中的"价值判断与情感立场恰恰具有致命的历史性,它的易于激发与易于退却无不源于对语境本身的依赖。甚至,在同一篇时评中,我们并不难读出已经出现的相反的语义。或者说,论者在表彰中国政府道德正义性的同时,一再小心翼翼地保持着一种十分警醒的态度,那就是不忘直接告诫中国或暗暗提醒自己——中国仍是一个不一样的国家:中国政府的救灾形象尽管已经成为差不多同时的缅甸政府处理相似问题的鲜明的对比,但中国仍未真正反省其国际政治的立场,也就是仍未改变其对缅甸、津巴布韦、苏丹等所谓"非正义性"国家的态度。当论者在时评的最后一节忽然荡开一笔,大谈中国对某些"君权"(sovereignty)国家"不可动摇的支持"以及中国在联合国安理会究竟该如何再思自己"大有问题的"的"反对干涉内政"的国际政策时,时评论者的用意显然回到了所谓"中国叙事"的本来轨道上。如同前文提到的某些少数民族地区一样,这里出现的与地震或飓风并不相干的苏丹、津巴布韦等,也同样是在提示我们一个"潜文本"的存在,而通篇被与中国相对比的当时的缅甸政府也就具有了更多的意味——也许,在论者那里,缅甸对中国而言,并非只是一个反面烘托的角色。

  在一个道德性的框架里,这篇时评对地震灾难中的中国政府做出了有限的肯定,这样一个有限正义中的"中国形象"在文本中或者说在西方人内心深处是并不稳固的。可以说,在当下特殊语境的背后实际上还有一个西方人言说中国的更大的语境,在当下"好的中国"背后还有一个西方媒体更惯于建构与评说的不一样的中国,而那样一个语境和"中国形象"似乎更是稳固的。即使在这样一篇相当"正面的"时评中，即使在有限的道德判断下，话语背后特定的政治叙事仍然是十分活跃的，甚至都不是所谓"深藏的"。

读出西方人字里行间对中国的政治歧见当然不是什么新鲜事，我们需要的也许是在层出不穷的正反话语中寻找真正深藏的我们自己的问题。自然灾难造成的深重伤害已经无以避免地发生，我们在一次次全力救灾之外，如果不做诸多方面的深长反省，那就真的又丧失了一次更生的机会，而且是这样一种代价惨重的机会。至少，我们需要在种种声音中仔细辨识可能的真相，在抑扬褒贬中寻找适宜的借鉴。《洛杉矶时报》的这篇时评之所以值得解读，当然并非由于其报道的"正面性"，而是由于它再次提醒我们去关注所有语义背后实际上都有复杂的语境的存在。当然，西方媒体的某种政治偏执也并不是完全建立在对中国的无知上，毋宁说，这种偏执有时候也恰恰是抓取了中国社会的某些实相之后的产物，像该文中提及的低劣校舍建筑与可能的腐败就是有目共睹的顽疾。虽然从最根本的意义上说，西方人惯于建构的"中国形象"的确是利益攸关的国际政治博弈的产物，我们的此番解读也不无这一意义上的批判，但是，仅有这种究极意义上的释义显然又是危险的。当我们以"政治叙事"之名揭示西方媒体并未坚持一个统一的普遍道德立场的同时，是否也曾意识到我们自身其实也无法建立起一个真正稳固的人类视野？笔者愿意举出2008年亲历的加州大学洛杉矶分校中国学生的一场烛光祭奠仪式作为一个参照的"文本"，正如当时在场的有限的几位同学所觉察到的，这一活动的"语义"从对死难者的祭奠逐渐转向越来越强的民族意识，最终结束在民族富强的呼告中。人们也许觉得只是悼念死者、为灾民祈福不足以表达所有的感受，但似乎未及意识到前后发生的美国中部地区龙卷风、缅甸热带风暴等灾难的受害者同样需要得到祈祷。在这里，人性关怀与人类视野同样轻易地被民族的政治理念所遮蔽。我们有足够的理由认同这种民族意识与政治憧憬，也同样有足够的理由去反观它。无论"中国形象"抑或"西方形象"，其充分的正义性都无法离开真正的人类视野。在双方彼此做出"好的"或"非正义的"评断之前，也许首先需要意识到各自的真正局限。

（本文收入《人文述林》，山东大学文学院编，山东大学出版社2018年版）

开放文学史书写的新论域

话语空间与言说资源

尽管"文化诗学""文化研究"仍是两个聚讼纷纭的概念,在实际的学术活动中它们却早已成了使用频繁的语词。21世纪以来,文化诗学之外,标举"文化研究"大旗的学者似乎已经逐渐克服了20世纪90年代式的过于浮泛且语焉不详的盲动式"文化研究",一方面积极与西学话语中的这一特定概念展开对话,一方面力图使之更加切合本土情境。这样,当下的文化研究多少增添了一些较为确切的学理内涵。虽然在不同的研究主体那里,文化研究是在不同的层面上展开的,但他们无疑都显示出融会社会科学与人文学科的动机,文化研究所具有的学术整合作用于此可见一斑。对于整个人文学科而言,文化研究除了更具天然的亲和力之外,其存在意义至少是基于下面这样一个前提:人文学科并不能成为一个价值自足、对象封闭的纯粹自我,同时,人文学科也面临如何应对对象世界与学术语境新变的问题。文学史研究也正是这样,无论是对于不断开拓学科边界与话语空间来说,还是在积极面对新境遇、获取新资源的意义上,文化研究都有可能成为增强人文学科活力的重要策略。

对于文学史书写而言,文化诗学、文化研究等新论域带来的一个新的阐释路径便是近年来逐渐有效展开的文化批评模式。相对于传统的文学史研究与文学批评,这一新模式显得更具包容性,其阐释功能也明显增强。这一方面固然是大陆学界接受西方当代学术思想（如法兰克福学派、杰姆逊的文化分析理论及女权主义学说等）的结果，同时也与国内20世纪90年代以来的具体文化情境直接相关。简单来说，至少从"后新时期"阶段开始，学者的构成有了新的变化，20世纪80年代崭露头角的当时的中青年学者业已进入各自研究领域的核心，而更年轻的一代学人虽然不无缺失，但其借鉴新知以立新说的学术热情可谓十分高涨。学者主体队伍的自我更新是摆脱旧有研究模式的重要条件，所谓旧模式不仅指新时期以前相当长时间内极"左"思潮影响下的学术研究，同时也指20世纪80年代所表露出来的种种新弊端，如在否定过去单一政治视角的同时实际上仍在不自觉地沿袭同样的思维方式，研究视界并未得到应有的置换，变化的仅是立场而非学术思维。再如文学史写作中曾挥之不去的特定的"伤痕""反思"情结，由于耽于对一个特定历史时段的情感与思想沉浸，所以这种情结并没有带来人们期待的历史深度与思想力量，反而时常限制着研究者步入更为阔大的学术时空。当然，站在文化语境迥异的今天，对前一个历史阶段学术发展的指摘应是适度的，至少，像"20世纪80年代"这样作为一个学术时段的时期的思想意义是迄今为止的所谓后新时期、新世纪所不易比拟的，特别是处于当下有关学术史、知识学的热浪中，20世纪80年代的价值迷恋恰好是一帖良药——思想的缺失正成为人们诟病某些学术新形态的共识。在这种得失俱在的文化时代，寻求一种更加有效的学术思路显得十分紧要。从客观意义上讲，这种求变的自觉意识也是源于20世纪90年代以来中国社会的现实情境。市场经济已不单是一个供人论辩的话题，而且日益成为国家生活的主潮，其实践意义上的全面铺开自然影响到社会的方方面面，这是人文学科自我调适的一个现实动因。同时，在新的社会条件下，主流文化、精英文化与大众文化或分或合，呈现出复杂多变的共生共存状态，而与这三者一直有着千丝万缕关联的人文学科自然难以无动于衷。在美学领域中兴起的审美文化热在一定程度上正表征着这一点，特别是那些将审美文化研究定位于一种批评话语，将其对象定位于大众文化生活的学者，恐怕大都有过与主流文化相疏离、与精英文化难共进的经验，这也是20世纪80年代末以来精英文化不断自我反思甚至自我扬弃的结果，这一结果不仅源于政治乌托邦冲动的受挫，同时也是经济新格局中的必然。文学史研究也正是从这里开始走出简单的重写冲动而渐渐步入新史观与新论域的自觉建构中。

即使是在文学史研究层面讨论文化研究也不可能避开全球一体化这样一个巨大的历史背景。实际上，文化研究思路的形成与蔓延与这一背景关系密切。只要考察与文化研究相勾连的一系列"后"概念即可感受到这一点——后冷战、后殖民、后现代……而对中国大陆而言，在文学史写作被重新反思之时，也正有"后新时期"之谓。虽然同一个"后"字所指涉的对象与情境并不相同，但它们所表征的时代氛围是相近的，即所谓"历史已经终结"式的文化态势。当过去那种两大意识形态间的激烈对抗渐成历史烟云之际，一向处于边缘的话题开始凸显：性别差异、绿色革命、少数民族……西方学者已将文化研究的主题做了如下归纳：第一，性别研究以及各种"非欧洲中心主义"的研究对处于历史进程中的社会系统的研究的极端重要性；第二，局部的、非常情境化的历史分析的重要性；第三，参照其他价值对技术成就所涉及的各种价值的评估[①]。虽然世界一体化的图景主要是在经济意义上真正呈现着的，但政治与文化层面上的变化也的确开始出现。因此，作为向世界开放的中国人文学科研究势必发生相应调整。在文艺学中的文学批评界，文化批评的实践者已经获得了部分的成功。虽然有苛刻的学者用文化批评的源头——伯明翰文化研究所最初设定的立场（即立足弱势文化、批判强势或主流话语）来指摘大陆学界对文化批评的误读，虽然有严谨的批评家一再警告文化批评对文学批评的遮蔽，但无论如何，文化批评的确为文学研究带来了活力。即使是那些错位的应用或有意无意的误读，也正体现着文化批评与本土情境的必要磨合，所谓主流与边缘、精英与大众的关联既然错综复杂，那种二项对立的思维模式就理应破除。所以，将不合"规范"的文化批评一概视为与主流或大众的"合谋"似无必要。实际上，文化批评的优势正在于其指涉空间的阔大，由此使人文学科的论域变得富有弹性，文化研究可被视为在文化学意义上的人文学科建构，同时，也可被理解成一种拓展学科视界的策略，这种观念与方法上的双重调适可以为人文学科争取更大的话语空间，获取更多的话语资源。正如华勒斯坦等人在《开放社会科学》中所表明的态度，从事文学研究的学者，对他们来说，文化研究使对于当前的社会和政治舞台的关注具有了合法性。当然，这种关注并非文学研

---

① 华勒斯坦等：《开放社会科学》，刘锋译，生活·读书·新知三联书店1997年版，第69页。

究的全部，也非所有人文学者的兴奋点，但文化研究的视角及其带出的新观念毕竟是值得文学史研究者珍视的。

文学史研究者所设立的阐释目标应当是通过对中国现、当代文学生成与演化的分析，指出文学话语对中国现代历史实践的一种想象与表现。反之，也正是由于直面现代政治实践和文化建构，研究者对中国现、当代文学精神的解释才有可能是有效和完整的。也正是顺着这样的思路，我们对文学史的书写同样会获得一个较为开阔的视界。对比"20世纪中国文学"刚刚提出的情形，今天的研究者的确怀有更复杂的文学与历史关切。"20世纪中国文学"本是产生于20世纪80年代的一个学术概念，它与几乎同时出现的"重写文学史"的呼声一样，真切表征着思想解放时代开始后人们追求学术自觉与观念变革的迫切愿望。然而，这一富于思想新质的学术论题在当时并未获得顺利展开的历史情境。一方面，"拨乱反正"带来的价值选择的转换方兴未艾，人们还大都沉浸在历史纠偏式的价值迷恋当中，平实健全的学术心态自然尚难确立；同时，对象世界的支离破碎与百废待举也制约着研究主体进行整体观照的努力。这样，新的文学史观脱颖而出之后，并未见出整体实绩便又被重新"搁置"起来。20世纪90年代以来，经历了又一轮文化热浪与思想淘洗的学术界终于渐趋冷静，兼具历史内涵与学理价值的研究成果开始出现。对于"20世纪中国文学"这一命题而言，历史终于为它提供了获得充分阐释与科学建构的可能。新的小说史与文学史研究应该确立不同的研究范式。如果说"20世纪中国文学"是一个既有的学术概念，那么由此而生的新的文学史观还需要通过研究范式的变革落实到对这一段历史的重新叙述当中。相对于对象的重新命名与对象局部的修补与调整而言，研究主体历史观念与叙述策略的整体变革所带来的范式革命更具有根本意义。可以说，这关系到能否最终实现隐含在"20世纪中国文学"这一命题里的学术初衷——突破历史语境与学术惯性形成的重重束缚，在一个全新论域中重构百年文学史。新时期以来，尽管在传统的中国现当代文学研究中有过不少新的尝试，如努力走出单一的政治学模式，逐渐拓展文化、心理、审美等不同的研究视野，等等，但意在全面感知本世纪中国文学发展演变的完整史观并未真正呈现出来，由此也始终难以真正达到一种科学的历史认知。当然，文化诗学的历史新观念本来就远离某种确定不移的史观与史识，但这并不意味着放弃寻求历史阐释的新的可能性。新的文学史阐释的重要价值正是体现在努力寻找并确立一个足以有效诠释这段文学史复杂过程的理论范式，即从对20世纪历史结构的充分理解与分析中，找到足以合理解释历史乃至文学的基本变动形式并对其进行相关性价值评估的真实依据。这种"历史结构意识"[①]有力地克服了某些单向度的文学史叙述，也不再以机械的二元对立模式看待历史与文学的演进，坚信意义呈现于对象置身其间的结构性情势之中，力图恢复结构诸要素间相互激荡制衡的原貌，勾画出文学发展的历史合力。实际上，现代性反思的问题意识正是要求人们对现代价值及其文学史表现做出细致的梳理和评判，某些可能的历史新见也就发生在这种复杂的历史对话活动中。

书写立场与对话性史观

文学史研究的新论域在学术实践层面当然并不总是带来可以完全肯定的实绩，但无论是上面提到的在学界已产生影响的"历史结构论"还是我们在下文中可以继续讨论的其他研究成果，都至少催生着文学史研究不同阐释之间的良性的对话关系以及我们从中可以反复思考的某些问题。在文学史学科边际不断延展且相对模糊的学术背景下，不同断代间的相互打通与长时段的历史整合已经成为文学史叙事的某种新定式。然而像《新中国文学五十年》[②]这一类著作仍然坚持了一种固有的文学史断限与阐释框架，同时又通过为对象的重新命名试图表达编撰者对这一文学历程深长历史意味的特定理解。因此，在现当代文学史著述不断调整、新作迭出的今天，这一类研究显得同样引人注目。当然，这样的研究活动本身并未申明建构某种"文学史"的企图，而是并不规避研究者之间的各种差异。这种"复调"色彩复活了某些当代文学的鲜活情境，换言之，这种研究方式本身实际上也提供了一个体验当代文学五十年中多重话语冲突的特殊文本。当然以冲突的强度与语境的复杂性来衡量，重叙活动显然无法全盘复原这半个世纪的文学历史。虽然如此，类似的研究工作至少从覆盖对象的广博程度上进行了一定的弥补。文学史著作自然可以做那种通盘立意、采取某种史论的整体性观照的工作，诸如文学的宏观脉络、主要思潮与历史评价等

[①] 孔范今主编：《20世纪中国文学史》（上），山东文艺出版社1997年版，第142页。
[②] 张炯主编：《新中国文学五十年》，山东教育出版社1999年版。

等（实际上，这种全景观照在一定程度上也的确对文学史具体问题的展开发生作用，至少营造出一种特定的宏大叙述基调），比如所谓从新文学到当代文学的"断裂与延伸"便在总体研究中已现端倪，这里提出的"继承"与"转型"正是发生在新文学与当代文学之间，这条持续发生着"深刻变化"的线索实际上也是不同研究者共同偏爱的一个叙述主线。虽然不同的阐释者对"断裂与延伸"的具体所指会有各自理解，甚或面对一系列文化变迁与文学起伏时会有不同的评断与取舍，然而20世纪中国文学的前后两节之间确实有言说不尽的种种关联，这是一个真正的释义焦点。

文学史研究虽然常常给出大致的分期，但并不意味着限定出一个文学史式的意义框架。因此，研究者的对象选择与时空转换便有一个相对自由的灵活方式。在这样一个蕴含冲突的"话语场"里，虽然言说的歧义并不一定总是显示足够的锋芒，但有冲突便有思想生长的资源，这也是越来越多的研究者都自觉意识到的一个出发点。像我们前面举出的这一实例中，谢冕在"诗歌"一节中首先申明中国当代诗歌与诞生在中国五四新文学运动中的新诗的内在联结，继而指出延伸中的断裂与接续，并努力寻找"诗学一律"的总体氛围中尚未丧失的艺术品质。在20世纪50年代的新诗单一化秩序中，谢冕有意识引录蔡其矫不同凡响的诗句和穆旦、杜运燮类乎"绝响"的《葬歌》与《解冻》，正可见出论者坚执的诗学立场。如果我们比照一下诗歌与小说不同文体的研究者在各自论及的文体演变中的对象选择，也许可以见到他们不同的侧重。"诗歌"部分在保持一种必要的历史完整性的同时，叙写最力者当是那些敢于突破不同时期的种种清规戒律、表现诗歌与人生的相互生成作用以及勇于进行诗艺创造的诗人群落。其中既有当年的崛起的新诗潮，也有持续受到关注的"非非"诗派、"莽汉"诗派、"他们"诗派、"汉诗"派等所构成的后新诗潮诗人，还有20世纪90年代以来驳杂繁复的世纪末诗坛。相比之下，"小说"部分更致力于对这一文类的宏观扫描以及小说各种体式、题材的演化与新变，而且在主流小说与先锋作家之间虽无特别侧重，但对后者显然也无格外解说的意向。在对象取舍与详略上的不同处理固然与小说、诗歌这两种文体各自的属性直接相关，同时也关联着不同论者艺术观念、审美趣味以及历史认知上的异同。如果循着"诗歌"研究的思路，20世纪80年代中期的小说叙述革命显然具有至少与新诗潮崛起相似的文体解放意义，而20世纪90年代的女性写作在诗歌与小说中也正好相互印证,对这些文学事件也许值得投入更多的关注与思考。同样,若以"小说"研究的视界来检视,20世纪50年代的诗歌以及新时期重新复活的诗人与归来者的歌唱,正如同"十七年"和新时期之初的小说一样,虽然表述方式上的诗性独创并不凸显,但尚需更多历史与美学相结合的深入探讨。这样的歧异当然并不仅见于上述具体文体研究的某些个案之中,比如我们在这样一部文学史著作中还会不时遭遇到具有启发性的不同声音,在有关20世纪50年代的"文学理论与批评"与"文学科学"的发展这些研究中,不同的研究者都论及20世纪50年代发生的对俞平伯《红楼梦》研究和"胡适派资产阶级唯心论"的批判,从中我们同样可以体会研究者的不同侧重。人们可以结合"十七年"文艺理论批评的"三大战役"(即三次大的文艺批判运动)反思20世纪50年代文艺思潮与政治批判的不正常关联及其对文人知识分子命运的深远影响,也能不忘指明这种非常年代的"批判"运动对于促进马克思主义文学观在文学史研究中的应用所发挥的特别作用。这当然是我们考察文学史研究得失的一个例证,上述这种体现着某种"对话性"的文学史写作其实也在为我们重温文学发展的种种历史情境提供可能,上述阐释差异与言说侧重的存在,正是这种可能性赖以实现的前提。可见,"断裂与延续"在这里也许是双重的——它既是描述从新文学到当代文学演进时需要继续阐发的一个主题,同时也是考察阐释者本身言说活动与历史叙事传统之间关系的一个标尺。

言说策略与文学史新景观

在某些研究实践中,人们同样不难察觉对文学史的重新命名蕴含着更为自觉的文化意识和难以舍弃的历史情结。自然,在言说立场发生深刻变异之后,如何言说也随即成为一个问题——在一定程度上,文学史的重叙方式本身也正可视为史观内涵的直接表征,形式即内容。与20世纪90年代以来连续出现的若干文学史新编相比,谢冕主编的《百年中国文学总系》[①]以更加鲜明的体式个性完成了又一例20世纪中国文学史的重构。这部丛书分别截取了戊戌维新以来百年中国的若干历史时段,以"年代史"的交错与呼应突破了习见的文学

---

① 谢冕主编:《百年中国文学总系》,山东教育出版社1998年版。

史"编年体"的整一模式，通过历史片断与文学事件的个别放大还原文学发展的历史情境，找寻文学史演进的具体线索，从而激发人们对于历史细节的关注兴趣，在更富感性体验的氛围中重新面对或亲或疏的文学对象。这种由《万历十五年》引发的重叙历史的研究视角似乎尤其适用于文学史叙事。作为一种主要以精神——审美的方式构成历史的特殊存在，文学的流变更多地与人们的心理变迁和情感起落相互关联，而任何一种试图描述这一复杂而又飘忽的历史对象的话语活动都难以克服源于对象本身的想象与虚拟色彩，因而气象万千、变幻莫测的文学表达如何被编排成一种有序的历史事实令不少未能彻底认同历史理性的人心存疑惑。在当下后现代主义的文化语境中，历史本身的"叙事性"更强化了人们的这种困惑。从这一意义上讲，我们举出的《百年中国文学总系》这一实例对编年体文学史的自觉挣脱就具有了双重的意味——既呈现了文学活动固有的感性特征与鲜活形态，同时也部分地避开了文学史建构过程中的叙事尴尬。即使是在丛书中的《1898 百年忧患》《1942 走向民间》《1948 天地玄黄》等"历史意识"更为凸显的叙述文本中，扑面而来的首先也是"昆明湖石舫""瀛台千古悲情""昆明文人""延安文事""朱自清逝世前后""叶圣陶终于远行"……诸如此类具体可感的文学情境与个体境遇。在有关"1948 年的文学"的叙述中，著者钱理群更是有意识地将"历史写作"与"个人回忆"相融会，这一册《天地玄黄》也许是丛书中最自觉地实践"年代史"体式的个案，著者显然意识到尝试文学史新结构过程中面临的叙述学上的难题，并且采取了相应的策略：既有历史当事人的诸种史实与文献所形成的过去的视点，同时也有一个历史叙述者，表达着与过去进行对话的愿望和可能性，并且在叙述中联结起不同历史语境中的人与事。虽然这种初步的尝试仍显得步履艰难，但在文学史观念获得一再突破之后，文学史叙述的形式自觉的确已经付诸实践了。

构筑文学史研究的新论域自然会带动对象世界的重新整合与完整呈现。任何一个学科的发展都起源于对特定对象的经验与反思，最终又要在学术话语中重建对象世界。由于历史过滤与现实选择的双重影响，20 世纪中国文学史所涵盖的精神事实与物质文本曾在很长一段时间内处于严重缺损的状态，于是，竭力挖掘对象世界中被历史遮蔽的研究资源便一度成为学科建设的当务之急。而当对象世界的材料发现已有相当积累之后，人们期待已久的历史还原工作并不会自动完成。这也合乎学术创造活动的一般规律。就这一段文学史而言，材料新知还需转化为历史新见，而且这一转化还应该是一种整体史观的形成而非局部修补与重新排位。文学史研究的新拓展自然也要得力于现代文学界"考古挖掘"的一次次成果，更为重要的是，在研究的新境界中，相对完整的研究对象不仅能够进入叙述视野，而且可以得到有机整合，从而在更为完整的意义上得到"史"的显现。可以说，对象世界的这一还原是在冲破旧有格局后的又一次突破，真正体现出建构全新文学史观的意义。由于对现代性的发生与起源有了不同的更为复杂的认识，现代文学的断限工作可以有新的延展，这实际上也构成近些年来现代文学研究的某种实绩，即通过重新勘察现代文学的疆界促进对现代文学本身许多关键问题的理解，带着现代性反省的问题意识才较易于真正从理论上界说何以传统现代文学学科的时空应该被拓展为20世纪中国文学，这种理论认知也正是文学史研究切实完成对象世界重建的学理保障。从时间意义上看，"20世纪"不仅仅是一个"宇宙时间"的概念，以它命名的一个文学时段也不仅仅是要简单摆脱社会政治历史分期的束缚，文学实际上的确是在对历史的表征活动中不断延续下来的，只不过现在需要对表征历史的文学话语做出属性、结构、心理与功能上更加细致体贴的考察，当然也包括对文学历史绵延相继、难以割裂的固有特性的充分尊重。从空间意义上看，如何切实将20世纪中国文学的生长疆域延展到"大中国"这一完整空间，使台湾文学、海外华文文学与大陆文学得以血肉相连，而且在不同地域的共时性文学比照中增强现代模式的丰富性和某种历史感，这也是引人期待的。

（原载《文艺争鸣》2010年第15期）

文学批评价值建构的若干面向

在"文学理论批评化"这一趋势不断加剧的当下，谈论批评实际上也成为考量文学研究的一条主要途径。在某种意义上，20世纪以来的文论发展正是建立在此起彼伏的各色批评实践之上。从现今中国文学批评的实际来看，批评家们在一如既往地借重经典文论的同时，也大量征用了不同面向的新的批评话语资源，切实体现了现代文论由本体论向阐释学转向的新范式。

"价值重估"作为一种释义模式是中国当代文学批评界再熟悉不过的阐释手段了。从话语源流上看，对价值重估的热衷其实在很大程度上源于对文学史的"重写"冲动。在原本意义上，文学史研究、文学理论建构和文学批评实践被看作可以适当区隔的三个不同学术空间，虽然三者之间必然地相互作用，但在前述"理论批评化"的现代学术语境下，批评有可能整合一切，诸多学术实践也可归于批评话语的不断展开当中，这种情形已非经典文论意义上的"相互作用"。在此背景下，我们也许就不难理解，"重写文学史"作为一种文学史研究领域中发生的革新要求，其学术实绩却往往在当代文学批评中开花结果，而文学史重构本身倒是迟迟未能如人所愿。换句话说，当代文学批评不仅从文学史研究的异动中直接获益，而且将"重写"所蕴含的"价值重构"的话语模式直接化为自身的主要命题，从而为批评实践确立了有效的意义指向。举例而言，批评家们一再推重的作家汪曾祺已经成为一个中国当代文学批评的标杆，这一批评尺度的建立自然源于文学史重写思潮中对废名、沈从文等人的文学实践的重估，而在具体的当代文学批评活动中，被文学史重新挖掘出的这一文学脉络又化为批评自身的有效命题,如汉语写作的诗性之维、诗化小说的文体建构、乡土文学的语言视界等等,通过这样一系列的批评策略,当代文学中的相似文本得到有效解读,更重要的是,某种引领当代汉语写作的批评标准也得以确立和强化,从而体现出一个被广泛认同的文学价值取向。可以看出,相较于文学史重构,文学批评更易成为价值更迭的得胜者。学界曾质疑"重写文学史"流于做翻案文章,以致偏重两头、中间虚空,也即主流作家被拉下神坛,边缘作家重得彰显,而文学史上更为丰富的中间大多数人的文学实践却并未得到新的书写。这一质疑对文学史研究而言确为有感而发,相对来说,文学批评所同样热衷的颠覆与重估工作就易于被人理解和接受了。批评远离了"讲史"的冲动,不寻求普遍性的文学发展链条,反倒在个别性上迅捷实现了价值重构的学术初衷。只要看看20世纪80年代中后期先锋叙事所掀起的新潮批评的波澜就可以见出文学批评价值建构的一个重要面向——对现代主义文学的热切肯定,虽然文学史研究中早就力图打破现实主义的一统天下,但盘根错节的文学史叙事本身终究很难一语道断,而批评在文学发展的特定阶段确实可以全力凸显某种急迫的文学期待。

当然,文学批评征用的重写文学史的策略不仅仅是价值重估,在某一时段文学的发生和断限这一典型的文学史叙事范畴中,批评同样多有借鉴。近年来,有关当代文学的前三十年和后三十年的命名与考辨一直不断,而其中关于新时期文学起源的解说更是时有新见。不难发现,文学断代史的起源问题很快便成为文学批评界深感兴趣的话题,批评家的声音甚至更加响亮。之所以如此,是因为批评家们普遍看取其中隐含的有关当代文学批评的新的论域和价值生产的新的可能性。事实上,当人们不再想当然地以伤痕文学最初的个别文本作为新时期文学的实际发端时,以往所形成的当代文学后三十年的发展序列自然被动摇,当代批评的坐标系也随之发生位移,无论作家作品还是思潮流派以至于文学生产的诸多环节,都将被置于新的批评视界当中。同样,当人们不再视"新诗潮"为新时期诗歌横空出世般的存在,而把目光更深地投向20世纪70年代的地下诗歌活动、投向横跨新时期门槛的前后勾连的作家作品时,文学批评的眼光自然也就变得更加复杂,无论在社会学视野中还是在文学解读里,简化和单一的尺度都会遭到怀疑。即使对所谓"新世纪文学"而言,新时期文学的起源问题同样是一个具有实际意义的话题,因为当下文学所有的

"常"与"变",都与这个复杂的起源相关。由于观照距离的过于切进,20世纪80年代以来的文学史的书写尚难以完全存真,但批评确已获得了较为丰富的具象和细节,有理由呈现和评判更为贴切的文学景观。

如果说文学理论的"批评化"解构了经典文论的本质化意图,那么,"文学性"作为文学批评长久以来的一个重要凭借也正逐渐失去其不证自明的价值内涵。对于我们所熟知的马克思主义文论而言,文学性的"历史性"也正是其应有之义,文学的审美价值无法离开特定的历史关联。20世纪西方文论中的福柯的话语理论、伊格尔顿的西方马克思主义意义上的文学观等,虽然分别基于不同的问题意识,但也都致力于解构形而上学的文学本质论。21世纪之初,中国文学批评界也兴起了一轮反思纯文学的思潮。除了理论本身的推演之外,对于当下文学批评而言,有关文学性或曰纯文学的重新思考具有更重要的意义,这种意义集中体现在修复文学与历史的有机关联的可贵努力之中。可以说,新时期文学曾经有过的"回到文学本身"的价值诉求是一种合理的历史反拨,而20世纪90年代文学对于历史的主动或被动的规避则有着不同的时代内涵。虽然这两轮文学疏离历史的意图均无法在实际意义上隔绝时代生活,甚至还不乏与历史脚步的应和(如新时期文学的自足性诉求其实呼应着当时追求现代化的整体实践,20世纪90年代文学中的个人化书写和身体叙事也与市场化时代的全面降临相关),但无论如何,文学经过一次次拒绝历史的躁动之后,作家与身外世界之间的有效的对话关系正逐渐淡化。文学固然不能也无须一直保有所谓"轰动效应",但无法向时代生活发言、失落必要的历史品格,这也并非文学应有的样貌。正如不少批评家已认识到的,纯文学的吁求从20世纪80年代的革命性呼声转为20世纪90年代之后的缺乏生机和力量的空洞与自满,这种情形实际上已经有悖于当初追求文学自主的作家们的初衷,他们从来都不缺少历史激情,当文学追求现代意识的脚步与现代化的时代潮流紧密合拍之时,中国作家的文学自主呼声实际上正是呼应历史进程的一种呐喊,他们是曾经的文学与历史蜜月期的亲历者,质言之,当时的文学声浪也正是历史潮涌的一部分。正是在此背景下,作家们在市场化全面铺展开来的20世纪90年代之后的疏离感和无力感就显得有切身之痛,不甘边缘化的弄潮儿们很快调整写作的风向标,身体与欲望叙事也一时引领了新的风骚。然而,在历史新变面前,文学艺术的直面勇气和超越性体验的能力却迟迟不能见诸作家们的创作实践。批评家们正是从已经变得虚妄的文学性入手，力图恢复和重振当下文学的历史品格。其实，从理论上廓清文学性的历史属性并非复杂的难题，现代意义上自主的文学概念在西方不过一百多年的历史，在中国自然更短一些。这一所谓自足自主的文学观，也正是宏大的"现代"建构的一部分，现代文学正与启蒙、个人、自由等现代思想同调。换句话说，强调自主的文学其实征用的正是强调启蒙的思想资源，文学无法纯粹地为艺术而艺术，她是某种新的"载道文学"。当然，借用周作人的说法，载自我之道，亦为言志，现代文学由此也可视为言志的艺术。无论怎样，文学性无法真正与历史相剥离，其产生与演化均应置入历史之中方能求得解说。具体到当代中国文学的语境中，不少批评家瞩目于"底层写作"所能带来的相关启示，因为正是这种新的底层叙事打破了文坛萎靡颓唐或虚空浮华的现状，将文学与时代生活重新对接。也许，人们从中更加看重的是底层写作面对眼前这个复杂现实时的态度，作家们自觉站在弱势一边，目光对准时代风尘遮蔽下的底层人物，没有高歌猛进的声调，也不寻求当年所谓"现实主义冲击波"式的"分享艰难"的可能，这一次是真的立身底层，直面我们这个泥沙俱下的现实世界。当然，只有历史关切和道义情怀并不能成就一个文学性充盈的文本世界，批评家们毕竟在这些底层写作中发现了苦难叙事的诗意呈现、人性书写的多重真相、历史边缘的解构力量。批评界的这场文学性反思让文学重归历史生活，同时也揭示了文学自身生长的持久动力源——不是拒绝和疏离历史，而是始终与历史保持有机的对话关系。

  当代批评对文学的历史品格的重新思考其实也与"文化研究"相关。早在20世纪90年代，批评界就已展开过有关文化研究的讨论。不过，彼时的问题意识多体现于如何避免文化研究对文学研究的僭越，至于"文化研究"本身为何物，其实不少人并未仔细分辨。文化研究所招致的误解和批判一开始也源于此。近些年文化研究在大学学科建制中逐渐落地，从事实际的文化研究的学者也不在少数，虽然相关的学术争鸣依然不绝于耳，但文化研究的本来面目和功能与局限毕竟慢慢清晰起来。批评界对文化研究的热情其实一直高涨，从一开始的追逐新异到渐渐切实体会到文化研究带来的方法论与批评视界的不断拓展，人们对这一批评策略的热衷更加有增无减。指称"文化研究"为某种批评策略其实颇为确当，因为它原本就是反本质主义的，当然也就是反形而上学的。文化研究不追求定义、不寻求学科化。（虽然在欧美早就进入大学体制了，但仍然显得十分另类,它顽固地坚持从方法到观念的杂糅性,与诸多人文社会学科相交叉但又从未属于任何一个具体确定的科类。中国大学学科中已有"文化研究"一说,但愿也能保持警惕,避免沦为单纯的知识生产和职业游戏。)说到底,文化研究不寻求自身稳定的特质,用这些学者自己的话来说,文化研究是人文知识分子一种新的存在方式,他们不再试图充当历史本质的代言人,转而投身历史实践当中。实际上,如果真的要去寻求文化研究的思想渊源的话,西方左翼阵营的知识分子基于马克思主义理论的再思考是其重要的资源。从威廉姆斯、汤普森等英国早期的文化研究学者对"文化"的实践性和日常性的强调、对精英主义文化观的破除,到法兰克福学派基于对资本主义现实秩序的反观而展开的大众文化批判,再到转战北美大陆后的文化研究在重新解读日常生活和大众文化时所翻出的理论新知,这些文化研究的具体实践虽然自身各有不同的指向和立场,但均致力于回应历史新变中文化所遭遇的新的压迫力量和新的实践形态,从而更有效地阐释文化实践本身的历史相关性。对于当代中国的文学批评来说,上述文化研究的方法和观念都产生了理论反响,也逐渐引发了面向中国现实的研究实践。不难理解,正像前文所说,批评界正是基于对文学与历史的日渐疏离才引发了诸如"文学性"的反思,而文化研究对历史变动中新的现实结构和各种文化力量以及意识形态生产的有力阐释大大吸引了批评家们的注意,文化研究一开始便具有的对边缘文化实践的固有兴趣也支撑着文学批评者对诸如底层写作、女性文学、后殖民叙事等的持续关注。当然,置身大众文化工业和高科技传播网络气吞天下的今天,文化研究无疑也提供了回应大众文学新发展、解读影视文本新内涵的批评手段。实际上,即使在文学史研究中,具有某种"泛文本"色彩的文化研究方法已经颇有收获,比如从都市文化符号和电影传播视角对20世纪30年代上海文坛的重新观察早就得到学界普遍认同,这种延展和沟通文学内外的文化符号资源的努力其实也可谓某种"大文学"视野,对于已经置身文化杂糅情境中的当代文学而言,这一源于文化研究的新视野不失为一种有效的批评策略。当然,在不少严肃的中国"文化研究"学者看来,文化研究所提供给当下批评界的最重要的思想资源绝不是在一个文化庸常时代的求生获利的自救术,而是厘清现实秩序和文化权力关系的清醒剂,批评家的文化研究实践最终应该坐实于意识形态生产与再生产的文化机制与历史逻辑当中。

实际上，无论是对价值重估的迷恋，对文学命名的期待，对文学本身的反省，还是对文化研究的借鉴，批评界此起彼伏的声响无一不在提醒人们，无论文学还是历史，都还置身于"现代性"的固有矛盾之中。当代文学是百年中国文学转型的延续，而文学转型正与中国社会的历史大转型相伴生。文学批评无论求真还是求美，都离不开传达国人的现代想象和现代心绪，其间既有历史演进与审美创造同气相求的现代憧憬，也不乏历史理性与艺术心性分道扬镳的冲突与痛楚。作为一个"尚未完成的方案"，现代性不仅仅是批评话语中的一个论题，而且早已成为我们共同的历史规定。如何在理性主体和感性生命、历史功利和艺术创造之间寻找批评的制衡点，这不仅关乎修复文学与历史的有机关联，也关涉"现代性"自我修正机制的恢复和常新。对于文学批评而言，也许这才是一个最大的伦理价值。

（原载《文艺报》2015年6月5日）

重建文艺理论的历史相关性

早在20世纪之初,德国哲学家李凯尔特就曾在《文化科学和自然科学》中强调人文学术与自然科学之间的界限,在他看来,文化科学在形式和质料上都表现出某种不同于自然科学的历史性和价值性。由此不难发现,作为人文学术重要对象的文艺理论本身,其实并不必然地追求普遍性和客观性,文艺理论更可能是对"理论"或者说"概念"的自觉不自觉的抵抗,任何形而上学式的理论成说其实都会在文学艺术的自我理解中表现出各自的局限性。所谓文艺理论建设内在活力的缺失,在一定意义上也正是某种理性崇拜与形而上学冲动的结果。虽然"历史"这一概念在李凯尔特那里主要是指哲学意义上的个别性,但当我们如今力图走出这种形而上学式的理论围困时,还是要征用"历史"这个语词,只不过我们更多是用来表达文艺理论应该恢复与我们的现代历史转型的固有联系——也就是要重新强调文艺理论的历史相关忄。

从源头上看,中国语境中的现代意义上的文艺理论的发生与中国社会历史的现代转型恰好同步。传统的文论话语在晚清"三千年未有之变局"中同样遭遇了不断跌落的困局。王国维以叔本华哲学重释《红楼梦》,梁启超以新小说理论创造新文体,二人虽无意建构中国的现代文艺理论,但实际上开创了现代文论的两个重要维度——审美现代性话语与历史现代性指向,二者的夹缠与交织也正是一百多年以来中国文艺学演进的一个重要主题。进一步而言,无论是王国维的悲观主义美学还是梁启超的历史功利主义观念,都是对中国社会由旧入新的巨大历史变革的深沉回应,也都形成了至今未已的抒情与叙事传统。因此，要弥补当下文艺学自身的某种贫弱，其实不妨重新回到这种有机的历史联系之中。也就是说，文艺理论无论怎样话语翻新，都应该使自身内在于中国社会的现代进程，而不应陷入理论的自说自话与非历史的阐释循环当中。用文学艺术参与中国社会的历史转型，就需要我们的文艺理论自觉表达中国在进行现代转型过程中的现实经验。文艺理论要介入时代生活，要回应现实问题，要跟身边的世界有效对话。

实际上，当我们如此强调文艺理论的历史相关性时，必然会与一个久未谈论的既有论题再次相遇——文艺理论与文艺实践之间相互催生的关系。显而易见的是，文艺实践更能够直接地表达国人的现代想象与现实经验，对文艺创作及其演变历程的观察与研究原本正是文艺理论完成自身建设的重要路径，但在相当长的一段时间里，理论与文艺实践之间的隔膜与相互轻视似乎持续存在，导致的结果就是二者固有的相互作用、相互牵引的有效关联逐渐断裂。当然，广义的文艺理论可以包含有关文艺发展的历史研究与文艺批评，但无论在学科意义上还是在研究实际中，文艺理论、历史研究、文艺批评三者之间的关系其实是日渐疏离的。这种离心力在某种意义上驱使着文艺理论偏离了朝向实践经验的合理轨道，也就很难得到来自文学史研究与文艺批评的有效支援，在貌似自足的理论自证中失去了话语创新的必要张力。举例来说，早在 21 世纪开始之前，文学史研究中就已经出现了范式变革，有的学者不满足于二元对立的价值颠覆，也没有停留在文学史断限的前后延伸之中，而是在认真清理我们的现代思想传统与文学流变的基础上，提出"历史结构意识"，将研究对象置于相互作用的结构情势之下，避免文学与历史的简单分殊，也没有止于类似人性论、文化学或者纯文学等某种单一的文学史观，最终得以提出一个新的文学史范式，即历史的单向突进与补偿式发展。这样一个文学史研究中的有益探索其实并没有引起文艺理论界的足够重视，当然也就失去了某种相互催生的理论机缘。实际上，历史结构意识这一新的研究范式虽然处理的是文学史问题，触发的却是文艺理论建设中的焦点论题，比如文学语境诸要素之间的对话关系、文学与政治变革的内在联系、经济与文化演进对于文学的正反影响等。当然，这一范式也同样触及现代性反思这样一个文艺理论中的根本话题，虽然它并未使用现代性话语系统中的惯用语词，但这种对二元对立式的绝对化模式的克服不正是对文艺理论中的形而上学思维的重新反省吗？由此可见，文学史研究并非外在于文艺理论的自身建设，在很大程度上恰恰是理论新知的生长点。

在实际的研究实践中，当然也并非没有文艺理论、文学批评、文学史之间的相互借重，比如对西方左翼知识分子批判理论的梳理既是文艺理论领域的显在课题，也是文学批评时常援引的对象。值得注意的问题是，文艺理论研究中对这一思想资源的理解与分析是否应该走出内循环式的封闭模式，是否应该适度地向文艺实践领域敞开？我们不难看到，文学批评中的文化研究方法正是对批判理论的有效汲取，从实际效应观察，文化研究并没有像一开始不少人所担心的那样，取代文学批评，或者僭越文学自身的位置，反而给文学批评带来了新的活力。这是因为文化研究从源头上来看，是对边缘文化群落的自觉关注，也是对固化的精英文化秩序的反拨，所以它具备有效地与当今的文化现实对话的能力。我们之所以会感觉到文艺理论自身建设的某种乏力，一个重要的原因正是文艺理论多少弱化了应对当下新的文化政治境遇的现实有效性。在这种情形下，文学批评中的文化研究策略在实践意义上回应了文学边界不断延展的事实，也对意识形态理论、主体性建构、话语权力、泛文本等文艺学的习见论题做出了实际的思考。文学批评的这种阐释活力的增强正是得力于它向文艺实践自觉敞开，质言之，也正是向新的历史转型中的现实经验自觉敞开，从而避免了理论话语与历史实践之间的那种疏离感。当然，文艺批评中的方法论启示不仅局限于文化研究，某些基于解决创作实践中的实际问题的批评话语同样具有理论上的再生性。就像21世纪之初在当代文学批评领域率先引发的针对20世纪80年代现代主义诗学膜拜和当时的纯文学思潮所展开的论争和反思，这一原本意在走出当代文学创作困境的论争实际上提供了一个反省本质主义文学观的具体视野，这样富有历史感的视野不同于西方当代文论中那种基于理论思考本身的文学观的反思，而是自觉接近我们自身的文学实践，所以，这种批评话语经得起现实还原的检验，也就能够有效地反哺文艺理论的相关思考。与此相类似的是有关"底层叙事"的种种界说，它们均源于对创作潮流的辨识，但又往往归于理论上的深入探讨，尤其是对文艺理论中有关中国现代左翼思想资源的再认识颇具启发。

自觉追求文艺理论的某种历史品格，也会带来对某些既有论题的新的理解。比如文学接受历来是文艺理论需要处理的固有问题，我们也会在相关研究中反复征引接受美学、读者反应批评等经典话语资源，但有关接受问题的思考仍然遮蔽了某些特有的对象，其中最主要的便是有别于专业读者的普通受众这一群落。可以说，一般文艺理论中所讨论的接受问题更是基于专业阅读经验的文学效应，少有自觉意义上的基于普通大众文学阅读实践的研究与思考。这种接受理论仍然不同程度地封闭于文学圈层内部，缺乏对文学的社会传播效应的实际关注。近年来，有学者不断倡导"文学生活"的研究方法，更有不少学者将这一新的研究理念付诸实践，的确打开了文学研究的新视野，也更新了我们对文艺理论建设中的接受问题的某些理解。文学生活的研究策略坐实于普通受众的文学经验，实际上打通了现实社会乃至日常生活与文学艺术的直接联系，这一点跟西方马克思主义者本雅明当年所谈论的生活条件的文学化、读者与作者身份的相互转换等有异曲同工之处，至少可以让历来处于文学表现对象这一客体位置的普通人发出声音，文学生活研究的题中之义其实也包含着受众在被动接受的同时，也有可能成为创作主体的这种转换。对于文艺理论研究而言，这种文学与受众之间更加具体的关联，理应成为推动有关文学接受问题研究的新的动力。不仅如此，文学生活的研究方法也有可能带动我们对其他文艺学论题进行新的观察，比如经典化既是一个理论问题，也是一个关联着文学社会传播与大众接受的实践问题，以往的讨论重心往往距离后者较远，其实会影响到经典化论题研究中的历史感。此外，如果联系到当下新媒体境遇下的文学多元化存在这一事实，文学生活所覆盖的文学实践的丰富性自然也为文艺理论的意义生产带来了鲜活的文化资源和言说空间。

任何理论建构从来都不仅仅是它自身，文艺理论的自身建设当然也同样如此。如果说积淀了几千年的中国传统文论尚可在一定程度上被经典化，被抽离出若干有效的概念或意义单元，那么，与中国现代社会的历史变革相伴生的中国现代文论也许一时还难以做出同样的理论抽象，因为它与我们的历史实践息息相关，文艺论题也常常会还原为各种不同的历史事实。也正因为存在这种根本性的联系，文艺理论有必要重建自身的历史品格，在实践意义上不断反省和充实自身的问题意识，从而获取更为持久的内在力量。

（原载《文艺报》2018 年 10 月 29 日）

经典建构的现代性语境及其反思

中国现代小说的发生和命名一直与"现代性问题"相伴生，而现代小说的经典建构也始终存在一个强势的实践背景和思想资源——中国社会的现代转型及其带来的现代性价值。值得关注的是，影响中国现代性话语的源头本身实际上处在剧烈的价值重建过程中，至少从 20 世纪 60 年代以来，西方思想文化界逐渐展开的一个重要论题就是反思启蒙运动以来有关"现代"的历史演进与话语建构，而这一反思活动的主要承担者——后现代主义文化理论又往往被视为"现代性"的一个特殊阶段或一种特殊形态。也就是说，现代性从一种神圣的文化理念和势不可挡的历史实践活动一变成为一个有待考量的"问题"，这正是后现代主义者带来的一个理论后果。虽然迄今为止，人们尚未看到一个完整有序的理论新景观，甚至连关键词"现代性"本身也尚在进一步梳理当中，但一系列富有新质的"问题"正是在这种"解构"与"重建"的开阔论域中得到凸显并期待着各种新的理解。围绕"现代性问题"这一特定论题考察中国现代小说经典建构的理论背景，可以将以往在现代小说经典叙事中历来被视为价值终点的"现代性"重新拉回阐释的起点，从而见出现代小说经典阐释的复杂的思想语境。

在当代人文与社会科学的学术话语中，尽管人们对现代性的起源与内涵仍是言人人殊，但一般而言，还是可以大体上将文艺复兴作为考辨现代性的一个相对确定的起点。随着现代性在历史实践层面的持续展开，现代性价值自身的矛盾与变异也开始逐渐生成和强化，由此人们又可以将现代性的流变划分为前后两期。前期现代性大体上可指汉语语境中的近代西方历史与文化，从文艺复兴、启蒙运动一直持续到19世纪末。后期现代性则对应于汉语语境中的现代西方社会，即19世纪末以后的西方世界。"前期现代性也可以不那末严格地界定为启蒙的现代性。……尽管在早期现代性中已经出现了对现代性反思批判的声音，但从总体上说，现代性自身的矛盾或张力，可以从历时的角度看作前后期现代性之间的历史转变，是后期现代性（在一定程度上也包括所谓的后现代性或后现代主义）对前期现代性的否定。"①

现代性的历时流变本身已显示出其内涵的丰富与复杂，特别是现代性诸种价值之间既有同源性，也存在冲突与对抗。"现代"意识一经产生，随即便设置起了一系列的二项对立：进步/保守、传统/现代、新/旧……对未来新社会的信仰和对历史总体性目标的期待使现代性成为一种重构人与世界、人与历史、人与自我关系的统一的、确定的标尺。经过这一重构过程，一种迥异于原始的、神话的循环时间观的新的时间意识成为人们感知历史流动的统一方式，也成为现代小说叙事与经典阐释的价值原点。这种历时进化与历史目的论正是所谓"现代人"的一种普遍信仰。现代性既是一个历史过程，也是一种文化精神，而且可以说现代性一经生成，就持续进行着一场充满内在张力的演化活动，这种演化既有赖于现代性在历史实践层面的高歌猛进，也离不开文化精神层面的反复质疑，在不同的历史阶段，现代性的呈现方式可以有所侧重（如前期现代性主要表现为一种历史与文化现代性的相对和谐），在不同的阐释活动中，现代性价值也可能会显示出不同取向与色彩，即使在同一个言说主体那里，现代性的多面与矛盾也往往会一并呈现，这一切都提示我们在以现代性为依托讨论现代小说文体建构与经典化问题时，必须对阐释视角和阐释语境保持充分的自觉。

在后现代主义的论域中，所谓历史是某种话语活动的产物，也即历史的阐释不妨直接视为历史本身。至少在新历史主义那里，历史的叙事性与虚构性被极大地凸现出来："历史首先是一种言语的人工制品，是一种特殊的语言运用的产物。"②"后来对于事件所进行的分析或解释，无论这种分析或解释是思辨

---

① 周宪：《现代性的张力》，《文学评论》1999年第1期。
② 怀特：《"描绘逝去时代的性质"：文学理论与历史写作》，收于《文学理论的未来》，科恩主编，程锡麟等译，万千校，中国社会科学出版社1993年版，第48页。

科学性的还是叙述性的，都总是对于预先已被叙述了的事件的分析和解释。这种叙述是语言凝聚、替换、象征化和某种贯穿着本文产生过程的二次修正的产物。只有在这个基础上，我们才能称历史为本文。"① 实际上，历史本文建构的想象与虚构不仅仅体现在对"过去"的描述中，而且常常见诸对现实与未来图景的解说与认定之中，当然，经典建构的话语实践正可视为某种"历史"想象。现代性话语自然也可视作一种有关"历史"的叙事，而且，对人类近现代社会而言，这一历史叙事背后所蕴藏的权力关系与意识形态色彩以及现代性叙事作为一种话语或"本文"所获得的历史性（即产生的历史影响及其直接的历史化过程），又是其他历史叙事所难以企及的。

具体到中国历史与文化的语境中，现代性进入中国社会之初，也正是以这种崭新的同时也是异质的时间意识改变了汉文化的某些观念。现代性在中国近代发生之际，正是中国传统社会发生"三千年未有之变局"之后，从时间观念上看，中国传统的干支纪年、六十年一轮回的时间纪元方式正面临公元西历纪年的挑战，而且最终被后者取代，这也正是现代性带给中国社会的一个较早的具体改变。这种改变虽貌似历史细节问题，但正如前面所述，时间叙事可以改换意义系统与价值模式，因此本文中涉及的"中国现代小说经典建构"，其实背后隐含着这样一种"新"的时间观与历史意识，也就是说都是背靠某种"现代性"观念建构起来的。实际上，整个20世纪中国社会历史的发展变化也正是以这种现代性时间叙事作为一个重要支点。"甲午战争""戊戌变法""辛亥革命"这些名称中的干支纪年方式似乎是传统的时间话语最后的言说了，它们所标识出的"变法""革命""战争"这些历史事件，反过来正好最终消解了这种传统时间意识自身。从这里也可见出，汉语中的现代性虽然也受到中国文化固有因子变异的影响，但更多的是近代以来受到西方文明冲击的产物。尤其是20世纪末以来，现代性成为中国历史叙事的基本策略与价值指归。在西方文化语境中，现代性更是文艺复兴以来历史演进与历史叙述的"元话语"。当我们说西方近代以来的社会与文化是启蒙主义的产物时，实际上也正是指出了现代性的核心话语——启蒙传统对西方这一段历史的塑造之功，换言之，现代性

---

① 怀特：《评新历史主义》，收于《新历史主义与文学批评》，张京媛主编，北京大学出版社1993年版，第100—101页。

的叙事话语（启蒙是一大题旨）与历史演进本身正是这样一种相互指涉与相互建构的关系，质言之，语言与历史在这里一再发生着一种相互生成的作用。而在这种相互作用中，语言构筑起的历史大厦和历史衍生出来的语言神话彼此支撑，同时也会在历史场景的边缘和语言表述的缝隙中不断透露出一些话语背后的权力关系与历史真相，从而使我们有可能对现代性历史叙事所蕴含的意识形态性和复杂的历史功能进行必要的分析。

  现代性的叙事法则直接建立在前述线性时间观的基础上。正因为时代有新旧之分，历史有进步与保守之别，而意义与价值又存在于未来的自由与解放当中，所以每一个"现代"人都应该自觉地与时代同步，向未来看齐。扩而言之，每一个社会、每一个历史群落（无分民族、国家与地域、传统）也都被认为应该接受这种"现代"精神的感召，将自身汇入现代性价值的历史实践过程中。这样，从日常生活到国家与民族的命运，都将维系在与现代性的关联之中。西方文明也正是以此逻辑进入包括中国在内的非西方社会。我们可以看到，小说的经典建构正是这样一种叙事，特别是依托启蒙叙事瓦解了传统的规范伦理，同时又建立起了自己的一套新神话。启蒙现代性预设了一系列双项对立的范畴：光明/黑暗、理性/愚昧、科学/宗教、进步/落后……其中，自由、解放、平等、民主、知识与自主性等成为启蒙坚执的信条。这一套启蒙话语作为一个"非凡的智性努力"和人类解放的宏大"方案"（哈贝马斯语），自然具有其巨大的历史意义，而且至今也一再获取着新的合法性（如在中国语境中，这一合法性虽同样遭受质疑但显然未失其牢固的现实土壤和历史必然性）。然而，启蒙方案本身也难掩其历史叙事的色彩，而且这一"方案"与启蒙的历史实践之间也的确存在有目共睹的差异和距离。在今天仍不乏执着地捍卫启蒙现代性的声音，而且这种为启蒙辩护的呼声在某种复杂的历史情境中（如中国现代社会）又显得意义特别，但现代性叙事本身固有的矛盾、启蒙话语与历史过程之间的区别以及启蒙现代性所隐含的权力关系与观念模式也同样是难以回避的，仅仅为启蒙合法性做辩护也许并不能真正直面这些问题，而相关的反思无论对捍卫现代性还是质疑现代性而言，都是一个基本的前提。考虑到现代性叙事对20世纪中国小说经典化的强势影响，这种反思在本文语境中同样是一个有待展开的必要工作。

  实际上，早在18世纪的浪漫主义者那里，对历史现代性的反叛声音就已经响起。作为一种历史思潮,浪漫主义继启蒙运动之后兴起,正可视为对启蒙主义的一种反动。思想史家伯林认为浪漫主义"给予我们艺术自由的观念,以及这样一个事实,即在18世纪曾盛行的、过度理性和极端科学主义的分析者今天仍在阐述的那些过于简单的观点,无法用来解释个人或人类的全部。浪漫主义还留给我们这样一个观念,对人类事物做出一个统一性的回答很可能是毁灭性的"①。浪漫主义思想史家马丁·亨克尔也曾指出:"浪漫派那一代人实在无法忍受不断加剧的整个世界对神的亵渎,无法忍受越来越多的机械式的说明,无法忍受生活的诗的丧失。……所以,我们可以把浪漫主义概括为现代性的第一次自我批判。"② 这样,自"浪漫主义运动之父"卢梭开始,历经康德与德国浪漫派哲学家到叔本华、尼采以及海德格尔和马尔库塞等人,形成了一股强大的浪漫主义哲学、美学思潮。浪漫主义对中国现代文学的发生与发展都影响甚巨,从反思现代性这一视角观照中国现代文学中的浪漫派,也许会得到许多新的启发。正像有的论者所言,不是创造社作家而是沈从文、冯至等人真正显示了中国现代文学中的浪漫主义精神③。当然,正象卢梭本人既是启蒙传统的某种代表又是浪漫主义的源头一样,作为审美现代性之一种的浪漫主义也源自现代性内部,它成为表达现代性危机感的一种声音。更为激烈也更为复杂的反抗呼声来自现代主义。在法兰克福学派的后继者魏尔曼看来,德国浪漫主义、黑格尔、尼采、青年马克思、阿多诺、无政府主义者以及大多数现代艺术都可并入他所谓的"浪漫的现代性",以此与"启蒙的现代性"相抗衡。现代主义是现代文化的重要组成部分,因而也就可以视为"文化现代性"的主要表征。现代主义标榜直觉、激情、欲望、迷狂、个性以及艺术的自律,总之是以一种"审美-表现理性"来对抗"科学的认知-工具理性"以及"伦理的道德-实践理性"。现代主义这一现代性培育出的"自己反对自己的传统"以种种不和谐音恰恰显示出"现代性所需要的和谐"(鲍曼语),从而一再表现出现代性的矛盾与张力④。

从历史叙事到文学想象,现代性实际上提供了二者相互沟通的必要中介。

---

① 伯林:《浪漫主义的根源》,哈代编,吕梁等译,译林出版社2008年版,第144页。
② 刘小枫:《诗化哲学》,山东文艺出版社1986年版,第6页。
③ 俞兆平:《中国现代文学中浪漫主义的历史反思》,《文学评论》1999年第4期。
④ 参见周宪:《现代性的张力》,《文学评论》1999年第1期。

但历史意识如何转化为文本形式,特别是历史价值及其更为复杂的实践活动如何表征为文学经典的新的建构过程,仅有现代性认同显然是不够的。在西方现代性的生成与演化过程中,文学艺术一方面是现代性价值的倡言者,另一方面更加趋向对现代性自身的质询,并以此构成西方现代性的复杂语义。中国现代文学中的现代性虽不乏文化-审美层面的感应,但相比之下,似乎更大程度上是历史(社会)现代性的审美置换,这种置换往往又是直接的、单向的,因此较少审美现代性本身的价值意蕴。在中国现代小说的经典化过程中,现代性价值常常是自明的。文学话语中这种对历史的顺向呼应大于逆向回应的情形固然有助于避免走向审美主义的极端,个体生命、感性体验、情感欲望不易成为衡量社会发展与文化合理性的最高标准,但现代性的题中应有之义——文化与艺术的自律与独立合法性也有不得张扬的局限。这种艺术自足自主性的欠缺有两大表现:一方面表现为较少拥有现代性反思与批判的视野,另一方面则表现为文学自身建设的某种贫弱——文学艺术作为"现代性"这一巨大符码的一种特殊能指,其价值固然在于它所传递的历史所指信息,同时更在于这一能指形式自身的建构及其产生的多重内涵。当然,分析这种历史文化情状的成因需要多方面的思考。中国现代社会实际上并不缺少审美现代性的文化方案,如蔡元培在五四时期便呼吁"文化运动不要忘了美育",以美术知识的普及、美学教育的施行弥补新文化运动对审美问题的相对忽视,从而保障中国现代性方案科学、伦理与审美三方面的完整呈现①。有的学者在考察了中国现代知识者接受德国美学的历史过程后就曾指出:"事实上,在中国语境中,现代性的发生与对现代性的批判本身是同时进行的。从积极的方面来说,这一事实意味着,在中国的现代性进程一开始,在其内部就有一种不同的声音乃至不同的思想力量在发生作用。这在一定程度上给了中国知识界一个反思现代性的参照系。从消极的方面来看,与德国的情形比较接近的是,中国知识人从审美角度出发所设计的现代性方案,是与中国资本主义和现代工业发展相对滞后密切联系的。在中国实现真正的现代化之前,从思想上来说,一种抵制的因素便已然产生。更为复杂的是,从审美现代性的意义上来说,中国知识人,一方面需要通过审美思想来建构中国的现代性,特别是独立自由的个体,另一方面,他们又必须使

---

① 张辉:《审美现代性批判》,北京大学出版社1999年版,第180页。

用这个武器来批判现代性的负面乃至破坏性的因素。这不仅增加了操作上的困难程度，而且也使他们处于两难的困境，使自身处于矛盾的包围之中。"① 我们可以看到，在上引论述中，由于论者是在广义的中国"知识人"这一范围内进行评断，加之论者意在反思中国审美现代性，所以阐释当中更侧重揭示审美现代性本身的困境。而实际上，论者所发现的这一困境又可视为现代性内部一种固有的普遍困境——换言之，不唯现代中国如此，现代性在其他历史情境中也同样一再显现出这种困扰。所以，对于中国语境中的审美现代性而言，那种未曾自由展开的压抑与某种失落也许才是一种更加独特的困境。不管怎样说，论者所指出的审美现代性在现代中国所面临的两难困境与现实风险（即审美对历史的制约对一个历史现代性尚未生成的社会，其负面作用更易令人察觉。这一点不同于西方，特别是英美），确实影响了审美话语的历史效应，从而影响了文学话语中的艺术自足性一面。正像有的学者所指出的那样，从一种良性的或理想的社会文化形态来看，最值得追求的是一种现代性诸层面之间的制衡机制。这种制衡并非单一的消极限制，而是包含相互催生、互为解放力量的内涵②。因此，中国现代性面临的困境（无论过去还是当下）并不仅仅在于历史现代性（即使是一种被改造的单一历史理念）对社会生活的广泛覆盖，而且在于工具理性与艺术生活、实践智慧与哲学沉思、历史进步与审美创造之间未必能相对稳定地保持这样一种相互制衡的关系。所以在面对现代性问题时，历史与审美无法相互替代，即使是在进行文学现代性的反思时，这两个层面或向度也都无法独立支撑起文学发展的时空。的确，将中国现代小说经典建构问题置于中国现代性生长演化的视野中来考察，其主要意图也正是通过对文学发展的某种历史情境的相对还原，呈现审美现代性历史境遇的若干侧面，并尽力探讨一些修复或重建现代性制衡机制的可能性，以期在一定程度上走出中国现代小说自身及其被经典化过程中既有的双重困境。

（原载《小说评论》2013 年第 1 期）

---

① 张辉：《审美现代性批判》，北京大学出版社 1999 年版，第 181 页。
② 佘碧平：《现代性的意义与局限》，上海三联书店 2000 年版，第 279 页。

挣脱与重建：中国文学现代意识的复杂生成
——以梁启超"新小说"理论为中心

"中国文学的现代意识"这一富含现代民族国家意味的概念首先显示的是文学变革与历史转型之间的相互催生关系，现代文学的文体与意义重建一开始也的确通过小说的挣脱与变革得到体现。小说新叙事与诸如"六朝志怪""唐传奇""明清话本"等的不同一再呈现着中国文学现代性的发生与演化。值得细致思考的是，将小说与现代性相关联有若干不同的思路，考察小说文体变革对历史现代性的直接呼应自然是题中应有之义，但这一论题的展开又显然不会仅止于此。虽然现代性的历史叙事的确是中国小说发生现代转型的重要动力，但无论在历史文化层面还是在小说文体重建中，需要认真辨明的正反价值与多重指涉又实在是太多。本文意在通过考察梁启超等人的"新小说"理论及其彰显的小说文体个性，发现中国文学现代意识的缘起与走向，指出中国文学现代意识生成之际的新旧夹缠，这种挣脱中有牵绊、重建中有回归的复杂情形其实正体现着中国文学现代建构的多义性。

刘小枫在论及小说叙事与现代伦理的关系时指出："叙事艺术（小说）的发达本身就是一个现代性事件。"这是因为"在前现代的社会，规范伦理主要是由宗教提供的"[①]。证之于欧洲近代社会历史与文化秩序的演化，此说的确言明了西方小说产生新变的一大关键。在中世纪神学威权日渐式微之际，一元

[①] 刘小枫：《沉重的肉身——现代性伦理的叙事纬语》，上海人民出版社1999年版，第6页。

化的价值指归已难以为继,有关宇宙人生的不同言说将世界变成了一个"叙事纷然"的场所。随着大写的"人"的凸显和科学意识不可阻挡的强化,小说也以新的面目加入这一重建世界的叙事狂欢之中。"当上帝慢慢离开他的宝座时——在这个宝座上,他曾经安排过大千世界和它的价值秩序,把善与恶分开,并赋予每一事物以意义——堂·吉诃德也动身离家,来到一个他不再能辨认的世界上。在首席法官缺席的情况下,世界忽然显示出可怕的模棱两可:单一的神圣的'真理'被人们分解、分割成无数相对真理。这就化育了现代纪元的世界,以及随之而来的这个世界的想象和模型——小说。"[①] 与昆德拉如此描述的欧洲近代小说的起源相似,中国现代小说的发生也是伴生着全民信仰与规范伦理的瓦解。如果说在这一意义上中西小说的现代转型具有几乎相类同的历史背景的话,中国现代小说在其发生之初又是如何确立其叙事伦理的呢?在"中国文学"这一特定语境中,小说现代性的取得究竟具有哪些历史具体性?

发现中西小说在获取现代质素时所拥有的相似性也许并不困难,然而较之欧洲近代小说的叙事立场,中国的"新小说"的确多有自己的策略与取舍。无论中西,现代小说首先需要重新面对的一大对象便是各自的传统,正是在与传统的重新对话当中,新的小说范式参与了世界意义的重建。实际上,当我们考辨晚清的"小说界革命"时,首先引起关注的也正是小说家们对于传统的激烈态度,而且其中所蕴含的古今之间的异同又显得格外复杂。晚清小说家对传统小说观的改造主要集中在两个方面:小说价值观的颠覆(主要通过小说功能论体现)与小说文体演变的新理解(主要通过引入进化论的史观体现),同时,"新小说"的倡行者也正是在这种改造过程中不断遭遇传统,自觉不自觉地受到传统的某些影响。在中国传统文化秩序中,实际上存在两种来历不同的小说样式,一种是作为史传附庸的实录叙事,一种则是包含想象与虚构的娱人故事。前者一直可以追溯到史传文学的集大成者《史记》以至更早的《国语》《战国策》和《左传》,后者的真正发端应是唐传奇。虽然传统的目录学家与小说家在两类小说之间一直各有侧重且存有争议,但小说在传统文化人那里受到轻视则显得相当普遍[②]。班固在著录"小说家"入《汉书·艺文志》时认定:

---

① 昆德拉:《小说的艺术》,唐晓渡译,作家出版社1992年版,第5页。
② 参见石昌渝:《中国小说源流论》,生活·读书·新知三联书店1994年版,第11页。

"小说家流,盖出于稗官。街头巷语,道听途说之所造也。孔子曰:'虽小道,必有可观者焉,致远恐泥,是以君子弗为也。'然亦弗灭也。闾里小知者之所及,亦使缀而不忘,如或一言可采,此亦刍荛狂夫之议也。"这一认知可以说构成了中国传统小说观的主要内涵,而且对后世影响深远,不仅历代的目录学家多采此说,就连大多数小说家也或正或反地依傍班固的小说观,甚至直到五四新文学革命之际,小说(尤其是白话叙事文学)仍然被视为"引车卖浆者"之所为。这种偏见虽由语体变革而发,但也不无轻视小说文体的传统心理的作用,可以说正与视小说为"刍荛狂夫之议"这类俯视姿态遥相呼应。对于上述两类小说而言,无论是以靠近经学与史传而邀宠,还是借"野俚幻妄"之语来眩人耳目,都难以摆脱附庸或鄙诞的地位。传统小说的这一处境带来了两个后果:一是人们对小说价值的评判多以经史为依据,难以克服史传叙事的强势影响;二是小说的文体本性如虚构与想象得不到认真对待。值得注意的是,这两个困扰中国传统小说的问题在"小说界革命"之际以至于在此后的小说文体建构过程中,并未真正消退,同时也以改换问题的方式继续产生或隐或显的影响。比如史传叙事与经学思想的强大制约在小说转型中便更多地表现为现代性历史叙事与现代文学想象之间的复杂作用,而小说文体本性的某些缺失则又通过文化与审美现代性的种种境遇显示出来。当然在晚清这一阶段,人们首先自觉到的还是挣脱与变化。在"三千年未有之变局"这一特定历史背景下,中国的政治、经济与文化的各个层面屡现危机,频生激变,小说叙事的重建自然获得了历史可能。对此,梁启超有一个经典的阐发:"欲新一国之民,不可不先新一国之小说。故欲新道德,必新小说;欲新宗教,必新小说;欲新政治,必新小说;欲新风俗,必新小说;欲新学艺,必新小说;乃至欲新人心,欲新人格,必新小说。何以故?小说有不可思议之力支配人道故。"① 这一小说新解不但将从未登大雅之堂的小说推为文学之最上乘,而且赋予小说民族国家解放的神话功能。严复同样看重小说不可思议之力:"夫说部之兴,其入人之深,行世之远,几几出于经史之上,而天下之人心风俗,遂不免为说部之所

---

① 梁启超:《论小说与群治之关系》,收于《二十世纪中国小说理论资料》(第一卷),陈平原、夏晓虹编,北京大学出版社1997年版,第50页。

持。……且闻欧美东瀛,其开化之时,往往得小说之助。"① 将西方近世以来的历史变迁与社会进步归于小说之功,用意正在于借小说革新之机摆脱中国危机的困扰。新小说家们的这一立场虽然有效地克服了传统的小说偏见,但其对于小说价值与地位的肯定之中却也分明存有传统的制约。虽然小说不再只是某种附庸或可有可无的东西,但小说之所以显得重要仍要视其社会历史功能的发挥。中国传统文化秩序中过于发达的经史话语对小说的遮蔽在此时便体现为小说之废立与高下仍需以"道"的标尺作某种衡度,只不过在梁启超那里,小说所依附之"道"的内涵发生了变化而已。从一定意义上说,梁启超所代表的新小说理论更加强化了小说对历史叙事的依附,在既有的政教权威和意识形态话语摇摇欲坠之际,"小说界革命"的确首先指向了这个难以为继的传统,但同时也接续着这一传统对小说的规约。因此,"革命"首先是在传统为小说给定的轨道上进行的,虽然新小说理念中确实包含了某些文体本身的因素,但理论家们的用意显然主要在于文化问题甚至政治意图。所以"新小说"的首要指向在于历史而非审美。小说的现代转型也首先在于重建政治理想、呼唤历史转型,而非在一个"众声喧哗"的历史语境中寻觅并确立自己的话语本性。"几几出于经史之上"的小说之力,恰恰是在经史话语挥之不去的统摄下获得的,其神奇之处并不在于自身特质的恢复与张扬,而是首先通过使自身充当"他者"赢得的——以小说之身行经史之力,建构一个新民新种的历史新天地,而非自我指涉的文体新世界。所以当民初小说创作沉溺在两性情感的铺排或社会黑幕的窥视之中时,就易于被人视为偏离甚至背离了晚清"新小说"的宗旨;然而,民初的鸳蝴派和黑幕小说正是通过纾解人们的情感本能、满足人们的窥视欲望,实现了小说"叙事陪伴"的原初功能,正与小说现代性的本意相符。这样看来,虽然中国现代小说的发生的确带来了空前的解放,但按照"新小说"理论家们的设计,获得解放后的小说并非成了一种自足参与意义重建活动的独立叙事形式,其叙事对象、叙事题旨、叙事策略以及叙事功能实际上都要受到特定的规约,而规约的主要原则便是小说功能与民族国家历史叙事之间的直接对应。由此,我们也可以进一步发现,在"小说界革命"的具体情境中,

---

① 严复等:《本馆附印说部缘起》,收于《二十世纪中国小说理论资料》(第一卷),陈平原、夏晓虹编,北京大学出版社1997年版,第27页。

不独存在着历史叙事对文学想象的某种统摄,而且面对不同层面的历史叙事,"新小说"观制约下的小说现代性规划也有不同的态度。至少,按照"小说界革命"的原初逻辑,有关民族国家与社会政治变迁的宏大叙事才是真正被看重的历史现代性内涵,而与此相对的日常趣味和个人的自然欲求则被挤向小说叙事的边缘。

我们之所以可以将"小说界革命"称为"中国文学中的现代性事件",是因为晚清以梁启超为代表的"新小说"家的确为文体变革注入了"现代"因子,只不过这种现代因子表现出与欧洲近代小说不同的取舍与侧重,相对于小说的自足建构与叙事陪伴而言,梁启超更看重小说的特殊动员力量。"原本可能难以或根本无法彼此交谈的人们,通过印刷字体和纸张的中介,变得能够相互理解了。在这个过程中,他们逐渐感觉到那些在他们的特殊语言领域里数以十万计、甚至百万计的人的存在,而与此同时,他们也逐渐感觉到只有那些数以十万计或百万计的人们属于这个特殊的语言领域。这些被印刷品所联结的'读者同胞们',在其世俗的、特殊的和'可见之不可见'当中,形成了民族的想象的共同体的胚胎。"① 实际上,也正是从梁启超开始,小说与启蒙结下了不解之缘。中西近代小说的缘起在具有某些相似性的同时,还有一个较大的不同——即中国小说转型的救亡背景。这一点也正是促使二者在大体相似情境下形成不同叙事旨趣的一个重要原因。同样是意在启蒙,小说在近代西方更大程度上是以一种类似"戏剧语言"的直接表现来刻写人生,并且在小说自身的"舞台"上发问、犹疑或解答。相比之下,中国现代小说的启蒙使命更多要依靠越出小说文体空间之外的方式来实现,小说里的人生往往不是一种自足的想象与再创造,而是更多地指向文本以外的世界。因此,从"新小说"开始,小说家们并不首先看重小说自身空间的营造,也对真实世界以外的人生缺乏兴趣,所以他们不愿脱离"客观现实"去沉溺在小说自己的世界中,也就无所谓"戏剧化"的呈现。对中国现代作家而言,小说写作首先是参与历史叙事的需要,具体到"新小说"发端的启蒙,也并非立意以一种自我的方式追问人生,而是将"启蒙"视为救亡途径之一种。在这里,"小说界革命"实际上已经提示给我们一个未来小说展开的路径,即中国现代小说(也许可扩展到中国现代

---

① 安德森:《想象的共同体》,吴叡人译,上海人民出版社2005年版,第43页。

文学的更大范围）在日后的演化过程中，启蒙与救亡之间也许并非如人所说是一种"压倒"与"被压抑"的对立关联，毋宁说救亡的历史宿命一直是现代小说乃至现代文学发展的核心动力。在历史救亡的中心话语支配下，启蒙叙事时而完整时而残缺，其形式与内涵也时时随历史叙事的演变而转换不已。无论小说启蒙的面目发生怎样的变化，甚至启蒙话语有时似乎将要支离破碎、难以为继，我们仍然可以看到最终延续下来的启蒙线索，只不过此时的启蒙叙事往往改换了言说的重心与方式。究其因，救亡的历史需要不能不说是一个重要根源。

从"小说界革命"的理论表述层面来看，梁启超、严复等人的真正用力之处仍然在于提升小说的地位继而提高国人借小说以图民族复兴的自觉意识。因此，他们的小说批评与其说是文学理论倒不如说是一种假借文学名义的社会历史批判。当然在"新小说"理论的经典文本里也确有小说文体的新体认，但仅就《本馆附印说部缘起》《译印政治小说序》以及《论小说与群治之关系》这三篇经典论文而言，恰如夏志清所说："我们看到严梁二人过分注意小说的教育功能，以至于公然放弃客观性，只从功利观点着眼，把中外小说说成是完全相反的东西。他们夸张小说的力量，并假设读者天真无知，易被感受。虽然严复应用达尔文学说来讨论小说之吸引力值得注意，而梁启超对两种小说的区分也有精到的鉴识力，但很明显地，这三篇文章有意浅显易读，有意作说教功夫，而无意冒充严肃的文学理论之作。……对中国之关注是晚清思想的特色，因此严梁二氏将小说视为复国的工具，并不是奇怪的事。"[①] 在赋予小说以崇高的社会历史功能之外，"小说界革命"的"革命"之谓也意味着以一种新的文学史观来看待小说的发展与进步。进化论，这一弥漫于晚清知识界的思潮同样在小说的这一轮重大变革中具有举足轻重的规定力量。对于小说界革命而言，进化观念的表征实际上有两个方面：一是强调小说人物与主题对"物竞天择"式的生存法则与竞争意识的表现，并以此来肯定小说的感染力与社会价值，从而再次指向小说的启蒙功能；二是在新旧小说之间进行某种判然有别的区分，将新小说时间意义上的"新"与其文体及内质上的"新"直接等同起来，从而有意无意地割裂了小说传统与小说现代转型之间的实有联系。"革命"

---

① 夏志清：《人的文学》，辽宁教育出版社1998年版，第68页。

所意指的"断裂"性质不仅是此时小说理论的特征,而且也成为日后不少小说家们的一种认同。"革命"也一直是小说文体生长的一种持续冲动,从梁启超到五四小说再到革命文学,小说的现代转型与文体建设在相当程度上正存在于这一系列"革命"浪潮的起伏之中。"革命"话语的时间认知前提是线性的、进化的、目的论的,这正是现代性特别是历史现代性的思路。由此看来,之所以将"小说界革命"作为考辨中国现代小说"现代性问题"的有效入口,正是源于由它引发的中国现代小说生长中的一系列复杂而持久的历史效应。不管怎样,诚如识者所论,"五四时期为人们时时标榜的'进化论',实则正是此时予以奠基的。梁启超言必称'进化',把'进化论'即'天演学'的'物竞天择、优胜劣败'视为立论的原则依据即'公例',把'竞争'看作'进化之母',并认为'此议殆既成铁案矣'。梁启超的贡献,并不在于单言进化,而是将这进化之理引向民族痼疾之根本处,并由此而倡言文学革命"①。应该说,此论已足以言明包括"小说界革命"在内的晚清文学新变的深远历史影响。当然,对梁启超等人之于中国文学现代转型的历史价值的充分肯定,并不意味着放弃对这一"现代"源头的进一步追问。事实上,正因为中国小说现代性传统的生成源于"小说界革命",所以这一时期也自然隐含着小说现代性得失利弊的诸多消息。当梁启超说"宗教有宗教之革命,道德有道德之革命,学术有学术之革命,文学有文学之革命,风俗有风俗之革命"②时,显然并非像康德辨析"知、情、意"之边际时深怀一种哲学与美学的冲动,文学之兴替、小说之尊卑,其变迁演化的内在情势与规则并非"小说界革命"之要务,即使梁启超在倡言文体革命之际确乎完成了由政治向文化的转换,其小说意识的诗性含量仍是单薄的,换言之,梁启超认同的小说现代性仍处于历史现代性的强大规约中。

(原载《东岳论丛》2010年第7期)

---

① 孔范今:《梁启超与中国文学的现代转型》,《文史哲》2000年第2期。
② 梁启超:《释革》,收于《饮冰室合集》(第一册),梁启超著,中华书局1989年版,第42页。

"越轨"的现代性：民初小说与叙事新伦理

中国小说由旧入新之际的身份认定——所谓是传统的还是现代的——这一问题本身也许已经隐含着某种阐释陷阱。"现代性"自身既已是一个充满张力的概念，在中国近代语境中更是遭遇着种种畸变、含混或简化。当然，既然我们承认现代性本身是一个"复数"形式的语词，那就应该尽力避免以某种既成的话语模式来框范不同形态的"现代性"，所谓"畸变""含混"之谓并非是想以西方的现代性模式来化约中国现代性，而是指称现代性的某些普遍困境在一个特殊情境中的具体表征。同时，在我们所面对的研究对象那里也的确发生着主动或被动的理论化约与自我简化的情形，这当然不是研究活动带给对象的附加内涵，而是我们在试图理解对象时所必须认真面对的。所有这些复杂性体现在本文的论题中便是：置身于亦新亦旧之际的民初小说究竟能带给我们哪些有关小说现代性生长趋向的信息？在所谓传统与现代之间，小说叙事伦理的明晰选择或模糊犹疑，究竟显示或压抑了怎样的小说发展的可能性？

之所以将民初小说作为个案来分析，是因为在有关中国近代以来的小说史叙事中民初一段历来处境尴尬。相比之下，对于晚清小说（在某种意义上说也正所谓"新小说"）人们则有着一个大体的共识——新小说正是在实践层面体现或印证着小说界革命的理论意图。无论是风靡一时的政治小说还是意在社会批判的谴责小说，都与梁启超的改良群治的崇高义理以及新小说的启蒙思路相符，而这一时期的言情小说虽然在现实功效上稍显曲折，但仍被视为与小说改良大有关联，至少，在当时的不少小说家看来，言情与表达某种社会关怀是可以相通的。言情小说的开创者吴沃尧还就"社会与言情小说之关系"专作论述:"我素常立过一个议论,说人之有情,系与生俱来……要知俗人说的情,单知道儿女私情。我说那与生俱来的情,是说先天种在心里,将来长大,没有一处用不着这个情字……对于君国施展起来便是忠,对于父母施展起来便是孝,对于子女施展起来便是慈,对于朋友施展起来便是义。可见忠孝大节,无不是从情字生出来的。"①像这种自觉地将写情与社会意识相关联的做法表明新小说家的确有一种呼应小说启蒙与社会批判这一历史需要的意图,也为后来现代小说处理个性意识与社会关怀这一对矛盾提供了一个主要思路。基于上述情形,人们在看待晚清新小说时便易于从积极的方面将它与中国小说的现代转型联系起来考察。换言之,如果我们可以将小说界革命的主张概括为启蒙与大众化这两个主要方面的话,那么,以鲁迅所说的"谴责小说"和梁启超《新中国未来记》等为代表的政治小说无疑可被视为小说启蒙意识的直接体现,而从《恨海》到《海上繁华梦》等言情一脉的创作则至少可被看作小说追求大众化的表现。这种对晚清小说的理解应当说是大体符合实际的,虽然将言情与社会政治意图直接关联尚有牵强之处,但将之视为小说现代性之一端却是毋庸置疑的。从某种意义上说,新小说中的言情叙事正是觉醒之初的个性主体确立自我价值、重新寻求生命意义的表征,至少是他们确信自我生存真实的方式。所以,言情冲动本身既已构成小说现代性的题中之义,无须仰仗小说启蒙的崇高义理。如前所述,小说救世论凭借小说至上说在晚清文坛乃至文化界大行其是,无形当中为小说现代性叙事划定了一个主流模式,谴责小说与社会批判小说易于被主流的小说史叙事所接受和重视,我们对此自然可以理解,但如果对同时的其他小说实践的认定也需借助小说载道与宣教功能来判断,那将难以避免前文所说的简化与压抑,从而为整个小说现代性生长的趋向与可能性带来重重限制。对此王德威在《被压抑的现代性》一文中多有论述:"晚清作家也许的确想要'叙述国是',但是这些作家描述其时代时,想象力之奇、之多,却远非'叙述国是'一句可包括。……纵使当时的主流理论皆倡言小说载道与宣导的功能,可是大多数的作者与读者对小说一体却别有怀抱:小说乃空中楼阁,可以任他们驰神幻想,甚至可以一头栽进狎邪荒诞的念头里去。……在西

---

① 阿英:《阿英全集》(第八卷),安徽教育出版社2003年7月版,第185页。

方模式的'现代'尚未成为图腾、某些中国传统尚未成为禁忌之前,在'严肃'作家尚未被自己的使命感所吞没、'琐屑'作家尚有一席之地表达其对'中国'的特殊执念时,小说犹然是众声交汇的大市场。"①

之所以对晚清小说的不同文类及其在小说史叙事中的不同地位略作解说,是因为本文关注的民初小说及其文学史定位与对前期新小说的接受与理解直接相关。虽然晚清小说特别是其中的非主流文本仍需得到进一步的发掘与"去蔽",正如前文所举《被压抑的现代性》一文所作的辨析与厘定一样,但是,即使在主流或曰简化了的小说史叙事中,晚清的"边缘文类"还是可以被认可的,尽管这种认可本身也许仍是某种简化理解的结果(如将言情小说直接与社会解放相联系,将公案侠义小说直接与陈义崇高的社会伦理相联系,将科幻小说直接与理性启蒙相联系,却一并忽略了这些文本异于主流小说叙事的独有旨趣:纾解、放纵、感伤、想象与梦呓);而面对直接承续了晚清小说余绪的民初小说,人们似乎连这种简化了的"同情"与"理解"也很少有了。"在大多数文学史家看来,民国最初的几年是中国现代文学的低落时期。一个产生了晚清文学中四位伟大小说家——吴沃尧、李宝嘉、曾朴和刘鹗——和一些其他作者的朝气蓬勃的创造性的十年,忽然终结了。……鸳鸯蝴蝶派小说受到狂热的欢迎,实在是中国现代文学史上最令人啼笑皆非的事。随着清王朝末日的到来,晚清小说的改革冲击力和严肃内容好像也消失了。正如言情小说堕落成'狭邪小说'和'蝴蝶小说'那样,社会小说的主流也从自觉地批判和揭露社会政治病态的基本方向转为专以耸人听闻为目的;少数值得尊重的'社会批判'杰作,被大量描写社会丑恶和犯罪的所谓'黑幕小说'所取代。"② 这种看取民初文学的立场颇具代表性,其对民初小说的指摘大致有这样几处:小说社会崇高感的丧失、启蒙意图的急剧弱化以及沉溺于两性情感纠缠与庸俗世相展示之中的媚俗倾向。在一定程度上看,这些指摘皆非无的放矢,而是确有可以坐实的对象依据。然而是否就能像当年的梁启超那样以"其什九则诲盗与诲

---

① 王德威:《被压抑的现代性》,收于《批评空间的开创》,王晓明主编,东方出版中心1998年版,第121页。
② 李欧梵:《文学的趋势:对现代性的追求》,收于《剑桥中华民国史》(上),费正清编,杨品泉等译,中国社会科学出版社1994年版,第517—520页。

淫而已"① 一言以蔽之？在当时和后世的论者所作的此类批评中是否隐含着某种诗学一律的意向？而民初小说所包含的不为人所重的文本意义又是否构成了消解这种特定小说诗学规范的力量？

从新小说自身的发展线索来看，民初的鸳鸯蝴蝶派直接承续着晚清的言情小说，黑幕小说则主要从晚清社会批判一脉中获得灵感。应该说单从小说的题材模式来看，两个时段的两类相关小说之间并无根本差异。仅以晚清言情小说的代表作《恨海》与民初鸳蝴派代表《玉梨魂》为例进行比较。《恨海》以一对自幼订婚的男女在庚子兵乱中颠沛流离、悲欢聚散的故事作为主要情节，既有男主人公的颓废无行，也渲染了女主人公的专一守节。《玉梨魂》则铺排了另一段才子佳人的悲剧恋情。书香子弟何梦霞与孀居才女白梨娘生气相通、才情互赏，无奈囿于礼防一对有情人难成眷属，最终落得一死一亡的结局。可以说两部小说的叙述对象大致雷同，相比之下，倒是倍受指摘的鸳蝴派经典《玉梨魂》显得比《恨海》更富"进步性"——不独女主人公以死殉情，而且何梦霞也在爱情破灭之后以身殉国，显然要比《恨海》中的男主人公背弃情人、客死异乡的结局更靠近晚清小说界革命的意旨。有趣的是，如果我们将时人对《恨海》的评说移植到《玉梨魂》身上，倒显得更为贴切："盖写情小说，大抵总不出'悲欢离合'四字。……所以有悲无欢，有离无合。用情之深，所以足多者在此；写情之难，所以足多者亦在此。盖欢场之情，不特易用易见，而写之亦殊易。然如是等情，总不免近于轻薄淫邪，故写情小说，人每目之为诲淫之书者，良有以也。是书独出心裁，不落窠臼……予之所以读此篇而感不绝于予心者，岂伤心人别有怀抱耶？毋亦悲吾中国风俗之不良耳！"②《玉梨魂》中的何梦霞最终献身于反清革命，无论如何在小说救世论者看来也应是一番壮举了，其所谓"别有怀抱"已至于此。然而在小说史叙事中，《恨海》在晚清所赢得的同情与肯定却并没有在民初的《玉梨魂》一类小说那里再次出现，换句话说，小说现代性的主流指向在此时显然已不能再次容忍"好事销磨，美人憔悴；至于此极，夫复何言！"式的人世感伤与爱情抒怀了，即使其中也不乏有

---

① 梁启超：《告小说家》，收于《二十世纪中国小说理论资料》（第一卷），陈平原、夏晓虹编，北京大学出版社1997年版，第511页。

② 新庵：《恨海》，收于《二十世纪中国小说理论资料》（第一卷），陈平原、夏晓虹编，北京大学出版社1997年版，第192页。

意为之的情感升华笔墨："尔乃马勒悬崖，不堕英雄之气；鹏搏大野，忽攀定远之风。"究其主因，耽于情感絮语中的小说叙事从一开始便不是"新小说"的意趣所在，如果说在晚清政治小说与社会批判小说的巨大声浪中言情一路的小说叙事尚有两个安身立命的根据——一方面通过与前一类小说的生硬关联从而获取一种社会伦理上的崇高感，另一方面则通过悄悄博取大众的喜爱从而获得广泛的生存土壤并在实际上成为启蒙与社会革命声浪中的一个必要平衡，那么，时至民初，这两个条件都已不复存在。正如不少论者已经指出的那样，民初小说所处的历史背景已迥异于晚清，政治层面的"革命"声浪在经历了短暂胜利之后随即陷入低潮，这种普遍受挫的心理冲击也影响到国人的文化心态与文学期待。"辛亥革命后，这种高昂的政治热情迅速消退，小说不可能再单靠'政界之大势'或'爱国之思'来吸引读者，作家也不再以为小说真的能拯世济民重整乾坤了，于是出现一大批立意娱人或自娱的作品。"① 正是在这一新的历史情境下，小说救世的实践热情弱化，启蒙小说几近绝迹，所谓"娱人或自娱"的小说既无法再仰仗社会历史诉求而自重，也难以成为任何别的小说类型的陪衬或平衡力量。换言之，"娱人或自娱"便是一切。这样看来，令主流小说史叙事不能忍受的并非民初小说中的言情或黑幕本身，这些小说题材同样在晚清新小说中大量出现，不被接受的实际上是小说"历史感"的消失。从一种至上的文学类型和崇高的救亡工具重又"跌落"为寄托闲情、娱人娱己的文字游戏，民初小说越出小说界革命轨迹的倾向显而易见。如果我们不再将晚清新小说的理念与实践作为小说现代性的法定指归，那么，正是在民初小说的这一番"越轨"中，我们有可能发现某种现代小说生长的别样线索与可能。虽然在鸳蝴派与黑幕派的小说中再也不容易见出那种"魁儒硕学，仁人志士，往往以其身之所经历，及胸中所怀政治之议论，一寄之于小说"② 的政治情怀和"揭发伏藏，显其弊恶，而于时政，严加纠弹；或更扩充，并及风俗"③ 的社会关切，但民初这种被所谓"异化"了的"新小说"提供给我们的却是小说回

---

① 陈平原：《二十世纪中国小说史》（第一卷），北京大学出版社1989年版，第9页。
② 梁启超：《译印政治小说序》，收于《二十世纪中国小说理论资料》（第一卷），陈平原、夏晓虹编，北京大学出版社1997年版，第37页。
③ 鲁迅：《中国小说史略》，收于《鲁迅全集》（第9卷），鲁迅著，人民文学出版社1981年版，第282页。

归本性或曰展开其现代性另一层面的一种自觉不自觉的努力。可以说民初小说在"小说界革命"曾经无往不利的两个方面都给出了不同的回应——不同于晚清小说主流对小说功能的历史功利主义认定,民初小说家普遍看取小说"日常性"的一面,回避历史"大叙事",专心经营自己那些动人以情或引人入胜的叙事文本;同时,不同于晚清流行的进化论式的小说发展观,民初小说无论在文体形式上还是在小说本性的把握上,都没有抱持一种对传统小说的偏见。如果说小说界革命的展开的确使中国小说摆脱了长期的卑微地位而获得某种历史崇高感的话,那么,民初小说对小说世俗本性的回归与边缘姿态的自觉,恰恰再次纠正了新小说"中心化"之后逐渐陷入历史叙事笼罩之下的不利趋向。因此,与其将民初小说视为小说界革命进程的"逆流",倒不如称其为小说现代转型的一种衍生力量。小说界革命扭转传统小说观,开始看重小说,主要从社会启蒙与国家改造的角度立论,而现代小说替代"神学信仰"成为现代人一种更加切近的"叙事陪伴"(刘小枫语)的这一"现代性"内涵却无从体现。民初小说在此意义上,也可视为对晚清新小说"革命"的又一次"革命",也就是说,尽管民初小说在叙事题材上并未过多游离在新小说的既有模式(特别是言情叙事)之外,但其自身发生的变异也许才是更有价值的。正是在民初小说身上,小说按自身特质发展的可能性又被重新恢复了,小说的叙述旨趣与独特的意义世界又在有意无意间得到了体现。"小说既不是附庸于外在现实的客体,也非与外界绝缘,自足于内的唯心主体,而是介乎于二者之间的游移体。就意识形态而言,小说既非盲从道统,也非全盘否定固有价值,而是顺从与异议参半的艺术表现形式。……小说是一种中介的过程。"① 实际上,这种"中介"性既是指小说内外世界之间的关系,也可以确保小说在历史叙事之外同样获得意义,何况正如前文所言,民初小说受到普遍指摘并非因为它与历史真的失去了关联,而是由于其关联历史的视界与取向发生了变化。不同于晚清新小说直接参与历史新建构的叙事冲动,民初小说试图在"大叙事"之外寻找自己的言说空间,而且的确找到了这样一种叙事新立场——克服"神圣化"冲动之后的日常生活中的现代性。可以说,这正是民初小说为中国小说现代性的生长寻找到的另一条路径。进一步而言,小说界革命倡导的小说救世论与民初小说提供

---

① 周英雄:《比较文学与小说诠释》,北京大学出版社1990年版,第62页。

的小说世俗现代性之间虽有抵触却也不乏内在的深刻联系，正是对这种内在联系的某种忽略导致了当时乃至以后的小说史叙事采取了一种扬此抑彼的习见。实际上，从民初小说的发生背景、叙事对象、价值关怀到接受心理与社会效果，都可归因于一个共同的历史情境——萌生中的现代城市社会生活及其文化趣味和伦理需要。从历史文化逻辑上讲，这种"现代生活"图式与景观也正是晚清如梁启超等"魁儒硕学，仁人志士"一再借助小说界革命所规划与呼求的中国现代性方案的一部分。虽然民初的社会历史发展尚处于中国历史转型的草创与徘徊阶段，但晚清以来知识分子反复诉求的现代性方案中的某些因素（如推翻帝制建立现代民族国家、现代城市经济的出现等）毕竟在此时不同程度地实现或展开了，与之相伴生的"现代"文化因子与文化现实自然也无法避免。在这里，我们可以看到民初小说家们由于置身于新的历史与文化现实当中，特别是他们中的许多人能够真切地融入这种现实当中去接近常人的感念与渴求，因此无形之中摆脱了当年的启蒙小说家们的盲目乐观与文化全能主义的天真梦想。至少，民初小说家不像梁启超等人那样反过头来否定源于晚清的现代性方案所带来的这一合乎逻辑的自然结果。民初小说的发展得力于近代报刊出版业的繁荣，这种繁荣其实也正是中国社会历史转型的重要标志。同时，民初的作家们也接受了历史转型中的真实现实——不再只是一个历史想象中的乌托邦，而是可以触摸的良莠俱存的变异着的日常生活。所以，他们关心的不可能再是那种神圣的社会目标与历史价值，而是在"神圣理想"世俗化之后大众（包括他们自身）的心理与情感需要。对"情"的渲染、对琐屑人事的沉浸、对日常欲望的代偿、对他人生活的想象与对自身命运的感伤，自然还应包括所谓"黑幕"小说中那些对社会罪恶与现实隐秘的展露与窥探，所有这些既是现代城市生活的某种映射，同时更是满足人们世俗情怀的若干要素。民初小说在当时甚至它的余绪和变体在后来受到了大众读者普遍的欢迎。"在民国最初十年里，这两种群众文学——庸俗的社会小说和言情小说——都达到了鼎盛时期。它们所拥有的读者和销售量都超过了此前此后时期的作品。……三十年代以前真正的'通俗文学'——就其能迎合中下层阶级的口味和反映他们的价值观念而言——既不是梁启超所提倡的'新小说'，也不是五四时期的新文学，而是这些'消闲'作品"①。

作为考察小说现代性问题的个案,民初小说所招致的不同认定实际上透露着对现代性叙事的不同理解与侧重。在当今的文化与文学视域中,像梁启超、恽铁樵等人那样一味指斥、诅咒民初小说的声音也许不多了,但鸳蝴派包括所谓"庸俗的社会小说"之于中国小说现代性的意义仍是一个难为人知也难为人重的问题。即使在某些持相当"同情"态度的论者看来,对民初小说文体个性与意义的理解与接受也还是多有保留的,像陈平原在《二十世纪中国小说史》(第一卷)中就这样说:"不否认小说本来就有娱乐的性质,梁启超们忽视群众阅读中这一基本的心理期待,把小说直接当经史诗文做,'有益'但并非'有味',不可能长久地吸引广大读者,总有一天会物极必反。只是由于辛亥革命失败后特殊的政治气氛,加上文艺日益严重的商业化倾向,使这一个弯转得太急也太狠了,小说由预期中的'雅文学'一转而为实际中的'俗文学'。这其中最表面的特征是:作家由以启蒙思想家或带有明显政治倾向的社会活动家为主转为以纯粹卖文为生的文人为主;小说读者由以'出于旧学界而输入新学说者'为主转为以小市民为主;小说创作目的由以启蒙教育为主转为以牟利生财为主。"②虽然论者在这里言明自己列举的只是"其中最表面的特征",但显然也无意为民初小说的这种"下滑"——所谓"转得太急也太狠"寻找更加"体贴"的解释。相比之下,倒是另一种意在肯定鸳蝴派小说的论说显出更多"同情之理解":"鸳鸯蝴蝶式通俗文学在表意上可能会认同传统的、前现代的价值和观念,但在运作上却是对现代平民社会的肯定,对等级制和神圣感的戏仿和摒弃。指责通俗文学的'恶趣味',显然只注意到了其具体表达的内容,而对这一文化形式,亦即'具有社会象征意义的叙事行为',所包含的巨大的平民化、调节性功能却完全忽视了。"③"现代"社会本来就是一个处于不断建构中的过程,小说身与其间,除了有可能承当或预言某种"进步"与"崇高"的历史执念,更需要面向可以触摸与感知的"现代"生活本身,尤其是为亲尝"现代"滋味的万千常人排遣困惑、慰藉心灵——所谓"现代"人的"叙事陪伴"

---

① 李欧梵:《文学的趋势:对现代性的追求》,收于《剑桥中华民国史》(上),费正清编,杨品泉等译,中国社会科学出版社1994年版,第517—518页。
② 陈平原:《二十世纪中国小说史》(第一卷),北京大学出版社1989年版,第136页。
③ 唐小兵:《蝶魂花影惜纷飞》,《读书》1993年第9期。

（刘小枫语）正蕴含此意。当小说走过了那段自负与乐观的时段之后，其社会动员的庄严使命也随之让位于对一系列"日常情境"与"世俗情感"的处理。而此时，"日常生活"连同其中的平凡兴味也正是那曾经高不可及的"现代性"理想的一部分——也许是最真实切近的部分。不难看出，民初小说在这样一个阐释背景下，不仅获得了相应的文学史意义，而且有力地再现了现代性内部的冲突与张力。无论是晚清弥漫的追求历史进步的崇高理念，还是民初对精英意识的有意规避，都可视为小说参与中国现代性话语建构的方式，只不过前者小说承当的是历史现代性的"神圣叙事"，而后者小说则认可了一个业已出现的现代平民社会。在这个充满新欲望和新苦恼的社会里，常人得到抚慰的机会大不如从前，小说适时地引领大众在两性情感中沉溺、在庸俗世相中窥视，陪伴他们"转移不良心境""调剂苦闷生活"①，消受着这初来乍显的中国"现代"城市生活。也许在梁启超等启蒙家们看来，这无疑是一个"播下龙种、收获跳蚤"的历史尴尬，但无可回避的问题是，这正是任何"现代性"方案自身都将面对的事实。民初小说所确立起的日常与世俗的叙事新伦理实际上同样吸引着我们反观小说现代性叙事的目光，过去往往被文学史视为价值终点的"新民"与"呼唤现代化"式的现代性神圣叙事在民初小说这样的语境中重又回到价值起点并且同样成了一个"问题"。作为历史"大叙事"的现代性，在西方文化语境中曾经是文艺复兴以来历史演进与历史叙述的最高话语规范，汉语表意世界中的现代性——正如"小说界革命"以及随后的新文学革命所呈现的那样——更多的是近代以来受到西方文明冲击的产物。尤其是晚清以来，现代性成为中国历史叙事与文学建构的基本策略与价值指归。现代性话语作为中国现代小说发生与展开的"合法性"依据而成为小说叙事的核心语义所指，这已经是在文学史中不断可以见证的事实。在这一话语规范的统摄下，现代小说一方面获得了从传统中挣脱的可能和根据，并充分参与到新时代的建构活动当中，另一方面也在普遍意义上的历史进化信念与中国语境中的现代民族国家复兴道义的双重作用下，形成了某种"失衡的"现代性诉求。在原本意义上，小说作为文学想象的一种具体方式，其语义负载主要为叙事主体的情思表现和文体形式所规引，其现代性感念的表达并不承担完整诠释现代理念的当然义务，因而

---

① 唐小兵：《蝶魂花影惜纷飞》，《读书》1993年第9期。

也就无所谓"失衡"一说。然而,我们在既有的文学史阐释中所发现的某种叙事"症候",指的是小说的历史现代性所指不仅仅是其中的一种语义,它所具有的解释力量显得过于强大,以致成为某种针对那些本应具有自身合法性的小说多元叙事的话语霸权。换言之,历史现代性自然是现代小说题中应有之义(对于中国现代小说的形成与生长而言,它尤其是一个仍具凝聚力的语义系统,可以说它既是小说转型的起源,又是一个尚未实现的目标),但它不应成为一种追求"历史本质"与文学一律的普遍主义式的化约力量。民初小说表意话语的"逸出"恰好让我们看到了现代性在中国文学中的起源与走向实际上都尚可再作分辨,至少难以化约在上述"大叙事"之中。实际上,民初小说所体现出的这种有关现代认同的复杂感知牵动着现代国人"何谓现代、如何现代"这根敏感繁复的神经,在更大意义上,从"现代"这一延续已久的既有认同再次出发,走出单一面向的宏大叙事的迷思,也正是东西方人文学者所共有的一种新的"问题意识"。西方学者对启蒙现代性的"重新书写"或某种辩护可从福柯、利奥塔以及哈贝马斯等人那里见出大概。当然在早期的"西马"人物(阿多诺、霍克海姆)以及更早的经典马克思主义与韦伯社会学思想中均可看出对启蒙的辩证批判。实际上,这种"可资争论"的性质正表明了这一复杂精神传统极强的可阐释性,而且,在质疑现代性叙事的声音里,有不少人(如"西马")也正是依循启蒙理性的原则反思启蒙主义本身的逻辑。马克思对资本主义生产方式的批判和对异化、阶级等的一系列分析也包含着自己的启蒙主义的历史观念。韦伯的社会学理论本身便被后人引申为现代性中的两大向度——批判理论和现代化理论。可见,启蒙现代性引发了一场自欧洲到世界范围内的轰轰烈烈的历史实践活动,同时也导致了现代人对这一历史过程乃至现代性价值本身的一再怀疑。这种内在紧张也许正是时至今日启蒙现代性虽遭解构却仍具理论生机的一大原因。由启蒙主义开启的一段现代历史果真终结了吗?现代性营造的"宏大叙事"果真能彻底消解于话语分析之中吗?诸如此类的问题促使人们更深入地思考所谓的"现代性危机"。在这方面,哈贝马斯提供了一个重要思路。他将作为一个有待完成的"方案"的现代性与现代社会的实际历史过程加以区分,指出现代化历史实践并未真正体现或实现现代性理念,而启蒙现代性本身自有其特定价值,促使这一伟大"方案"的最终完成应是一个仍显必要的历史使命。这里,哈贝马斯强调的是现代性方案与现代性历史过程之间的差异，虽然有将前者"理想化"之嫌，但反对将语言与历史直接对应起来的立场也的确有可取之处。在哈贝马斯看来，既然历史叙事并不等同于历史过程本身，那么无论在这一叙事内部有怎样的冲突与紧张，都不应该自动地放弃将之加以某种历史化的可能。现代性传统作为叙事也好，"方案"也罢，其历史价值仍是有待完整实现的。

在我们看来，围绕现代性传统的争论至少给我们一个启发，那就是对启蒙现代性的任何一种形式的简化理解都将面临诸多困境，也许，在考辨中不断指出现代性本身的"非透明性"才是更有意义的。现代性的叙事色彩表明它并非一个价值自明的概念；而辨析现代性历史叙事的目的也不是单纯地终结启蒙神话。特别是在本文所展开讨论的民初小说书写现代性过程中的一番"越轨"，与其被理解成对"小说界革命"理想的否定，倒不如视作对"新小说"启蒙方案展开之后所作的感性抒发，其历史感兴虽不再着眼于"新民说"的崇高义理，但真真切切地承受着近代以来中国第一轮文化启蒙的历史后果，同样经由小说叙事体现着建构"现代中国"的文化冲动。也许民初小说的确尚少审美现代性的应有内质，这一点只要对照后来出现的新感觉派小说便可见出，但民初小说又的确灵敏地嗅到了历史变迁的琐细而真切的一面，这同样是"现代"生活的赐予，从而使它与晚清新小说的"宏大叙事"一起，共同表征着中国"历史现代性"话语及其实践的两端。

（原载《文学评论》2008 年第 4 期）

鲁迅科学史叙事的人学视野

——重读《科学史教篇》

鲁迅留日期间发表于《河南》杂志的系列论文一直被视为鲁迅早年思想表述的重要文本,《科学史教篇》(1908年)即是其中的一个阐释焦点。有关该文的释义自然可以从鲁迅的启蒙初衷出发,言明鲁迅对西方科学思潮流变的梳理和对科学之重要价值的肯定。然而,鲁迅的启蒙话语一直具有某种复义色彩,这一点已经通过学者对鲁迅的《呐喊》《彷徨》等文学创作的解读得到较为深入的阐发[①]。那么,反观鲁迅早年的科学史叙事,在科学启蒙的视域之外,鲁迅是否同样构筑了某种复合视野?由此再读《科学史教篇》这一似乎语义透明的文本,也许可以获得对鲁迅意义上的"科学""启蒙"乃至"现代"等关键概念的更多理解。

"世界不直进":如何讲述科学史?

晚清以来国人对西学之"新"的热衷在很大程度上也表现为对西方"科学"的倚重,实际上,更早的晚明实学思潮中一度兴起的译介西方自然科学的努力已经拓展出传统知识人的新知空间,近代以后"师夷长技以制夷"的效仿实践、维新派政治改良中对科学意识的借重更是彰显着国人对科学价值的现实

---

① 这方面较为典型的研究成果是有关《狂人日记》的再解读,李欧梵、徐麟、陈思和等均有专论。

期待①。可以说,千年未有之变局中的中国社会已逐渐将"科学"从知识和技艺层面上升到价值和信仰层面,与之相应,科学技术的不断发展也就自然地被嵌入西方社会历史正向演进的进步模式之中,肯定科学实际上是在肯定人类的进化与发展,最终呈现的是某种线性发展、后胜于今的时间观和价值图式。作为较早进行科学史叙事的《科学史教篇》,这一文本自然同样蕴含着借由讲述"科学历来发达之绳迹"以生发历史"教训"②的意图,然而,鲁迅在实际展开的史述中并没有囿于科学演进的单一线索,而是反复呈现出主调之外的丰富变奏。

《科学史教篇》从古希腊这一西方自然科学发展的源头讲起,历数继起的阿拉伯学术、中世纪神学、17世纪的科学复兴直至19世纪产业革命之先兆,这一时空脉络并不异于惯常的理解。实际上,鲁迅留日时期先后发表的若干论文涉及自然科学、历史文化、文学艺术等诸多方面,其材料来源自然不乏直接移取之处③,这些早期论文于今的价值更多地体现于鲁迅对这些材料的理解和重叙之中,《科学史教篇》同样如此。鲁迅在进入史述之前,在文章的起始部分其实已经交织着一种不确定感,即面对人类社会的剧烈变革,"孰先驱是,孰偕行是","不易于犁然"④,虽然鲁迅自我设问的答案仍然未离对科学进步巨大作用的肯定,但鲁迅也无意于呼应那种习见的高歌猛进式的科学主义话语,更不愿意给出直奔主旨的斩钉截铁式的价值断语。鲁迅讲史之初,便流露出对历史发展复杂成因的关切,这种欲扬先抑的语调固然是鲁迅的某种修辞习惯,但更可见出鲁迅脱开一般性的科学史叙事的内在理路。如果说《说𨱎》(1903年)主要是铺陈科学新知,《人之历史》(1907年)意在倡言生物进化学说,那么,鲁迅在《科学史教篇》中已经不满足于简单的事实复述,而是采取了不断申发议论的叙述方式,将所谓客观的知识学意义上的"科学史"转为某

---

① 陈旭麓:《近代中国社会的新陈代谢》,上海人民出版社1992年版,第392页。
② 鲁迅:《科学史教篇》,收于《鲁迅全集》(第1卷),鲁迅著,人民文学出版社1981年版,第25页。
③ 鲁迅对此有过自述,见《〈集外集〉序》,收于《鲁迅全集》(第7卷),鲁迅著,人民文学出版社1981年版,第4页;有关此类研究可以北冈正子《摩罗诗力说材源考》(北京师范大学出版社1983年版)为例。
④ 鲁迅:《科学史教篇》,收于《鲁迅全集》(第1卷),鲁迅著,人民文学出版社1981年版,第25页。

种阐释学的对象,在这种新的叙事中,科学及其历史发展都不再是或不仅仅是自明的存在,鲁迅通过不断加入的个人诠释将科学史讲述得更厚更多义,从而更新了人们对历史发展轨迹一目了然式的定见。鲁迅的这种复杂眼光一方面体现于对西方自然科学的源头即古希腊科学并未一味地简单肯定,而是言明其抽象思维和逻辑推断上的不足,另一方面,这种复杂化的叙事更体现于对科学史上所谓退潮期甚至昏暗时期的重新辨析上。阿拉伯人兴起的时段往往被指为只重移译缺乏创造的科学沉落期,鲁迅也观察到其时重博览轻新知的弊病,然而,阿拉伯人的学术发展其实又有不可轻忽的作为,鲁迅结合回教兴盛之初政治与学术相辅相成的特定时段对阿拉伯世界在数学、天文、化学等领域的贡献进行了专门梳理,发掘出一个被普遍看作科学观念相对淡漠、进步足音寂然无闻的文明时期在科学史上值得记述的实绩。较之阿拉伯人的科学史地位,中世纪基督教统治下的欧洲诸国在科学史叙事中更被目为处于昏暗时代,鲁迅并不否认中世纪宗教暴起带给科学的强烈冲击,但仍然不忘肯定12世纪德国科学家摩格那思的生物学研究和13世纪英国实验科学先驱人物洛及培庚(即罗吉尔·培根,并非指国人熟知的文艺复兴时期的弗兰西斯·培根)中兴科学研究的著述。由此二例不难见出鲁迅的更深用意在于言明曾经实际发生过的"科学史"远比后人讲述出来的复杂,任何一个历史时段都难以用某种主色调完全覆盖,甚至可以说科学的进退演进也未必就是一个遵循进化论模式的圆满无间的过程。实际上,这也正是鲁迅的历史观:"人间教育诸科,每不即于中道……所谓世界不直进,常曲折如螺旋。"① 这种并非直线向前的历史观成为鲁迅"科学史"叙事的"深层语法"。

"人之最可贵者":科学史中的人性之光

脱开进步主义和线性史观来讲述科学史,这种隐含在文本中的路径正是鲁迅人学关怀的体现,即在惯于强调知识递增和技术发展的科学主义话语秩序之外,将目光不断投向科学史中的人的存在。"立人"是留日时期的鲁迅已经确

---

① 鲁迅:《科学史教篇》,收于《鲁迅全集》(第1卷),鲁迅著,人民文学出版社1981年版,第28页。

立下的启蒙目标,在与《科学史教篇》同年发表的《文化偏至论》(1908 年)中,鲁迅转向对思想史的聚焦,较之《科学史教篇》,鲁迅的思想史叙事可以展开更为直接的针对近代理性主义的反省。鲁迅如何"把启蒙运动的理性原则同起源于近代理性主义原则破灭的思想体系融为一体"①,这是理解鲁迅"立人"思想更深意旨的关键点。作为中国社会历史大转型中的一位"现代"申言者,鲁迅当然汲取了近代理性主义的思想资源,鲁迅的科学史叙事最显在的语义也正是呼应科学理性的历史召唤。然而,启蒙理性、科学意识是否可以构成历史发展中"人的解放"的全部内涵?这是鲁迅无论在面对科学史还是面对思想史时均在进一步思考的一个问题。换言之,鲁迅并未把近代理性主义视为"立人"的价值终点,而是将这一启蒙传统重新拉回起点,由此再出发,鲁迅式的"启蒙"与"现代"才得以伸张其特有内涵。所谓鲁迅的"人学视野"固然可以体现为对科学理性的认同,另一方面,更具鲁迅精神个性色彩的人学思想尤其体现于鲁迅对科学理性及其启蒙神话的自觉反省上。中国的现代启蒙始终侧重对理性至上、科学万能的现代性叙事的主动呼应,却一直少有看待启蒙主义的复杂眼光。鲁迅则在实践"立人"思想之初,便自觉接通了与尼采、施蒂纳、克尔凯郭尔等西方非理性主义者的精神联系,表现出对 19 世纪末西方思想新变的敏锐关注,从而构筑起一个同样意在"矫 19 世纪文明而起"的"掊物质而张灵明,任个人而排众数"②的精神视野。

鲁迅在思想史叙事中的"非物质、重个人"③取向与《科学史教篇》中不断流露的人学旨趣的确构成了某种互文关系。科学本是彰显人的主体性的一种理性力量的显现,然而伴随着现代性实践的历史洪流,工具理性的霸权反而使人在科学认知的实践后果中不断失去自我,科学主义与人的心性需求之间产生了日益增大的裂痕。鲁迅在《科学史教篇》中已经透露出相关的忧思:"盖使举世惟知识之崇,人生必大归于枯寂,如是既久,则美上之感情漓,明敏之思

---

① 汪晖:《汪晖自选集》,广西师范大学出版社 1997 年版,第 117 页。
② 鲁迅:《文化偏至论》,收于《鲁迅全集》(第 1 卷),鲁迅著,人民文学出版社 1981 年版,第 49、46 页。
③ 鲁迅:《文化偏至论》,收于《鲁迅全集》(第 1 卷),鲁迅著,人民文学出版社 1981 年版,第 50 页。

想失,所谓科学,亦同趣于无有矣。"① 在鲁迅看来,人性之光恰恰是在去除物质与自然之藩篱后,通过唤醒"渊思冥想"与"自省抒情"而得彰显,因此,趋向本有的心灵之域、闪耀人类精神现象之光辉,方为人生第一要义。这也成为《科学史教篇》叙事的内在视野,在这一散发着浓郁人学气息的视景中,科学史上原本幽暗的皱褶处也自有其闪光点,鲁迅正是在此意义上大胆肯定了中世纪基督教国家之于人类文明自身建设的价值。如果联系到《科学史教篇》的叙事对象毕竟是"科学"自身的发展流变,那么,鲁迅对中世纪宗教文明的肯定就显得尤为独特。中世纪宗教暴起,压抑科学,鲁迅并不否认彼时乃科学黯淡之时。然而,鲁迅在展开具体论述时,首先抱持的是一种"同情之了解"的态度,实际上,在进入有关该时段的科学史叙事之前,鲁迅在论及古希腊学术之得失时就已经确立了这种历史同情的立场。"世有哂神话为迷信,斥古教为谫陋者,胥自迷之徒耳,足悯谏也"②,对这种"自迷之徒"的浅薄态度,鲁迅称之为"蔑古",而评说一时代历史理应设身处地,返入古人所能达致的情思逻辑,顾及当时实际存在的历史情境,平意求索,所得褒贬才能接近正论。鲁迅实践了自己所订立的这一论史原则,面对科学史视域中的中世纪宗教文化的历史定位问题,《科学史教篇》着意考辨的是以下问题:基督教何以贬低科学实践?除了源于教义与科学的冲突之外,在中世纪欧洲诸国的实际历史语境中,基督教文化力压科学思潮的现实成因究竟是什么?这一文明取向又在哪一个侧面体现出固有的人学价值?应该说,鲁迅的这些考辨已经越出一般意义上的科学史视野,而是试图将原本被排除在科学理性主导的历史叙事之外的宗教文化重新有机化,使之真正内在于人类自身的发展历程之中,这自然是一种基于人学思考的更为开阔的文化史的视野。具体而言,鲁迅对基督教所言"人之最可贵者,无逾于道德上之义务与宗教上之希望"③ 不无同情,因此,宗教力量正所谓适以时起,正当罗马及其他国都所代表的中世纪诸国道德无不

---

① 鲁迅:《科学史教篇》,收于《鲁迅全集》(第1卷),鲁迅著,人民文学出版社1981年版,第35页。

② 鲁迅:《科学史教篇》,收于《鲁迅全集》(第1卷),鲁迅著,人民文学出版社1981年版,第26页。

③ 鲁迅:《科学史教篇》,收于《鲁迅全集》(第1卷),鲁迅著,人民文学出版社1981年版,第28页。

颓废、欧洲社会精神委顿之时,基督教应运而起,直言德育本根的重要性,批评科学谬用人类之所能,仅致力于外物探索,遮蔽内在的灵魂世界,不啻为另一种愚不可及的谬误。在这里,鲁迅一方面言明彼时宗教压抑科学的内在根据,另一方面更进一步指出,对待这种特定历史阶段的文明情势,其实无法做出是非利害上的褒贬和断言,甚至,鲁迅得出的结论更偏向于对这种宗教伦理的肯定,基督教文化既洗涤了其时的欧洲社会精神,更熏染了其后两千年来的人类文明演变,在鲁迅看来,无论是后世推动新教改革的马丁·路德,还是英国资产阶级革命中的克伦威尔、弥尔顿乃至美国独立战争造就的华盛顿等人,这些人类精英所创伟业无不孕育于深厚的西方基督教文化传统。"此其成果,以偿沮遏科学之失,绰然有余裕也"①,这一评价置于科学史叙事中可谓独具只眼。鲁迅由此重释了宗教时代的历史文化意义,将人类的精神文明视作与物质文明同等重要的人间曼衍之要旨。如果说科学乃神圣之光,可以光照世界,那么,在鲁迅看来,科学进退沉浮过程中的人性之光也足以光耀人类文明自身。

"有源者日长":科学非最后之觉悟

无论对鲁迅本人后来的思想发展而言,还是对后起的五四新文化运动来讲,20世纪第一个十年间鲁迅所撰写的这几篇文言长文均被看作新文化、新文学所植根的启蒙思想的先声,《科学史教篇》因其显而易见的为"科学"张目的题旨更是被视为五四"赛先生"在晚清的一次热身式登场。然而,正如前文所述,鲁迅发出的所谓"先声"并非浅近幼稚的直接鼓吹,而是在一个不断拓展的文化视野中冷静观察科学演进中的人性健全的可能性,甚至不时将人的精神自觉的价值置于科学发明的光晕之上,这种判断力并不亚于后起的五四启蒙主义对人的伦理觉悟之重要性的认识,甚至在处理科学理性与感性生命的关系时已超出了五四激进主义思潮对"现代"的想象。五四所追慕的"德先生""赛先生"大都仍处于近代理性主义影响下的现代启蒙脉络之中,虽然五四新

---

① 鲁迅:《科学史教篇》,收于《鲁迅全集》(第1卷),鲁迅著,人民文学出版社1981年版,第29页。

文化运动的思想构成的确是多元的，但至少在"科学"观上并未越出启蒙运动所奠定的意义模式，即"科学"意味着至上的理性权威、清晰的知识边界和真理性的意指功能。这种近代意义上的"科学"观实际上已经随着现代物理学特别是现代哲学的发展而失去自明性。在理论意义上，人们对现代性的阶段性断限和前后期现代性所指的异同可以说早已取得共识。"现代性在这里可以划分为两个阶段：从16世纪到19世纪的近代阶段和从19世纪末以后的现代阶段。两个阶段的特点相当明晰，在现代性的近代阶段，科学、哲学、文艺与新兴资本主义的政治、经济、军事一样，都具有一种西方独尊的对非西方的傲气。而现代性的现代阶段，现代物理学、现代哲学和现代主义文艺都有一种对非西方文化灵犀相通的情怀。"① 这也正是人们常说的启蒙的现代性与浪漫的现代性的分殊所在，二者本是同源共生，但随着启蒙理性作为最高法则对人的感性生命和情感本能的不断殖民，二者的价值取向逐渐分离，现代性的内在紧张和自有张力开始形成并持续下来。中国的现代启蒙直接汲取的多是"启蒙的现代性"，对后期现代性重识理性价值、复归感性生命的思想旨趣所得不多，甚至无所留意，这当然主要是因为近代以来日益迫近的"中国危机"所带给启蒙者的现实压迫所致，但缺乏对"理性"自身之限制的自觉思考也是制约知识者确立更辩证的人学理想的原因所在。

在这样一个思想背景下反观《科学史教篇》，可以看到鲁迅始终避免将科学视为本根之要，甚至明确声明"著者于此，亦非谓人必以科学为先务"②。鲁迅主张寻其根源，并不认同当时国内寻求强国变法者所谓的兴业振兵之说，正是因为这些人外表上虽然已经觉悟，但其思想仍囿于对科学技术之眼前实绩的欣羡，只追求西方现代文明的枝叶，未能探其本源。鲁迅由此发出警醒之言："有源者日长，逐末者仍立拨。"③ 这与鲁迅在《文化偏至论》中对"金铁主义"的反省批判是一致的，内在的精神自觉才是具有生长性的现代意识，单纯瞩目于外物，只尊实利，这种舍本逐末的求变者很快就会溃灭。即使在仅仅

---

① 张法：《现代性与全球文化四方面》，《文艺研究》1999年第5期。
② 鲁迅：《科学史教篇》，收于《鲁迅全集》（第1卷），鲁迅著，人民文学出版社1981年版，第33页。
③ 鲁迅：《科学史教篇》，收于《鲁迅全集》（第1卷），鲁迅著，人民文学出版社1981年版，第33页。

论及科学自身发展时,鲁迅也会反复陈说道德理想、生命热情、情思想象等这些往往被置于科学理性之外的人性质素对于科学的积极作用。也正源于此,鲁迅十分注重挖掘和张扬那些在科学史上或隐或现的人文气息和理想精神。即使在中世纪学校教育中,鲁迅也自觉留意到其学科分立的合理价值,天文、几何、算术、音乐在当时的高等教育中被等量齐观,相较之下,鲁迅对晚清谋新之士心目中只重有形应用科学的做法深表不满,甚至引以为耻。针对历史上有人将科学求知实践与道德伦理之力硬加区隔的论调,鲁迅不仅直言其错谬,而且反过来着意强调科学发现其实常常受到超科学之力的牵引,这种超常力量在鲁迅看来正是道德理想的驱动力,如果脱离这种理想的鞭策,科学所为亦足引人怜悯。在这里,鲁迅实际上将道德文化价值之于历史进步的作用看作结构性的、不可或缺的,甚至是更为根本的。鲁迅所提出的从事科学事业理应具备的去除功利心、恬淡逊让、怀抱理想等,也被他看作其他事业皆当如此的成功之母。与此相应,鲁迅论及科学与实利之关系,虽然二者可以相互为援、于以两进,但假如全社会仅仅震惊于当前的科技成果,人人皆慕科学之虚荣,这种做法无异于倒果为因,反而失去了科学精神的真谛。

鲁迅在1906年已经完成其人生中"弃医从文"的重大转折,从仙台医专退学并回到东京后,鲁迅参与创办《新生》,开始专心从事写作和文学翻译工作。联系到鲁迅留日前在南京矿路学堂和水师学堂曾经先后学习采矿和海军的经历,可以想见鲁迅的确不乏自然科学的知识背景以及专业训练,然而,鲁迅终究没有走向科学救国之路,对此,鲁迅在诸多自述中已反复言明自己的人生转向是源于病态的现实刺激和疗救国人精神之疾的愿望。经由对《科学史教篇》的释读,我们有机会深入鲁迅的"科学"话语内部,具体坐实鲁迅何以能够走出科学神话的内在逻辑。近代以来的中国社会是一个峻急的时代,鲁迅也是迫切寻找走出危机之路的知识者中的一员,《科学史教篇》自然带有理性启蒙的时代色彩。同时,鲁迅科学史叙事中的斑驳语义也表明鲁迅接受的西方思想影响中确有不同于高调的科学主义话语的复杂资源,这其实也在提醒我们需要重新辨识"启蒙传统"的多义性。西方学界对以法国启蒙运动所代表的现代启蒙传统同样有过新的反省:一方面,研究者们不再机械割裂中世纪神学与现代性发生的潜在关联①；另一方面，启蒙的思想来源也不仅仅是指18世纪的法国启蒙运动，同时期的苏格兰思想家对理性尤其是理性的自我限制的认识明显区别于法国启蒙思想家对理性至上的认定，这种倡言理性而又不盲信理性力量的学说同样成为现代启蒙传统的一个有机部分②。我们无意于也将鲁迅看作一个能够展开如此专深的理性辨析的超前的思想家，真正有意义的是，鲁迅交织着科学启蒙与科学反思的叙事方式体现出一个中国早期的启蒙知识者怎样的思想视野。其实鲁迅的科学叙事不止于这种论文形式，鲁迅早年一度热衷于翻译西方科学小说，正如李欧梵所言，鲁迅对科学小说的兴趣除了历史功利主义缘由之外，也包含着"欣赏奇幻的趣味"③，亦即"科学"之于鲁迅，除了严整的理性意味和现实的启蒙功用之外，尚有鲜活的生命情趣存焉。李欧梵进而认为这一趣味甚至与鲁迅自幼形成的源自《山海经》一类富有丰富想象力的精神趣味相通，鲁迅在学术研究中也曾致力于唐传奇和六朝志怪小说，这些均远离正统的礼教规训而充满感性生命的情思与想象。《科学史教篇》中鲁迅特别肯定英国物理学家丁达尔有关科学工作中不可缺少生命热情的说法，也正是希望强调科学理性背后须有人的感性力量的驱动。可见，鲁迅的这种科学观其实已经包含于鲁迅对人的知感两性圆满无间的人学理想的期待之中。

鲁迅将该篇论文命名为"科学史教篇"，所谓"教训"固然包含科学发展历程中的艰难曲折之意，另一方面，鲁迅在篇末总结全篇题旨时，更加强调的还是何为本根、何为人性之全的思虑："盖末虽亦能灿烂于一时，而所宅不坚，顷刻可以蕉萃，储能于初，始长久耳。顾犹有不可忽者，为当防社会入于偏，日趋而之一极，精神渐失，则破灭亦随之。"④ 因此，鲁迅追溯科学史之后的结论恰恰体现着对科学万能论的纠正，正如鲁迅所直言，人类社会所应希冀要求的，不只是牛顿而已，也应该是莎士比亚，不仅仅是科学家波尔，也当有艺术家拉斐尔，人类需要康德的哲学，也必然要求贝多芬的音乐……科学史或曰文明史所垂示于人的正是这些足以致人性于全、不使文明陷入偏倚的宝贵教

---

① 汪晖：《关于现代性问题答问》，《天涯》1999年第1期。
② 林毓生：《从苏格兰启蒙运动谈起》，《读书》1993年第1期。
③ 李欧梵：《铁屋中的呐喊》，尹慧珉译，岳麓书社1999年版，第11页。
④ 鲁迅：《科学史教篇》，收于《鲁迅全集》（第1卷），鲁迅著，人民文学出版社1981年版，第35页。

训。《科学史教篇》所处的时代还是一个重实学、图致用的科学崇拜时期，即使后来的新文化运动开始强调思想文化的革新，但其倡寻的科学精神仍是一种未经反省的自明价值。鲁迅在晚清汇入科学叙事的宏大潮流之中，这一点并无更多特出之处，可贵的是，鲁迅并未一味地随声附和，他没有将科学视作国人最后之觉悟，可以说早于五四确立起独特的启蒙视野，尤其确保了中国现代启蒙思想应有的复杂性和思想厚度。

（原载《东岳论丛》2016 年第 8 期）

现代叙事与鲁迅启蒙思想的多义性

"现代"作为中国文学转型与建构的核心概念对文学研究尤其是思潮研究始终是一个释义焦点。在走出单一的价值评判后,"现代"也从一个曾经的价值终点重新回到价值起点,现代性话语的复杂面目越来越多地呈现出来。可以说,"现代"既是一个历史过程,也是一种文化精神,而且现代性一经生成,就持续进行着一场充满内在张力的演化活动,这种演化既有赖于现代性在历史实践层面的高歌猛进,也离不开文化精神层面的反复质疑。在不同的历史阶段,现代性的呈现方式可以有所侧重(如前期现代性主要表现为一种历史与文化现代性的相对和谐),在不同的阐释活动中,现代性价值也可能会显示出不同取向与色彩,即使在同一个言说主体那里,现代性的多面与矛盾也往往会一并呈现,这一切都提示我们在讨论现代性问题时必须对阐释视角和阐释语境保持充分的自觉。

作为现代性的一个核心话语,启蒙叙事在某些语境中常常成为"现代意识"的同义语。从最为广义的层面来看,"启蒙"(enlightenment)意味着人通过获取知识和智慧为自身照亮前程,同时不断克服蒙昧与种种遮蔽,从而走向相对的"澄明"之路。康德在回答"什么是启蒙"时说:"它是指人走出自己所加之于自己的不成熟状态。不成熟状态则是指如无他人的指引则无能力使用自己的理智。这种自己所加之于自己的不成熟状态,其原因不在于缺乏理智,而在于如无他人的指引则缺乏决心和勇气去使用理智。要有勇气使用你的理智！这就是启蒙运动的口号。"① 康德既是在申发一种广义的启蒙精神，也是对欧洲历史上一段特定时期——启蒙运动时期——的一个简要界说。实际上，当我们在某种思想史与文化史的层面言说"启蒙"时，也大多以18世纪的西方启蒙运动作为一个主要对象或背景。虽然对于中国历史与文化的现代转型而言，其背靠的知识学与解释学资源常常不限于"18世纪的启蒙"这一狭义的概念，但追究中国"现代"启蒙叙事的诸多表征及其症候，又的确需要时常返回西方历史文化语境中的启蒙运动这一对象与过程。时至今日，由于持续了一个多世纪的"现代主义"思想与文化理念的反复冲击，加之近30年来种种"后现代话语"的强势影响，对启蒙的文化信条与历史承诺仍然不加分析地深信不疑的人已经越来越少了。但究竟如何面对早已播散东西方的启蒙遗产，特别是究竟如何清理在各自的本土语境中，启蒙与诸多文化形式遇合过程中的复杂语义及其多重效应，仍然是一项颇费思量的工作。当然，从事这一工作的前提之一仍是确立某种对待既有的"启蒙运动"的态度。在这方面，德国思想史家特洛尔奇的启蒙观可资借鉴，因为在他那里，启蒙既不再被当作一个历史与意识形态的神话，同时也并未变成一种只需拆解的文化天真梦想。"在特洛尔奇的用法中，启蒙运动是一个中性概念，即不带有这个词本身具有的进步论色彩，仅指欧洲历史的一个阶段或时期。在这一时期，社会和文化生活的整体面貌发生了改变，标志着欧洲社会和思想的一个不可逆转的阶段。特洛尔奇力图避免对启蒙时代的抨击或赞颂，以历史社会学的中立原则审视启蒙运动造成的基本且持久的现代原则究竟是什么。……在启蒙时代，种种现代性问题才开始萌生，而种种解决这些问题的尝试亦随之出现。……启蒙运动把近代过程中逐渐形成的现代原则充分表达出来，并第一次表露出这一原则引致的问题，以致反现代原则的启蒙批判与现代原则的紧张，构成了现代的社会和思想冲突的主要形态。"② 可见，在欧洲近代以来的启蒙图景中，解蔽与遮蔽同在。启蒙在创造了理性至上、科学万能和自由进步的乐观理念后，一方面极大地解放了人的精神与实践活动，另一方面又带出了所谓"启蒙神话"。那么，在这样一个对待启蒙的阐释背景下，鲁迅的启蒙叙事又将是怎样一幅图景？特别是，鲁

---

① 康德：《答复这个问题："什么是启蒙运动？"》，收于《历史理性批判文集》，康德著，何兆武译，商务印书馆1990年版，第22页。

② 刘小枫：《现代性社会理论绪论》，上海三联书店1998年版，第174—176页。

迅的现代启蒙及其在文学话语（如小说文体建构）中的表现究竟在何种意义上是那些"现代原则"的体现，又在何种意义上构成了与这些原则的紧张关系？一句话，现代性视野中的鲁迅启蒙思想是透明的吗？

实际上，从鲁迅所置身的中国现代意识的精神背景来看，启蒙思想的脉络一开始就并非单一的。作为启蒙运动的重要基石，"理性"——特别是人的理性的主体性——是保障主体的人对抗神学、宗教、自然乃至自我枷锁的有力武器。在中国社会由传统向现代的转型中，先觉者也正是通过对人的主体性的发现与自觉提倡，与作为文化与历史双重压抑者存在的"传统"相抗衡。鲁迅一开始所接受的启蒙意识也有这样一个直接的思想背景。这些理性意识的先知们将自己对既有秩序的反抗与新的历史文化诉求大致落实在诸如进步、民主、科学与未来的自由乌托邦等信仰与憧憬之中。确立并起而实践这些新的历史文化理念不仅是先进的中国人为老旧的中国所设计的一个复兴方案，而且是他们自身走向"现代性"的第一步。就像欧洲的启蒙运动酝酿于17世纪乃至更早的文艺复兴、繁盛于18世纪并在19世纪开始走向衰弱一样，中国的现代启蒙也经历了至迟在晚清的躁动、随后在五四时代的高歌猛进这样相似的轨迹，只不过由于后发国家特有的历史浓缩性与强烈的现实焦灼感，启蒙精神在中国历史文化语境中的起落变化更为复杂难辨。仅从文学以及小说观念的启蒙意识及其变异来看，至少交织着理性主义的乐观信念与现代主义的悲观意识、历史主义的使命感和归属感与伦理主义的心性需求以及价值失据的悬空心绪等等夹缠不清的叙事困境。"中国近代精神的主流是乐观主义的，这是因为近代中国经历着一个从前现代向现代社会转化的历史过程，现代性的观念前提——进步的信仰或进步主义——的胜利，注定了这个时代的上空高高飘扬着乐观主义的旗帜。中国近代乐观主义首先是一种宇宙观、历史观，同时也表现为认识论和人性论，最后，正像'进步'上升为价值，'进步'本身就是值得追求的一样，'乐观'也上升为价值，'乐观主义'就是好的。……不过，主流之下总是有潜流暗动，乐观主义始终没有完全消弭它的对立面——悲观主义。只是这种在本世纪只占次要地位的倾向，在一个乐观主义的时代很难引起人们的重视。"[①]这种对于中国现代精神传统的评断也大致适合于我们对于中国文学新传统的考

---

① 高瑞泉：《中国现代精神传统》（增补本），上海古籍出版社2005年版，第78—79页。

察。实际上，在中国文学观念转型之际，这种乐观气质与悲观潜流甚至是相伴生的。对文学发展与历史进步的乐观憧憬连同新小说实践中由梁启超身体力行的政治小说文本，一再向人们勾画、许诺着一个"新中国之未来"。在此前提下，文学家投身于这一属于未来的历史大潮并将文学活动以及自身价值置于对未来社会的信念之中，就成为文学参与启蒙、体现理性主体力量的标志。然而，即使在晚清求变心切的时代氛围里，这种理性主义的乐观信念也并不是牢不可破的。对早期鲁迅的进化论思想有直接影响的严复虽然是进化意识的最早传播者，其内在思想理路与历史观、价值论仍呈现出错综复杂的多重性。已有不少论者指出严译《天演论》与赫胥黎原著之间的差异，并发现严复在翻译过程中进行了多处改删增补，以便凸现出当时中国社会所急需的"世道必进、后胜于今"的观念①，这种做法本身即已表明"进化"之于严复并非一种科学认知与可资实践检验的历史理念，对于严复抑或受其影响的鲁迅，"进化论"更是一种必需的信仰。这种信仰既可以促成对文学与历史进步的双重执念，同时也可能引发包括信仰者本身在内的疑虑。严复正是这样一位不无困惑的"先知"。"严复将赫胥黎的《进化与伦理》创造性地翻译成《天演论》，传播了进步观，然而出于经验论的立场，严复对人类能否达到一个尽善尽美的终极状态曾经有所保留。……人类的终极状态，和世界的起源一样，无法依靠逻辑思维来推知。在严复看来，这种时候人们只能诉诸信念。"② 在价值上严复也就难以完全唯新是从，所以严复的启蒙言说与同时代的梁启超乃至后来的激进主义者的革命话语的区别并不在于其文体的古雅趣味，其根本差异在于对启蒙叙事本身的态度有别。《天演论》是"做"出来的，鲁迅的这种说法正一语道破影响国人一个世纪的理性主义进步论的"叙事"本色，倒未必只可落实于严译本身。更为重要的是，西方的进化论学说与中国近代社会的这一番遇合，颇为传神地表征着启蒙精神在中国语境中的历史实用主义底色及其并不牢靠的知识学根基。鲁迅笔下的人物当然可以依照现代文学中早已确立的启蒙法则得到解读，然而，不管是叛逆狂人还是施害与受害同体的变态者，更多的不是让读者看到人的力量与希望，而是惊惧、犹疑、疯狂乃至生命的变异，大多并不属于

---

① 林基成：《重读天演论》，收于《二十世纪中国文学史论》（第一卷），王晓明主编，东方出版中心1997年版，第166页。

② 高瑞泉：《论"进步"及其历史》，《哲学研究》1998年第6期。

那个吸引着现代人的新的未来世界,而往往是一个个历史与时代的沉重的"负荷者"。在这一层面上,鲁迅这样的启蒙思想者之于中国现代叙事的意义至少在于充分表达了现代意识的复杂性,现代价值可以成为觉醒、解放的精神资源与信仰动力,却无法确保一个"黄金世界"的降临。换言之,人固然应当具有主体的尊严与力量,但这并非人性的全部真实,人更是孤独可悲的。人物的进退得失与生存悖论其实正是现代人价值追求与人性异化之间内在冲突的象征,特别是在一个既传统又现代的现实情境中,人物世俗欲望的明晰性与人格觉醒的模糊性并存,这种叙事景观更加切近中国社会走向"现代"之际的人性之真。

当然,集中考察鲁迅自身的现代意识与启蒙思想的双重性更有益于深化前述论题。鲁迅既是一位无可争议的"现代"代言人,又能让我们看到"启蒙精英"真实的另一面现代心绪。鲁迅的"现代"自觉萌生得很早,而且是一种历史与文化的双重自觉。我们看到,在鲁迅参与文化启蒙与历史变革的初始阶段,他也是从热切呼应梁启超的新民学说与小说界革命的意图起步的。直到后来新一轮更为激烈的五四新文化运动开始后,虽然鲁迅思想的厚度与复杂性已经远非五四式青春气质与乐观品格所能涵盖,但他依然没有完全放弃文学启蒙的初衷。"说到'为什么'做小说吧,我仍抱着十多年前的'启蒙主义',以为必须是'为人生',而且要改良这人生。……所以我的取材,多采自病态社会的不幸的人们中。意思是在揭出病苦,引起疗救的注意。"① 从鲁迅早年对科学小说的热衷与对域外其他类型小说的译介活动中,我们的确可以看出延续了不止"十多年"的启蒙意图。然而,鲁迅所接受的现代思想资源中又一直包含有不同于"近代理性式乐观"的一脉。鲁迅早期的三篇文章《科学史教篇》《文化偏至论》与《摩罗诗力说》已经越来越引起鲁迅接受者的关注。在这些论文中,鲁迅梳理了人类理性进步与科学发展的进化轨迹,同时也一再透露出他对科学主义与心性需求之关系的辩证思考,一再体现出自己对于施蒂纳、叔本华、尼采所代表的新一轮西方现代思想资源的敏感,从而让我们看到了一个置身于理性主义传统当中又具有相当自觉的现代反思意识的"启蒙主义"思想

---

① 鲁迅:《我怎么做起小说来》,收于《鲁迅全集》(第4卷),鲁迅著,人民文学出版社1981年版,第512页。

家的形象。在《科学史教篇》中,鲁迅的叙述与论证话语虽然渗透着浓重的近代理性精神,篇末的结论却使我们感知到了他对于"社会人于偏、日趋而之一极,精神渐失,则破灭亦随之"的隐忧,这实际上也正是20世纪现代主义思潮反抗工具理性霸权、重建精神道德与审美价值的理路。所以鲁迅得出了一个不同于单一的科学主义进步观的结论:"盖使举世惟推知识之崇,人生必大归于枯寂,如是既久,则美上之感情漓,明敏之思想失,所谓科学,亦同趣于无有矣。"①《文化偏至论》通过更为明确的思想史演化比较,进一步表达了他对于近代理性主义的反省,并显示出对"19世纪末思想之为变"的某种认同。鲁迅从"矫19世纪文明而起者"的前提出发,先后论及了尼采"见近世文明之伪与偏,又无望于今之人,不得已而念来叶者也"的超人式的"愤叹"(这与后文将要论及的《狂人日记》中的情绪显然十分吻合),施蒂纳的"人必发挥自性,而脱观念世界之执持"的极端个人主义意识,叔本华"主我扬己而尊天才"的非理性主义的唯意志论,克尔凯郭尔"发挥个性,为至高之道德"的主观实存论,以及易卜生"睹近世人生,每托平等之名,实乃愈趋于恶浊……则常为慷慨激昂而不能自已"的孤独个体观等一系列"或崇奉主观,或张皇意力"的"新神思宗徒"(即区别于黑格尔为代表的近代理性哲学的现代非理性主义者)的思想学说,洞见一个"非物质、重个人""沉邃庄严,至与19世纪文明异趣"的"20世纪之文明"。对于我们本节的论题而言,鲁迅的上述言说一方面固然可以为我们提供寻绎其诸如"个人主义观""艺术伦理观"以及更宽泛的历史哲学观念的素材,但更直接的意义在于上述思想材料让我们切实感知到了一个置身矛盾当中的启蒙者:"鲁迅必须把启蒙运动的理性原则同起源于近代理性主义原则破灭的思想体系融为一体。"②当鲁迅从中国社会发展的现实需要出发,以一个"呐喊者"的姿态出现于文坛时,他更多的是倡导着尊奉理性主体与历史进步的近代理想,其小说实践中流露出的对科学的关注(如李欧梵曾分析的鲁迅从自己学科学的背景出发,很自然地将视野扩大到科学小说,就像梁启超对政治小说的热衷一样,鲁迅也一度将对科学小说的介绍与传

---

① 鲁迅:《科学史教篇》,收于《鲁迅全集》(第1卷),鲁迅著,人民文学出版社1981年版,第35页。

② 汪晖:《汪晖自选集》,广西师范大学出版社1997年版,第117页。

播视作小说为启蒙服务的主要途径①),对难以为继的中国传统礼教文化的批判,对国民性问题的持续关注,以及无处不在的人道主义情怀,等等,显然都是这种基于现实需要的"现代"认同与吁求。另一方面,当鲁迅以一个富有反思自觉意识的思想者而非单纯的启蒙者出现时,其现代认同的内涵显然又会得到进一步拓展和深化。就像他对科学小说的兴趣除了历史功利主义缘由之外,也包含着"欣赏奇幻的趣味"。李欧梵曾将鲁迅对科学小说的关注与鲁迅对唐代及其以前的传奇志怪的小说传统的偏爱相联系,这些古代短篇小说在道德上没有过多的正统儒家说教,在艺术上又富有想象与神话气息,很符合鲁迅自幼由《山海经》一类作品培养出的精神情趣。从这里我们能够得到的相关启示是,鲁迅与现代性的理性意识(如科学思想)之间的关联具有被多重解读的可能,而这种多重的理解又源于鲁迅参与"现代"建构时仍未失心智的丰富性。所以,一旦摆脱了对单一的物质与功利层面的启蒙价值与意图的执念,现代性建构的空间自然将得到应有的拓展。这种思路表现于小说的现代转型问题上:一方面,对于中国小说由传统而现代来说,开启民智、救种图存自然是题中应有之义;另一方面,体现心性关怀、满足现代人精神解脱的需要同样是小说叙事的"现代"本色。"科学小说"之于鲁迅而言,既是启蒙理性的表征,也可以与某种精神趣味相通。在这里,对于小说转型来说,更加具体的一个启发还在于现代小说在面向新理念新思潮的同时,其固有本性与某些传统资源仍然可以有效地融入其现代质素的获得过程中。正像鲁迅面对科学小说的态度让我们可以发现其与小说传统的潜在关联一样,在一个未被现代性历史叙事所笼罩的语境中,小说现代性的确立空间就不会是过于狭窄的,借用鲁迅在表达其"人国"理想时的描述:"外之既不后于世界之思潮,内之仍弗失固有之血脉,取今复古,别立新宗。"② 至少,如果在一个狭隘化了的启蒙意识支配下,小说的现代新质与固有血脉都将失去足够的存在可能。

　　当然,以鲁迅为个案来反观小说启蒙叙事的复杂性,更重要的一个层面还是考察鲁迅所体现出的中国现代小说启蒙意识的某种内在冲突。就鲁迅而言,这种冲突至少可在两个方面见出:鲁迅"掊物质而张灵明,任个人而排众数"

---

① 李欧梵:《铁屋中的呐喊》,尹慧珉译,河北教育出版社2002年版,第11页。
② 鲁迅:《文化偏至论》,收于《鲁迅全集》(第1卷),鲁迅著,人民文学出版社1981年版,第56页。

的文化精神取向，这种取向既不同于梁启超式的功利主义启蒙观，也是对欧洲近代以来的理性主义偏至的一种反拨；另一方面的表现是，即使是对他所强调的主观道德、个性精神与审美理想，鲁迅也同样流露出某种深刻的怀疑，这正是他在思想深处更加认同叔本华、尼采、克尔凯郭尔等人的非理性主义与现代孤独意识的原因。如果说鲁迅的确是一个现代中国的"呐喊者"的话，那么，无论他的小说还是其更广义的文化活动，都一再表明鲁迅并非一个可以与五四式浮躁凌厉的启蒙斗士相重合的"呐喊者"，他更像是一个20世纪特有的焦虑不安的"现代人"。这样一个焦灼不安、不无分裂的思想者显然不是乐观的启蒙理想所能涵盖的。所以，如果我们认定鲁迅是中国现代性的一个代言人的话，那么，这种"代言"的意义并不仅仅在于鲁迅对某些现代原则的历史确认，更重要的是他对这些原则的深刻体验与反思，这既是鲁迅超越同时代"启蒙家"之处，也正是一种现代性反思的立场，从而确保了中国文学与文化现代性应有的指向与深度。当然，对于鲁迅与启蒙叙事之间复杂相关性的认定并不意味着我们能够真正解构作为一个"启蒙者"而存在的鲁迅，相反，鲁迅面对启蒙而生的某种思想困境恰恰是所有启蒙者最终必须面对的，也是现代性自身内蕴的固有张力之所在。乐观的启蒙主义者无论是基于具体的现实需要还是基于对理性力量的盲信，自然尚不失现代人的高傲与真纯，众多的现代小说家通过各自的叙事活动已经一再体现出这种自我确信的力量，而且这也的确是中国漫长艰难的历史转型过程中持续需要的一种信念。然而，无论是文学的现代品格还是历史演进的现代属性，如果要获得一种持久的存在活力，的确还需要具备一种对"现代性问题"的自觉与直面的能力。这种能力的获得显然要对历史情境与个人心智提出更多的要求。西方社会自19世纪末以来可以说已经渐渐提供了这样一个直面现代性问题的历史情境，也先后出现了不少这样的自我考辨者，正像鲁迅在《文化偏至论》中所感知到的欧洲"19世纪思想之变"与"20世纪文化之始基"那样；相比之下，同一历史时段中的中国社会却难以提供这样的历史积累与现实条件，换言之，中国现代性建构之初的变革冲动与新生需求自然压抑着可能发出的现代性自我冲突的声音。正是在这样一个现实的与思想的背景下，鲁迅发出了这样一种难以抑制的声音——这种"难以抑制"既有客观现实的原因，也与反思者个人既已察觉的思想新变相关，其实这也正显示出这种反思的声音既是一种历史需要也是思想者的精神本能。因此，鲁迅意义上的"呐喊者"显然比启蒙意识的单一确证者们表现出更深的历史关切并承受着更多的精神痛苦——这种痛苦至少是双重的：既不乏因启蒙价值尚未在中国确立所生发的现实焦灼，更有一种对这一价值本身的敏感怀疑，因此，这种精神困苦既源于现实，也指向自身。承受着这样一种痛苦的"启蒙者"虽然在现实层面仍可以保持一种理性的警觉，但内在的疑虑与分裂也是挥之不去的心理真实。在这一意义上，作为文学家存在的思想者还是相对幸运的，因为这种种精神困苦与思想失衡恰恰是文学想象的内在资源与审美解脱的最终动力。审美现代性与启蒙叙事的深在关联也应在这里。落实到中国现代小说上，参与历史启蒙固然是小说新的文化理想，而展开审美反思、寻求生命解脱乃至获得悲剧性的历史感念同样不失为一种小说的现代新伦理，从"理性"到"疯狂"，也许正是未完成的启蒙理性必然要经历的过程，更是永无完满的现代性方案不断获取丰富性的必然结果。鲁迅的小说以及其他文学文本实际上正包含着这样复杂的现代心绪，其中，《狂人日记》无疑是一个最典型的个例。在我们的现代文学史叙事中，《狂人日记》不仅是鲁迅个人文学活动的里程碑，而且标志着现代小说与现代文学的真正发生。这种判断显然是有足够的文化与文学依据的。进一步而言，如果我们摆脱那种想当然的"文学进步观"，同时克服一种浅近的社会学解读惯性，也就是说，如果我们不仅将《狂人日记》作为现代小说的一个起点，同时也不仅仅在历史启蒙的正面价值上阐释它，那么，《狂人日记》恰恰可以成为体现中国文学"现代性"深度与厚度的最优秀的作品。这样一个判断自然并不与对《狂人日记》所具有的五四式反传统的历史叛逆意识相脱离，毋宁说这一判断是对这种反抗精神更细致的考辨与解读。在最显在的层面上，这部小说表达了一个对中国传统礼教文化的强烈批判主题："我翻开历史一查，这历史没有年代，歪歪斜斜的每叶上都写着'仁义道德'几个字。我横竖睡不着，仔细看了半夜，才从字缝里看出字来，满本都写着两个字是'吃人'！"如果说传统礼教秩序是一个巨大的"文本"，鲁迅在解读这一"文本"时恰恰运用了一种今天可称之为"解构"的策略，这种解构策略不仅指其叛逆者的思想态度，而且其方法本身也是典型的解构路径——从文本的缝隙中（即"字缝里"）发现文本自身的断裂痕迹，从而揭示其相反的语义（即从"仁义道德"到"吃人"）。至此，《狂人日记》对五四新文化精神的呼应意图已经充分得到体现。然而，在我们看来，"狂人"的疯狂意味更应该被理解成多义的。我们可以从三个层面来解读：越出封建礼教常规的叛逆性，缺乏现实理解与接受可能的焦虑绝望，内在价值依据被动摇的自我怀疑。这三个层面实际上也是相互夹缠且步步深入的，其中，尤以那种自我反省带来的怀疑与分裂最具瓦解力。对于一个理性的启蒙者而言，这种自我的分裂足以构成真正的崩溃与疯狂。对于小说中的狂人而言，需要直面的现实不仅仅是理想中的"真人"与眼前"吃人"世界的巨大反差，而且是他自己也同样深陷于"吃人"世界当中，这便是狂人最后的惊人发现——吃人的是我哥哥！我是吃人的人的兄弟！我自己被人吃了，可仍然是吃人的人的兄弟！从最初慷慨激昂的离经叛道者，到最后发出难见真人浩叹的绝望者，狂人源于理性意识的信念与力量同对人性自身完满和谐理想的怀疑终于不可避免地纠结到一起。篇末"救救孩子"的呼声之所以显得微弱与渺茫除了现实的障碍之外，的确还有企图救世者自身的困惑这一缘故。其实在鲁迅那里，对人的理性完满与自足解放的乌托邦信仰早就开始了反思，《文化偏至论》中鲁迅对"知感两性，圆满无间"的"完人"理想已经结合19世纪末以来的现代哲学美学观念给出了否定，这正是日后鲁迅无意于做启蒙方案的单纯鼓吹者的思想根源，虽然这种反省意识并未制约鲁迅在现实的层面为启蒙原则的实现而"呐喊"。在这一意义上，与鲁迅有着深在思想联系的"狂人"既属于《呐喊》的形象系列，也在《彷徨》中延续为或忏悔或无助的各式"孤独者"，而且，鲁迅的小说意象与他的那部更具现代感的《野草》集的题旨又存在着"互文性"——其实，《野草》完全可以视为鲁迅以自我为主人公的另一部"狂人日记"，这不仅是因为《野草》散文诗的文体性质使它更直接地表达了作者的意向，也不仅是由于《野草》语词逻辑的晦涩使它十分接近那种狂乱的呓语，更重要的是《野草》的复杂意绪与现代悲剧意识的确诠释着鲁迅小说乃至中国现代作家启蒙叙事的一种不应或缺的精神指向。进一步而言，鲁迅从这种现代悖论中最终确立的观念及其历史实践，又基本顺应了启蒙者的现实需要，换言之，鲁迅将主体的自我矛盾与精神分裂更多地置换为某种现代主义的美学冲动，从而尽可能地避免导致一种对于历史实践活动的干扰。这样，在鲁迅身上所体现的这种深化了的启蒙主义美学精神，既富有一种理想主义的激情与信念，同时也深藏着一种现代主义的否定与批判，最终形成的是一种悲剧性的崇高。这也正是鲁迅为现代文学创造出的那种"过客精神"——一种确信空虚与无望之后仍然高扬抗争与进取力量的精神，即使是无望的抗争、无望的进取。鲁迅这样的启蒙者提示着我们，呐喊者未必永远自信，绝望者的颓唐背后也未必没有"反抗绝望"的意志力量。在对生命中的虚无与悲剧性循环进行了痛苦逼视之后，鲁迅还是选择了"用这希望的盾，抗拒那空虚中暗夜的袭来，虽然盾后面也依然是空虚中的暗夜"。"抉心自食，欲知本味，创痛酷烈，本味何能知？痛定之后，徐徐食之，然其心已陈旧，本味又何由知？"这种困顿倔强又颇具自虐倾向的精神状态，使人想起同时代的郁达夫和20世纪40年代鲁迅精神的传人路翎。郁达夫小说中理性觉醒却又承受着情欲与死亡心理重压的变态的"零余者"，路翎小说中高扬"主观战斗精神"却又深陷永无和谐的人生困苦中的自杀者与失败者，虽然与启蒙主潮的昂扬乐观存在距离，但其精神实质又的确是"现代"的，尽管这种"身处不明不暗的虚妄中"的觉醒者未必都能完成"绝望之为虚妄，正与希望相同"式的更高超越。

（原载《鲁迅研究月刊》2010年第8期）

《朝花夕拾》中的儿童叙事及其文体功能

不同于《呐喊》《彷徨》，也有别于《野草》《故事新编》，鲁迅的《朝花夕拾》在研究者那里较少得到思想史视野中的引申，在鲁迅的文学创作中，这部散文集也并不居于显著位置。《朝花夕拾》往往更多地在传记研究意义上被吸收和征用①。实际上，这种阅读与接受的惯性倒是为我们预留了不少感受鲁迅文本的空间，比如我们较少细究的鲁迅的文章风格与精神趣味②，在《朝花夕拾》里其实有较多的流露，儿童叙事作为鲁迅创作伊始既已使用且在日后写作中不断实践的一种修辞，更是成了《朝花夕拾》的一个文体要素，这一要素无论在主题学意义上还是在文章的形式层面，都颇具可阐释性，而且，儿童叙事在一定程度上也打通了童心童语与成人世界的内在联系，使得鲁迅的儿童本位观得到了文体形式上的还原与坐实。

---

① 有关《朝花夕拾》的相关研究，近年也出现了颇具新意的成果，比如丁文的《笺注与重构：周作人"解说"百草园》（《鲁迅研究月刊》2018 年第 6 期），该文阐发了二周在叙事上的对话性，启人思考。

② 有关鲁迅的文章趣味及其意涵的研究，近年来出现过像路杨《积习：鲁迅的言说方式之一种》（《中国现代文学研究丛刊》2015 年第 4 期）这一类值得关注的成果。

孩童话语中的爱憎

作为一部"从记忆中抄出来的"① 忆旧文集,《朝花夕拾》自然意在追摹过往的旧事与人物,除了《藤野先生》《范爱农》两篇所记时间偏后,其他八篇大致都是基于鲁迅的童年经验与记忆写出的,孩童的话语也就成为直接或潜在的叙事动力。不同于差不多同时期的冰心式的儿童叙事,《朝花夕拾》中的孩童话语并不追求清新纯粹,而是始终夹缠在叙述者谈古论今的杂文笔墨之中,文化批判与童心童趣相互映照,孩童的爱憎好恶自然而然地表露其间。《狗·猫·鼠》谈狗论猫,起首便笔涉时事,但真正的叙事重心还是后半的一段幼年经历,一个十岁的孩子沉浸在祖母讲述的猫虎传说中,在老屋中的老鼠跳梁的声响里想象正月十四夜老鼠成亲的仪仗,特别是饲养一匹隐鼠过程中的悲喜苦乐,凡此种种其实是这篇散文最具吸引力的部分。鲁迅当然赋予了笔下诸种动物以现实的寓意,但这种童年忆旧的笔墨铺展开来之后,作者"仇猫"的心理成因其实已经变得非常简单,就是基于孩童的不会掩饰的直接的爱憎,鲁迅也不愿读者在语义上一味求之过深,所以在文中两次嘲笑自己对于"仇猫"成因的过度诠释,那些光明正大的堂皇理由如"猫的一副媚态""慢慢地折磨弱者"等,被鲁迅说成"现在提起笔来的时候添出来的","都是近时的话"。联系到《朝花夕拾》的"旧事重提"动因,可以说表达那种孩童的意绪与心理更接近鲁迅写作的初衷。

儿童的心理世界简单直接,他们对身边成人的感情与态度当然抱着同样的天真期待,《朝花夕拾》中的此类叙事大都具体而微,既写孩童的满足与欣喜,也表达了孩子们不可避免的挫伤和失落。"阿长"是《朝花夕拾》中多次出现的人物,在《狗·猫·鼠》《阿长与山海经》《从百草园到三味书屋》等文中均被写到。鲁迅对于自己的这位幼年保姆感情深沉,但在叙事中还是尽可能还原了一个孩童眼中的身边的女工,并且随着孩子感情世界的起伏变换,将"阿长""阿妈""长妈妈"等带有不同亲疏色彩的人物面貌细致表现出来。阿长是

---

① 鲁迅:《〈朝花夕拾〉小引》,收于《鲁迅全集》(第 2 卷),鲁迅著,人民文学出版社 2005 年版,第 235 页。后文凡出自《朝花夕拾》引文,不再一一作注。

作者叙事中杀死隐鼠的真正"凶手",在日常的陪伴中也有令人不悦的习惯,有关阿长这类无名的底层女性的叙事在现代作家那里非常普遍,尤其是与作家自己的童年叙事相关联时,不少人常常会选择性地回避一些经验,余下的自然都是打磨光滑的美善记忆。鲁迅却直写上述那些记忆中显得粗糙的部分,阿长甚至也因此显得有些可厌,但也正因如此,阿长成为一个真正意义上属于孩童话语的完整的形象。鲁迅在若干作品中让长妈妈反复出现,相互指涉,她所讲述的"长毛"故事、美女蛇传说乃至正月初一的福橘,都构成了一个懵懂幼童日常世界的重要部分,这里面有爱有怕,有亲有疏,有喜有厌,读者看到的是一个正常可信的长幼关系。阿长在《朝花夕拾》里有一个十分耀眼的时刻,那就是为鲁迅买来了朝思暮想的绘图的《山海经》,这是一个孩子念念不忘却屡屡被大人忽略的心愿,也是一件别人不肯做的事。阿长的形象在经历了作者曲折往复的长短叙事之后,到这里终于成为幼年鲁迅心目中的英雄。这个具有"伟大的神力"的长妈妈是鲁迅儿童叙事中真正能够呼应孩童的简单直接的感情世界的成人,也是鲁迅着力塑造的一个孩童眼里的可敬的人。与之相对照的是《琐记》中记录较详的衍太太,实际上,这个人物也是连续在不同文本中出现,鲁迅在写作《琐记》前一天,刚刚写完《父亲的病》,衍太太便是其中文末登场的重要人物。鲁迅在回忆弥留之际的父亲时,表达了对中国传统的死亡伦理的最初记忆和不满,正是"精通礼节的妇人"衍太太催逼着鲁迅大声呼喊原本已经沉入临终之前的平静之中的父亲①,这种惊扰不但加剧了死者生前的最后苦痛,也使得生者鲁迅陷入永久的懊悔与不安之中。鲁迅对这一童年记忆难以释怀,表现在《朝花夕拾》的创作过程中,便是紧接着写出的《琐记》,开篇便直言衍太太的种种行状,几乎是前一篇未尽意绪的直接流露。尽管如此,《琐记》中有关衍太太的记述还是坚持运用了颇为严整的儿童视点,鲁迅克制住了积存已久的厌恶,并没有对人物进行成人视界里的褒贬,而是将话语权交还给衍太太周边的孩童们。衍太太的恶意、病态乃至阴险在孩子们眼里并不能轻易地分辨出来,在她自己或者不少大人看来,可能也并不以为如何可恶,这其实正是鲁迅所要揭示出的中国的儿童所遭遇的日常的"暗伤",周作

---

① 据周建人回忆,催促鲁迅呼喊弥留之际父亲的人是阿长,并非鲁迅记忆中的衍太太。参见周建人:《鲁迅故家的败落》,福建教育出版社2001年版,第108页。

人谈及鲁迅的《琐记》所涉本事时,就曾专就"看春画"一节进行了评议:"拿春画给小孩看,一方面轻侮他的无知,一方面含有来斫伤他天真的意思。"① 衍太太们就是孩子们身边的习以为常的普通人,唯其如此,这种暗伤随时发生也无从躲避。鲁迅在文中提及从衍太太那里流出的关于他偷拿母亲钱物的谣言,这种有意无意的中伤令人如入冰窖。鲁迅一生屡遭各式"暗箭"的伤害,他的诸种激烈反应其实也是源于幼年时的这种相似的创伤记忆。

不同于《朝花夕拾》中偶或出现的模糊的母亲形象,"父亲"在《五猖会》《父亲的病》等篇中均得到直接表现。鲁迅早年的挫伤与苦痛记忆其实也都与父亲相关,出现在这些文本中的父亲形象一方面是病弱的,另一方面又是刚硬的传统伦理秩序的人格化象征。鲁迅将这两个侧面置于孩童的观察与感受当中来表现。《五猖会》中看迎神赛会而受阻的孩子是鲁迅笔下最令人怅惘的一个儿童形象,相应地,那位站在孩子后面的威严的父亲也就成为鲁迅写到的最令人侧目而又令人叹息的形象。值得注意的是,鲁迅在讲述这个颇具"审父"势能的故事时,并没有让这一势能顺流直下,转为激烈的动能,而是将一切归于一个幼童的眼中,使事件的起承转换均成为一个令人费解的过程,这应该是彼时孩童的真实感受,孩子无法理解成人秩序中的那些扭曲与异化,鲁迅采取引而不发的语式,既还原了一段难以释怀的记忆,又强化了文本的语义张力。

如果说《朝花夕拾》中有一个较为正面的"父亲"形象的话,那么《藤野先生》颇值得注意。虽然藤野先生在鲁迅笔下仍然是一个与瘦弱的父亲形象相似的长者,但在精神与人格层面已经成为被鲁迅所肯定甚至敬重的人物。《藤野先生》是记录留学青年鲁迅往事的名篇,其文其事虽然不宜被看作孩童的话语,但不妨看作鲁迅对儿童成长所需要的正面力量的某种期许,换句话说,如果儿童的成长中需要一个父亲的话,藤野先生就是一个样板。鲁迅表现的这段著名的异国师生情,既是留学生活的某种写照,也是童年时代中缺失正常父爱的鲁迅自觉不自觉的情感投射的产物。更准确地说,鲁迅在自己的幼年成长中其实缺少一种类似"精神父亲"的催生力量,现实中的父亲固然不乏儿女温情,但《五猖会》式的传统"严父"并不能带给孩子理解与尊重,当然也最终不会使孩子感受到爱与勇气。在鲁迅的记叙中,藤野先生所教授的医学知识并

---

① 周作人:《鲁迅小说里的人物》,河北教育出版社2002年版,第259页。

不重要，真正带来深远影响的是藤野先生的平等意识、严谨态度和人性之美。这种质朴美，连同《范爱农》式的率真质直之心，其实也都符合《朝花夕拾》整体语境中借由孩童话语所传达的爱憎判断。

文体还原中的情味

作为断续写成、陆续连载的专题忆旧散文，《朝花夕拾》是鲁迅文章中较少激烈气味的作品，鲁迅称之为"在纷扰中寻出一点闲静"。集子中各篇的文体也被鲁迅视为"很杂乱"，且归因于写作时间长、环境也不一。实际上，无论是作于相对较为安逸的北京寓所时期的两篇，还是流离避居中的作品，包括心绪不良的厦门大学时段所做的末后五篇，都没有明显的写作语境所导致的文体差异，所以，鲁迅作如是说，与其说是在解说自己的文章体式，不如说是言明文集的写作过程，这也是文集"小引"的题中之义。如果说《朝花夕拾》果真存在文体之"杂乱"，其实也并非见诸各篇之间的比较，而是体现于每一篇的内部，这也正是这部散文集在写法和趣味上值得关注的一面。

《朝花夕拾》所处理的部分题材其实与鲁迅的杂文颇有相通之处，举凡20世纪20年代与现代评论派的论争、对传统文化如孝道与中医的议论、时代急转中的新旧知识人观感等等，都不同程度地现于笔端，鲁迅惯常的曲折跌宕的笔墨趣味也使各篇都带有或多或少的杂文意趣。然而，《朝花夕拾》毕竟不是一部杂文集，文集中有待处理的题材重心也并非上述这些时人时事，而是"那些独在记忆上，还有旧来的意味留存"的往事。我们不妨借用鲁迅在《后记》中谈论民间的"无常"传说时说的一段话："做目连戏和迎神赛会虽说是祷祈，同时也等于娱乐，扮演出来的应该是阴差，而普通状态太无趣。"民间戏文对"有趣"的这种喜好其实也可看作《朝花夕拾》在文章情味上的一种追求。《朝花夕拾》自然有文明批判与时代指涉，但作为一种忆旧散文，情味更要紧，鲁迅的文章趣味也不会仅仅追求批判与说理，所以文章写得颇回环往复，有时简直就抓住某一兴趣点，不断铺叙，虽则"杂乱"甚至失去章法，但值得注意的是，这种任意而为的情味，不也正是一种童心吗？不妨来看看鲁迅在广州的酷热天气中为《朝花夕拾》写的那篇长长的《后记》，该文虽然篇幅很长，但内容十分单一，大半是对《二十四孝图》画像的版本目录式的考辨与梳理，小半是对"无常"画像与书籍的钩沉与比较,也就是说,鲁迅花费不少笔墨,讨论的也只是文集中的两篇文章所涉及的话题,毫不理会后记本身的体式要求。如果仔细阅读《后记》,还会发现鲁迅于"汗流浃背"之际不辞暑热大书特书"活无常""死有分"的画像沿革与传说流脉,实在是源于在穷尽搜罗诸种画像之后,发觉图文记载与自己的童年所见以及先前言说多有不符,心有不甘,"不能心服",于是不能自已,乐此不疲地进行了一番繁复的考证分辨。鲁迅如此写法,固然与他一贯的求真品格相关,但更与他从小便在绣像图画中所培养起的对于奇幻趣味的沉溺与欣赏相一致①。这种对怪力乱神的喜好一方面确实是来自童年的阅读经验,另一方面,对于成人世界而言,志怪志异的叙事又为世俗庸常的人生别开生面,去除遮挡在童心好奇之本性上面的尘垢。鲁迅笔下始终不乏鬼怪叙事,而且多从非科学的趣味角度谈论鬼神,兴奋点有时颇近乎童趣而往往异于立志"捉妖""打鬼"的胡适所代表的严整的启蒙态度②。像《无常》这样的绝妙文章,通篇刻画搬演各式传说与民间舞台上的无常形象,悬置启蒙理性心目中的科学标尺,全部身心沉浸于鬼魅世界的别样意趣之中。如果作者仅是进行一番民俗学或神话学的考辨,那么《无常》也并无多少精神魅力,这篇散文的感染力来自鲁迅谈论"无常"时,其笔端流溢的真兴致与活知识。周作人也曾取该篇与鲁迅晚年的《女吊》相提并论,盛赞之余,也指明作者历久不易的真趣味③。《无常》紧接着《五猖会》来写,后者毕竟简短而且带有不少反思旧式家长威权的命意,对迎神赛会以及阴间鬼怪的世界也就难以展开铺叙,所以到了《无常》,不仅篇幅多出两倍,而且内容变得翔实生动了许多。如同《后记》的写法一样,《无常》中既有那些直接以"我记得"起首的文字——鲁迅以此尽力复活了儿时坐在船头或在赛会行列前引颈观望所得的胜景,"常常这样高兴地正视过这鬼而人,理而情,可怖而可爱的无常"——也有更多从活无常延展开来的古书记载、佛经故事、文人记述、民间土风乃至各种模样的泥塑与图画。叙事对象固然集中于无常鬼,文章的材源与作者的联想却自如伸展,充分传达出鲁迅对这一题材的深长兴味。

从《后记》《无常》诸篇所体现出的这种偶发讽刺之语、更多有关故事传

---

① 李欧梵:《铁屋中的呐喊》,尹慧珉译,浙江大学出版社2016年版,第5页。
② 九尾常喜:《人与鬼的纠缠》,秦弓译,人民文学出版社1995年版,第214、225页。
③ 周作人:《鲁迅小说里的人物》,河北教育出版社2002年版,第256页。

说的铺叙写法来看,鲁迅在《朝花夕拾》中对"趣味"的表达更为在意,或者说,鲁迅在叙事中采取了某种不忌枝蔓的"游戏"修辞,即使在一些较为严肃正经的篇章中,鲁迅也会逐渐将笔触伸向富于情味的一面。《二十四孝图》可谓文集中最具有反礼教的严肃主题的一篇,但鲁迅仍不忘反顾儿时得到一位长辈赠送这本"下图上说"的图画书时的愉悦,夹杂于对传统伦常的批判声音中的是作者通篇追索故事传说与图画沿革的意趣。实际上,鲁迅在《二十四孝图》中还是借助了不少孩童对此书的观感,从最初欣喜于有图画可看,到了解书中故事后的扫兴与惊怕,都是此文潜在的叙事线索,有了这样一个视点,文中的讽喻与批判才会具有某种实际的烘托,反过来也才会让人觉察到不合人性的礼教伦常距离孩童的世界是多么辽远。鲁迅回溯这本记忆中的薄薄的图画书,是在感叹孩子的世界里不能没有哪怕一丝的乐趣。也正是在这个意义上,《二十四孝图》开头"我总要上下四方寻求,得到一种最黑,最黑,最黑的咒文,先来诅咒一切反对白话,妨害白话者"这段著名的话,固然是对阻碍白话儿童读物生长的激烈抨击,而较少得到注意的是,这和语词表达也正是暗合了孩童常用的一种话语方式,那就是不顾一切地赌咒。鲁迅何尝不是以一种无限放任的童言方式表达那种极端的爱憎!孩童之语不求周严也无所忌讳,正如鲁迅后文所言,"正无须怎样小心"。实际上,《朝花夕拾》的整体表达风格都是大悖于所谓"文格"的,追忆童年往事却又带入时事,意在批判传统文化却又沉溺于考镜文献源流,讽喻中偏多絮语,爱憎间屡有闲趣,这种任意推展的笔墨让人隐约可见鲁迅写作过程中"童年意绪"时时压倒"成人心事"的情状,最终成就的是《朝花夕拾》更加贴近那种无所用心的有趣之童心而非急功近利的现实之感兴的文章体式。这不免让人想到竹内好对鲁迅的文学自觉的一种看法:"我不把鲁迅的文学在本质上看作功利主义,不看成为了人生、为了民族或者是为了爱国的文学。鲁迅是个诚实的生活者,热烈的民族主义者,而且还是个爱国者。不过,他并不是以此来支持自己的文学的。我们毋宁说,正是在排除它们的过程中形成了他的文学。"① 竹内好并非否认鲁迅的启蒙者身份,但见诸文学的恰恰是一种反讽式的表达,这也正是文学话语之于启蒙价值或者其他现实功利价值的别样关联,在某种意义上,也是一种更为深刻的关联。

---

① 竹内好:《鲁迅》,李心峰译,浙江文艺出版社1986年版,第60页。

《朝花夕拾》的儿童叙事与文体风格之间的关系可以以此来类比,鲁迅当然在这一组忆旧散文中寄托了对儿童问题的极大关切,也多有直接的孩童话语的表达,但对于深入理解《朝花夕拾》的语义世界而言,这种直接的对应也许还不是最需要解说的,因为它已经言明,严格来讲无须解说;更有意味的是看上去那些未加明言甚至偏离叙事主题的旁征博引、烦琐考辨,尤其是有关鬼魅世界的各种图文传说,这些都被作者不厌其烦地罗列铺排,可以说非常尽兴地一一写出。实际上,文章做法即是人生姿态,鲁迅这种越出主题规范和结构模式的自由发挥,正是他所看取的文章境界,自然也是人生自由的一种形式还原。在此意义上,文章的内容即形式,反之亦然,《朝花夕拾》这些直写作者兴致与趣味的笔墨,既是在追索童年可能的记忆,更是对今昔孩童顺乎天性、痛快生活的理想境界的追摹与仿效,虽不能至,修辞可达,《朝花夕拾》至少在伸展自如的文体形式上表达了鲁迅期许的儿童世界的理想样貌。

  作为一种"叙事"进入《朝花夕拾》的童年经验,其语义自然也具有某种建构性。鲁迅笔下的"阿长"固然贴近原貌,而"玉田老人"这位鲁迅的叔祖,却有被鲁迅刻意"隐恶"之意。如何理解这种不同的处理呢?鲁迅自己在《引言》中提醒过读者"这十篇就是从记忆中抄出来的,与实际容或有些不同",这自然也是一种说法。实际上,鲁迅对旧事故人的叙事态度更与他对人对事的整体观感相关。以周玉田来说,据周作人回忆,父亲去世后,正是这位叔祖疾言厉色地逼迫鲁迅在族中会议中签字,而鲁迅显然不愿签下有损一房切身利益的文书①。玉田老人逐利欺弱的这一侧面在鲁迅笔下并未出现,《朝花夕拾》中玉田这一人物被着意写到,每每都是鲁迅所肯定的"和蔼的老人",孩子们的"朋友",爱花木,富藏书,鲁迅童年的有趣读物都来自玉田老人那里。在《朝花夕拾》的专门回忆之外,鲁迅还抄录有周玉田的《鉴湖竹枝词》,鲁迅自己所写旧体诗《惜花四律》的题材与趣味也在一定程度上得力于他开蒙不久在玉田家里喜读的插图本《花镜》。可见,正如周作人所说,这位叔祖对鲁迅有深远的影响,即使发生过逼令签字这样的过节,鲁迅对玉田老人的感情依旧很好,究其原因,正是因为玉田是一位有艺术趣味的文人,"虽是没什么

---

① 周作人:《鲁迅的故家》,河北教育出版社2002年版,第102页。

成就，但比那时只知道做八股的知识阶级总是好得多了"①。在某种意义上，玉田老人这一形象是《朝花夕拾》文体情味的一个表征，从个人事功上看，玉田仅是一名老秀才，在《朝花夕拾》中被鲁迅称为"无人可谈"的寂寞者，但是，这位成人世界中的失意者却喜欢与孩子们往来，最终成为鲁迅童年记忆中难以磨灭的快乐体验的重要来源。《朝花夕拾》的儿童叙事，从内容上看固然表现为种种孩童的甘苦经验与叙述者的爱憎褒贬，而从文体上看，则一再体现于前述不避"杂乱"的任性笔墨，这一点颇像玉田老人性情的写照——无用但有趣。童年鲁迅与这位族中长辈声气相通，一老一少，本就意趣盎然；落入《朝花夕拾》笔墨之间的这种不老童心，更是为文章添色生香，在芜杂的现世中，令人不由得咀嚼本心的情味。

　　说到底，鲁迅的这部"旧事重提"，除了纪念自己过往的童年之外，也不无唤醒成人之"赤子之心"的用意。近年来已有研究者指出，"如果说，五四知识分子对童话的研究，其出发点始终是环绕着现实的儿童，以他们为核心，希望通过儿童读物的革新，落实以儿童为未来的新中国想象，那么他们大概没有意识到，当童话不被视为成人向儿童传达教训的工具，而是负载了成人世界所失落的童心，则实在不必是儿童所专享的文学，它本身对力求摆脱年少老成的传统文化阴影，追求年长而勿衰的五四知识分子来说，便自有其吸引力"②。鲁迅应该是自觉意识到儿童叙事这种现实功能的作家，他不仅在童话移译上用力甚勤，而且多借译事再三表达对于儿童文学价值的思考，像鲁迅谈论较多的爱罗先珂童话，在鲁迅眼里，"我所展开他来的是童心的，美的，然而有真实性的梦……我愿意作者不要出离了这童心的美的梦，而且还要招呼人们进向这梦中"③。如果循着鲁迅对童话书写的这一认识，那么，我们考察《朝花夕拾》中的儿童叙事及其意义，其实也不必太过对应于所谓文化批判与时代指涉，正如鲁迅谈论《桃色的云》时所言："至于意义，大约是可以无须乎详说的。因为无论何人，在风雪的呼号中，花卉的议论中，虫鸟的歌舞中，谅必都能够更

---

① 周作人：《鲁迅的故家》，河北教育出版社2002年版，第108页。
② 谢晓虹：《五四的童话观念与读者对象》，收于《儿童的发现》，徐兰君、琼斯主编，北京大学出版社2011年版，第139—140页。
③ 鲁迅：《〈爱罗先珂童话集〉序》，收于《鲁迅全集》（第10卷），鲁迅著，人民文学出版社2005年版，第214页。

洪亮的听得自然母的言辞,更锋利的看见土拨鼠和春子的运命。世间本没有别的言说,能比诗人以语言文字画出自己的心和梦,更为明白晓畅的了。"①《朝花夕拾》同样如此,那些孩童眼中的猫鼠世界、祖母口中的志怪传说、戏班演绎的地狱无常、图画绘成的人鬼故事、书屋内外的花木鱼虫,尽管不全是美善的经验与记忆,但已是鲁迅"自己的心和梦",以其富于童真的心脑无蔽,引人时时反顾。

(原载《齐鲁学刊》2019 年第 1 期)

---

① 鲁迅:《〈桃色的云〉序》,收于《鲁迅全集》(第 10 卷),鲁迅著,人民文学出版社 2005 年版,第 229 页。

文学教育视野中的鲁迅经典作品重读
——以《阿Q正传》《秋夜》为例

文学经典的阅读与传播离不开文学教育,经典作品的丰富内涵也确保了其巨大的可阐释性。鲁迅作品的接受与传播同样如此。鲁迅小说多短篇,《阿Q正传》却是一部2万多字的中篇,也是很早被译介到国外从而产生世界影响的现代小说。这部创作于1921年的作品被收入鲁迅第一部小说集《呐喊》,从那时到现在,《阿Q正传》都堪称中国现代文学中的阐释焦点,也逐渐成为言说不尽的小说经典。

从《阿Q正传》中解读出鲁迅的国民性批判的创作意图是很容易的,鲁迅在《我怎么做起小说来》中说:"说到'为什么'做小说罢,我仍抱着十多年前的'启蒙主义',以为必须是'为人生',而且要改良这人生。……所以我的取材,多采自病态社会的不幸的人们中,意思是在揭出病苦,引起疗救的注意。"① 阿Q正是鲁迅活画出的一个现代国人的魂灵,其"精神胜利法"也正是鲁迅所要揭出的民族根性的最大伤疤。阿Q在小说中虽然身为底层的流民,但作为背负国民劣根性的一个形象载体,他又并不专属于哪个特定的社会角色。早在《阿Q正传》问世之初,周作人便断言"阿Q这人是中国人一切'谱'——新名词称作'传统'——的结晶"②。沈雁冰也较早指出"我们

---

① 鲁迅:《我怎么做起小说来》,收于《鲁迅全集》(第4卷),鲁迅著,人民文学出版社1981年版,第512页。

② 仲密:《〈阿Q正传〉》,《晨报副镌》1922年3月19日。

不断地在社会的各方面遇见'阿Q相'的人物,我们有时自己反省,常常疑惑自己身中也免不了带着一些'阿Q相'的分子"①。阿Q式的人物可以是农民,当然也完全可能是一个知识分子,他的人格缺损与精神病态被鲁迅放大为某种民族痼疾,批判与反省的锋芒实际上指向每一个国人。阿Q的卑怯人格在小说中被反复表现,力气小的他便打,口吃的他便骂,对权贵俯首认打、对弱者肆意轻薄,这正是鲁迅所说的"奴性"的人格。更进一步来看,由于将阿Q置于"革命"的骚动背景下,这种"奴性"人格又得到了更深切的展露。对此鲁迅有过精当的概括:"据我的意思,中国倘不革命,阿Q便不做,既然革命,就会做的。……我相信还会有阿Q似的革命党出现。"②无论历史上屡屡出现的改朝换代的变动还是当时的新鲜事物"革命",都有无数的阿Q式的"革命党"跃跃欲试乃至混迹其间,目的却无非是阿Q所说的"要什么就是什么,欢喜谁就是谁"。这种源于奴性的投机心理如果得逞,带来的并非革命的成功,而是毫无进步新质的又一次历史循环。从"互文性"的解读视角来看,鲁迅杂文中的诸多相关论说正好为阿Q式的革命党及其"革命"做一个注脚:"我觉得革命以前,我是做奴隶;革命以后不多久,就受了奴隶的骗,变成他们的奴隶了。"③

这种不同文本间的交互性阅读很适合对鲁迅作品的理解,特别是对于《阿Q正传》这样较为集中地表达鲁迅启蒙思想的小说而言,鲁迅杂文中的某些相关表述正好可以提供印证和更加明确的解释。例如,"精神胜利法"在小说人物身上体现为细节化的生动场景,阿Q一次次碰壁与落败之后,都能以"儿子打老子"的荒诞逻辑"反败为胜",头上的癞头疮疤只有自己才配有,而且"我们先前比你们阔多了"。在杂文中,这种交织着昏聩的自欺、盲目的自大与历史健忘症的"精神胜利法"又被鲁迅冷峻的笔墨概括出来:"中国人的不敢正视各方面,用瞒和骗,造出奇妙的逃路来,而自以为正路。在这路上,就证明着国民性的怯弱,懒惰,而又巧滑。一天一天地满足着,即一天一天地堕落

---

① 沈雁冰:《读〈呐喊〉》,收入《二十世纪中国小说理论资料》(第二卷),严家炎编,北京大学出版社1997年版,第322页。
② 鲁迅:《〈阿Q正传〉的成因》,收于《鲁迅全集》(第3卷),鲁迅著,人民文学出版社1981年版,第379页。
③ 鲁迅:《忽然想到》(一至四),收于《鲁迅全集》(第3卷),鲁迅著,人民文学出版社1981年版,第16页。

着,但却又觉得日见其光荣。"① 当然,交互性的阅读并非只是为了寻找小说与杂文间的"互文性"即互相阐释的可能性,这种对照与比较也有助于更好地理解阿Q形象的典型性与个性的统一。小说毕竟不是说理,阿Q作为一个小说形象,一方面是民族劣根性的典型写照,另一方面更是一个有血有肉的感性人物。他有具体可感的生活世界,有日常的劳作与烦扰,有一张永远留在读者记忆中的"苦脸",有若干行迹相近的人物原型,"阿Q不仅是一个type,而且是一个活泼泼的人。他是与李逵,鲁智深,刘姥姥同样生动,同样有趣的人物,将来大约会同样的不朽的"②。

现代小说的出现与现代报刊业的兴起与成长密切相关,小说的文体结构与意义生产模式都与之发生或隐或显的关联。在阅读经典文本时适当考察其借以产生与传播的中介与背景也是非常必要的,对《阿Q正传》而言同样如此。鲁迅虽然说过阿Q的影像在他心目中已经存在好多年了,但真正催生出这部小说的直接原因是《晨报副刊》编者孙伏园的约稿。鲁迅答应为副刊的《开心话》栏目写稿,每周一次,《阿Q正传》由此得以产生。副刊连载形式、幽默滑稽趣味,这是小说原初的创作与接受语境,对作品的人物设置、结构特点、叙事语调乃至故事结局无疑都有直接作用。不少研究者都注意到这一具体语境对《阿Q正传》的影响,周作人说过,小说是"当时在北京《晨报副刊》上发表的,这件事与本文的性格很有些关系……为星期特刊而写的,笔调比平常轻松,却也特别深刻"③。夏志清指出《阿Q正传》"结构很机械,格调也近似插科打诨。这些缺点可能是创作环境的关系……后来鲁迅改变了原来计划,给故事的主人公一个悲剧的收场,然而对于格调上的不连贯,他并没有费事去修正"④。这可以说是两种代表性意见,小说的得失利弊都与发表之初的传播语境相关。实际上,编辑孙伏园更早意识到《阿Q正传》不同于一般的讽刺滑稽之作的严肃内涵,从小说的第二章开始,便从《开心话》移到《新文艺》栏

---

① 鲁迅:《论睁了眼看》,收于《鲁迅全集》(第1卷),鲁迅著,人民文学出版社1981年版,第240页。
② 陈西滢:《新文学运动以来的十部著作》,转引自《中国现代文学发展史》,吴福辉著,北京大学出版社2010年版,第157页。
③ 周作人:《鲁迅小说里的人物》,河北教育出版社2002年版,第81页。
④ 夏志清:《中国现代小说史》,复旦大学出版社2005年版,第29页。

目去了。鲁迅自己发表作品少有报刊连载形式，《阿Q正传》有些例外，从最初的应对催稿到后来"哀其不幸、怒其不争"，"油滑"渐少，忧愤渐多，叙述基调的调整也是当然的。其实阅读中更值得留意的是鲁迅如何充分施展讽刺笔力、在夸张与反讽中完成人物塑造和主题的传达。小说一开始的《序》被周作人称为一篇所谓蘑菇文章，通过考究"正传"名称的来历煞有介事地穿凿爬梳，意在讽刺当时所谓的"历史癖与考据癖"。接着更是不厌其烦地考究阿Q的姓名籍贯，嬉笑调侃，妙语不断。然而，也正是在一番看似插科打诨、迎合报刊需要的闲话背后，鲁迅已经确立起阿Q形象的深广内涵。字母Q正像一个毫无特征的脸，再加上脑后的一根小辫，正如周作人所说，著者本意就是要用这个字，在绕了一番文字圈子后，阿Q这个代表万千中国人的传神形象已经凸现出来了。

鲁迅在小说中运用的反讽手法当然不仅仅体现在对人物的命名上。《阿Q正传》中随处可见冷嘲与反语，叙述者从一开始像文字游戏一般的对史传传统的滑稽模仿，到最终以所谓的"大团圆"收场，其实真正讲述的却是一个连姓氏都丢掉的毫无自主能力的"丑角"人物琐碎、凡俗、屈辱不堪而又无知无觉的缺乏意义的一段人生。阿Q的结局是不期而至的死亡，也是浑浑噩噩的生命终局，可以说与"大团圆"形成高度戏剧性的反差。鲁迅借此一方面尖锐地讽刺了传统文化与旧文学中营造虚幻的美满结局的陈腐套式，同时也以阿Q不明就里的死凸显出"革命"的巨大缺失甚至荒诞不经，从而将国民性批判引向更深远沉痛的历史反省。"鲁迅有一次曾说他之所以枪毙了阿Q是因为应付报纸的连载已经厌倦了。这或许是戏言。……作者选择了这个小人物的无意义的生活，纳入一个滑稽的史诗结构，在最后四章更将他投入革命的骚动中，并必然地成了这骚动的牺牲品。"①

经典文本的解读往往由于文本自身极强的可阐释性而被反复言说，《阿Q正传》自然也是一部常读常新的小说。实际上，自从这部作品问世起，围绕阿Q形象的意义和小说的主旨已经产生了无数的理解。对一部经典的接受史的了解往往也是每一次新的阅读活动的有利参照。早在《阿Q正传》最初的连载阶段，社会上不少读者都不约而同地将小说视为影射之作，阿Q自然也就成

---

① 李欧梵：《铁屋中的呐喊》，尹慧珉译，岳麓书社1999年版，第89页。

了作者泄私愤的工具，对号入座者大有人在。虽然这种极其狭隘浅近的阅读令包括鲁迅自己在内的严肃的新文学作家感到可悲，但也恰恰印证了这部小说"国民性批判"的普遍有效性和锐利锋芒。在严肃批评家中，沈雁冰较早肯定了阿Q的形象内涵与中国人品性的关联，并且慧眼别具地认为"'阿Q相'未必然是中国民族所特具。似乎这也是人类的普遍弱点的一种"①。这种代表性的意见对我们理解阿Q形象以及小说的主旨颇有意义，阿Q既是民族劣根性的一个典型，又可以在人性普遍弱点与困境的角度得到理解，由此，《阿Q正传》就从民族的精神病态的表征跨越到超民族的人类普遍境遇的表现这样一个不同的层面。许多读者在阅读中国现代文学时普遍有过一种感受，那就是现代作家的民族忧患与民族复兴意识无处不在，作品的主题似乎舍此再无其他更凸显的思想意义。其实，经典文本的丰富性恰恰有可能突破某种惯常的意义模式，获得更为广泛的视野中的阐释。夏志清在《中国现代小说史》中曾经批评中国作家"表面看来，他们同样注视人的精神病貌。但英、美、法、德和部分苏联作家，把国家的病态，拟为现代世界的病态；而中国的作家，则视中国的困境为独特的现象"②，在他看来，中国现代文学中的这种狭隘的爱国主义导致象征艺术不发达，作品大多缺少现代意识。这一批评当然忽略了中国现代文学发生发展的特定语境，但也有相当的洞见。如果我们在阅读经典时能够充分认识作品的多义性，那么，至少在接受层面上可以有效地弥补单一的"感时忧国"的创作缺憾。

当然，在阅读与阐释中如何避免走入极端或者如何分辨所谓"过度诠释"也是值得认真讨论的。在《阿Q正传》的接受史上，阿Q的形象就曾被早期的革命文学作家简单视为缺乏时代意义的落后农民，后来的主流革命文学批评家虽然看到了"阿Q的时代"远未过去，但又仅仅在"阶级论"的框架中机械而片面地分析人物形象的内涵。相比之下，近年来出现的某些重新认识《阿Q正传》的新视角虽然有过度诠释之嫌，但至少不再窄化人物和文本的意义，其中的一些新解甚至可谓"创造性诠释"。比如有的学者另辟蹊径，在现代主义视野中重新理解《阿Q正传》的意义："不管是否经由'现代主义'的形式

---

① 沈雁冰：《读〈呐喊〉》，收入《二十世纪中国小说理论资料》（第二卷），严家炎编，北京大学出版社1997年版，第322—323页。

② 夏志清：《中国现代小说史》，复旦大学出版社2005年版，第359页。

中介,《阿Q正传》通过自身的阅读史已经把自己牢牢地放置在一个民族寓言的顶端,在这里,阿Q就是中国。《阿Q正传》的现代性和现代主义性质先天地来自它作为一个象征体系的内在张力和自给自足性。但如果仅仅把《阿Q正传》视为国民性批判的思想史材料,就会同鲁迅这部文学作品的形式本身所包含的丰富内容失之交臂,从而限制了阅读和理解这部作品的丰富的可能性。"① 在论者看来,现代中国在历史转型之际同样发生了意义危机,就像阿Q无法得到姓氏与命名一样,中国在走向现代民族国家的过程中同样面临与传统失去联系、对新秩序茫然无解的困境,《阿Q正传》由此成为"民族困境"的一个寓言,小说具有巨大的隐喻功能。

时至今日,"阿Q的时代"似乎又一次要远去了;但伴随着每一次对《阿Q正传》的重读,我们实际上又不得不认真思考阿Q与现代国人的种种可能的联系。每个人都带着现实与精神的切身问题展开与经典的对话,也不失为一种有意义的阅读方式。

在鲁迅的创作中,散文诗集《野草》明显偏于心理现实的书写与文体形式的实验,而《秋夜》是其中的首篇。《秋夜》作于1924年9月,最初发表于1924年12月1日《语丝》周刊第3期。"以夜和梦的情绪为背景的《秋夜》是《野草》中最适宜的将读者引入整个集子的首篇。"②

鲁迅创作《野草》时的现实经验较为灰暗,心绪更是抑郁虚空,集子中的多数篇章都有这种生命受挫的情感底色。然而,鲁迅显然更愿意将个人的精神意绪转为更具包容性的生命沉思,艺术上也寻找到了一种充满诗性张力的新的散文语言,从而既表达了某种精神绝境的苦楚,又不断"反抗绝望",呈现出审美救赎的力量。细读《秋夜》,这种复杂多面的语义也正是文本的深层意蕴所传达给我们的阅读感受。

《野草》的写作带给鲁迅一个深刻省视宇宙人生的精神机缘,诗化的文体也使作者能够在暗夜与光明、梦境与现实之间任意穿行,意识与潜意识、写实与象征交织于一处,语体效果往往光怪陆离而又奇警锋利。《秋夜》无论在情绪还是文体上都不是《野草》中最为极端的,但文中那些或梦或真的音色声气

---

① 张旭东:《中国现代主义起源的"名""言"之辨:重读〈阿Q正传〉》,《鲁迅研究月刊》2009年第1期。

② 李欧梵:《铁屋中的呐喊》,尹慧珉译,岳麓书社1999年版,第107页。

同样虚实互见,作者深怀对天地人世异常丰厚的感兴与沉思,其意蕴至少可以从下面三个层次上去把握。

首先,在寂冷虚空的夜空下,作者推出了两株"落尽叶子"的挺直的枣树,一种"瑟缩地做梦"的小粉红花,无数百折不回的扑火的小青虫。虽然作者同时也将那"奇怪而高"的夜的天空、几十个星星的冷眼、"窘得发白"的月亮展现在我们面前,但有了这枣树、小粉红花、小青虫,竟也足以使得"秋夜"显出生机与希望了。在秋夜笼罩下的后园的墙外,"一株是枣树,还有一株也是枣树",这是一个"陌生化"的表述方式,打破了我们面对类似经验时的惯常表达,却又强化了被表现对象的存在,而且,这种语气倔强的重复句式实际上也表明只有坚实挺直如枣树者才肯存留下来,也才能存留下来。枣树虽然几乎落尽叶子,但凭着直的干、未愈的皮伤,"默默地铁似的直刺着奇怪而高的天空","直刺着天空中圆满的月亮",作者有意传达一种高扬的生命力和倔强突进的冲动。小粉红花也在冷的夜气中坚忍地开出极细小的花,连同一往无前地扑火的英雄——那些苍翠精致的小青虫,这些意象都承载着作者凸显的一种奋然抗争的力量,一种秋夜里向往生命之春的热情,一种在冷寂寥廓中渴望真的火焰的意志力。

但《秋夜》的意蕴又远远不止这些。这种对主观战斗精神和人格力量的高扬虽然磨砺人心,却并不能完全传达出作者彼时那种幽深的感兴;而且,鲁迅的作品始终回避浅近的乐观主义和直抒胸臆的语体风格。细读之下,我们在《秋夜》中会不时感觉到有一种内在的虚空无奈、痛苦悲观的心绪隐约其间。作者在小粉红花的梦之后,又写到了落叶的梦——那是一个逃不脱的生命的怪异的循环,如同时序的更替总是让生命悲喜不定。我们还可以注意到《秋夜》中那美的灯罩、美的纸纹、美的栀子花形,只有当小青虫执拗地扑进去之后,才知道美的灯火是一团可以使一切化为空虚的真的火焰。作者试图表达的也许是对这种无时不在、无处不有的生命的冲突、搏斗与幻灭的苦痛体验。无论怎样的抗争与寂灭都是生命的本相,希望与虚空、追求与绝望,交织而成的是崇高却又荒谬的生命过程。"夜半的笑声"在文中两次出现,每次都是在枣树、小青虫们勇猛坚韧却又徒劳无功的奋争之后出现的,实际上这正是梦醒者悲悯而又不以为意的笑声,笑声中充满无可名状的苦楚。作者显然不愿这笑声"惊动睡着的人",不愿打破小粉红花的美梦,作者内心虽然不免虚空,但最后毕竟还打着呵欠,去默默地敬奠那寻梦与扑火者。

《秋夜》的意蕴至此仍未穷尽,作者既不愿只做盲目的颂歌,也不肯沉入冷寂无底的绝望的深渊。"鲁迅那孤独奋进的痛苦心灵,远远超越了启蒙期狂暴喊叫或多愁善感。……确乎悲观,也无所希冀,但仍然得活,活着就得奋斗。"① 鲁迅这种对生命的深刻体察在很大程度上得力于他对人的终极关怀——死亡,作出了同样深刻的回答。对于死亡的认识,直接关乎人的现世存在,关乎如何生活、如何解脱。鲁迅在《〈野草〉题辞》中就一再以"过去的生命已经死亡"来"借此知道它曾经存活",以"死亡的生命已经朽腐"来"借此知道它还非空虚",鲁迅正是在生命的不断否定与克服中体现生命过程的倔强困顿与反抗暗夜与虚空的可能,这是一个生死交织、绝望与希望皆为虚妄的悲剧性的崇高意志力。《秋夜》也承载着这种《野草》精神。一无所有的枣树的干子,尽管简直落尽了叶子,尽管知道"落叶的梦,春后还是秋",尽管有"各式各样的睐着许多蛊惑的眼睛",但"仍然默默地铁似的直刺着奇怪而高的天空,一意要制他的死命";苍翠精致的小青虫尽管扑进美丽光洁的灯罩下便会被真实的火焰化为乌有,但仍然冲撞不已;小粉红花尽管颜色冻得红惨惨地,却开着极细小的花……这些都能使我们联想到出现在《野草》中的类似意象:决意走出冰谷,"不如烧完"的死火;走进无物之阵,面对虚空的无物之物仍然一再举起投枪的战士;不管前面是野百合还是坟,或者竟然什么都不是,终要奋然前行的过客。这些都是《野草》的精魂。《秋夜》中表现的"希望"是鲁迅式的:"希望,希望,用这希望的盾,抗拒那空虚中的暗夜的袭来,虽然盾后面也依然是空虚中的暗夜。"② 《秋夜》乃至整个《野草》中所出现的众多意象,所体现的不是一般意义上盲目乐观的反抗,而是在对人的生命境遇与实践可能性做出了痛苦逼视后仍然选择的一条漫无尽头的荆棘之路。这也正是鲁迅真实的一面。"我们在《野草》中读到的,是作者的深层心理,是撑住他那公开的社会姿态的下意识的木桩,是孕育他那些独特思想的温床。读懂了《野草》,就不难理解他为什么说'我常常觉得惟黑暗与虚无乃是实有,却偏要

---

① 李泽厚:《中国现代思想史论》,安徽文艺出版社 1994 年版,第 226—227 页。

② 鲁迅:《希望》,收于《鲁迅全集》(第 2 卷),鲁迅著,人民文学出版社 1981 年版,第 177 页。

向这些做绝望的抗战'。"①所以在《秋夜》中，即使是一个虚无不定、难以成真的梦幻也要存留下来并引人追念，即使是一团可使一切化空的火焰也要投身其间。鲁迅对生命不空贬也不留恋，他只想把虚实不定的新生的期待转为一个西西弗斯式的过程。

  鲁迅写作《秋夜》乃至《野草》时正处于思想与创作又一次发展变化的过渡阶段，心绪复杂，内在自我充满着生命的紧张感。这种焦虑不安、冲突不已的心灵真实几乎是不可言说的，既包含无数次的自我否定，又充满难以名状的希望。鲁迅找到了一种最恰当的呓语般的文体风格，呈现一个个梦幻乃至梦魇的情境，在实有与虚空之间摸索精神突围的路径。鲁迅最终给出的路标是"反抗绝望"，《秋夜》作为《野草》的首篇，虽然尚未极致地表达野草式的主题，但我们仍然可以从中读出作者一步步推进至此的深远的题旨。

---

  ① 王晓明：《无法直面的人生》，上海文艺出版社1993年版，第110页。

都市"恶之花"与城市"文明病"

李欧梵在论及中国现代小说之发端时曾做过这样的比较:"中国现代文学作品中的城市,几乎都是以上海为蓝图的……概括地说,五四以降中国现代文学的基调是乡村,乡村的世界体现了作家内心的感时忧国的精神;而城市文学却不能算作主流。这个现象,与20世纪西方文学形成一个明显的对比……正如雷蒙·威廉斯所说,西方现代作家想象中的世界唯在城市,城墙以外就只有野蛮和无知;不论城市如何光明或黑暗,没有这个城市,世界就无法生存。"①对于我们所考察的都市文学这一论题而言,真正的都市文明景观以及城市与乡土世界的冲撞自然是不可或缺的。从文学史视角来看,与沈从文所代表的乡土抒情叙事形成鲜明对照的便是现代小说中的"新感觉派"。沈从文以人性尺度衡量着现代城市文明,但他所面对的城市还不是真正具备足够"现代质"的都市,所以沈从文的城市批判更是在一个相对抽象的意义上展开的,即探察普遍意义上的文明与自然之间的关系;而老舍的市民风情与"老北京"神韵显然也并非真正的现代都市景观。(一旦老舍将所谓新式"文明"视作"老北京"的变异,他所展开的城市叙事反倒凸现出了城乡之间的激烈冲撞,《骆驼祥子》便是一个经典文本)乡土中国虽然曾在鲁迅与乡土文学作家们笔下暴露过诸多的愚昧与落后,但"思乡"的情结与乡土情怀一直是作家们抒情时的主要依托和资源。现代小说的主流叙事虽然在理智上常常要反思乡村文明的缺失,但在

---

① 李欧梵:《现代性的追求》,生活·读书·新知三联书店2000年版,第111—112页。

情感上又时时离不开对乡土的眷恋。这也正与近代以来中国文化人对"现代性"既认同又感伤的特定意绪相符。

在这里，更具阐释可能性的是，现代小说的精神源头——即使仅仅从五四新文化运动算起——所呼唤的正是一种以城市文化为代表的资产阶级的现代文明，在文化上所呼唤的便是一种资产阶级的"现代性"价值，这种价值崇尚发展、文明、进步，人的欲望（无论是物欲还是精神欲求）在"现代"新文明中应该得到更大的满足而不是相反，传统在文化更新中被破坏，社会在历史进步的期待中不断变动，人性在现代秩序中更加复杂多变，这一切本来都是五四"现代性"的应有之义。五四小说的个性主义与强烈的反传统意向正是这种价值立场的直接表征。而在五四时代过后，现代性追求不再以个性解放为标志，而是采取了更为激烈的社会革命的方式，"革命"自然也是现代性的一种极端表现，相应地，激进的革命文学不断显示着现代性的指向向政治革命与社会解放的转换，而革命文学"成熟"的一个主要标志便是对世俗生活与感性欲望的克服，从而集中笔力表现"历史生活"。就小说而言，对客观化的、有着崇高文化目标的宏大叙事的追求远远遮盖了作家对日常现代性的主观感受。所以，革命文学初始阶段一度出现的"革命加恋爱"的小说模式遭到批判与否定就是可以理解的了，除了艺术形式上的幼稚之外，"革命加恋爱"的叙事模式在革命文学看来更主要的是思想上的不成熟。实际上，从现代性的文学表现来看，"革命"与"恋爱"恰好是一对绝好的"解放"题材，二者虽处于历史与人性的不同层面，但都具有热烈、激情与叛逆的相同色彩，都是现代人特定境遇与"解放"诉求的表征。新感觉派的代表人物大都有过倾向左翼也即倾向革命的经历，这种当年的激进姿态虽然包含作家本人思想发展过程中的复杂因素，但从某种艺术气质上衡量，也正见出他们的敏锐。可见，并不是"革命加恋爱"这种题材本身有缺失，而是这一本来具有艺术表现力的题材未能获得叙事上的成功展开。20世纪20年代末，刘呐鸥翻译了现代日本小说集《色情文化》，以片冈铁兵的同题小说作为书名，内收日本新感觉派和无产阶级作家的小说七篇，这两种小说的杂糅也正体现出刘呐鸥等人对"革命"与"文学"的理解①。实际上，表现"革命"中的恋爱正像表现都市晕眩中的情感一样，都是

---

① 杨义：《中国现代小说史》（第二卷），人民文学出版社1986年版，第680页。

将人性置放在某种极端或变幻的场景中予以表现,新感觉派从早期的倾向左翼到后来主要以大都市叙事为主,在艺术表现的逻辑上并不矛盾。"尽管新感觉派小说家像热衷于一切新潮理论一样热衷于宣扬马克思主义学说,他们对于阶级斗争的理解却完全是资产阶级的,他们从没有设想把阶级斗争描述为中国的历史运动,而是将其理解为街头政治,而街头政治正是与沙龙里的先锋艺术、最刺激的都市男欢女爱同样的东西。……它正是把这三者(先锋艺术、都市爱情、街头政治)艺术地统一起来,体现了一种资产阶级的、'后巴黎公社'式的艺术观和历史观。"① 这里我们看出新感觉派的叙事方向正好与20世纪20年代末、30年代以来的小说主流叙事相逆,不是从五四的个性主题走向革命叙事,而是从某种"左倾"趣味走向世俗的人性场景。从某种意义上说,新感觉派正是在都市文明这一层面上延续了五四新文学的现代性主题。如前文所述,五四资产阶级现代性价值中已经包含着对人的欲望与世俗价值的肯定,当20世纪30年代的中国都市如上海部分地展开了这种现代性景观时,新感觉派敏锐地感知到它,并化为其独特的现代叙事。"现代性与资产阶级,一向是以'解放'(这一次是感觉的解放)的革命和前卫姿态来摆脱困境和实现自己的目的的;现代性解放了感觉的世界,但也使人成为感觉的奴隶,正像资产阶级解放了物质生产力,反而使人成为物质的奴隶一样……现代性这个双面雅努斯,是解放与压抑的奇怪统一,正像包括新感觉派在内的现代先锋派,是前卫与臣服的奇妙统一体一样。"② 至少,新感觉派的都市景观明显地有别于茅盾的《子夜》,茅盾从革命叙事的需要出发,立意在于阐发对中国社会的理性分析,虽然人物不乏悲剧感,但叙事重心不在都市文明本身。所以白先勇曾说:"我相信旧社会的上海确实罪恶重重,但像上海那样一个复杂的城市,各色人等,鱼龙混杂,必也有它多姿多彩的一面。茅盾并未能深入探讨,抓住上海的灵魂。"③ 所以新感觉派不但与京派的文学趣味不同,对现代小说中普遍存在的城市叙事的缺失也是一次有力的弥补。五四现代性在20世纪30年代的失落与

---

① 韩毓海:《几度风雨海上花》,收于《几度风雨海上花》,周介人、陈保平主编,杨炳华编,上海三联书店1996年版,第73页。

② 韩毓海:《几度风雨海上花》,收于《几度风雨海上花》,周介人、陈保平主编,杨炳华编,上海三联书店1996年版,第75页。

③ 吴福辉:《老中国土地上的新兴神话》,收于《二十世纪中国文学史论》(第二卷),王晓明主编,东方出版中心1997年版,第348页。

复归，特别是其经由都市文明幻象所引发的复杂感念，在新感觉派那里虽然只是部分地体现出来，但已经丰富了现代小说的叙事景观。

进而言之，我们还可以关联中国社会20世纪八九十年代的文化变迁与文学变异，反观和印证新感觉派之于中国"现代文明"的叙事意义。20世纪80年代的思想解放运动也曾标举与五四相似的文化旗帜，人的感性存在与解放欲求重新成为小说叙事的主题。对"文革"式极端"革命"叙事的否定也正是对某种宗教性意识形态的克服，所以在文化走向上必然表现出以世俗价值、感性生活替代、克服神学价值的特质，具体到文化目标上便是对"现代自由"与价值多元的呼唤。20世纪90年代的社会可以说从各个层面将80年代的文化想象与"现代"设计加以展开，但各类"叙事"对待现实的态度却不再像80年代那样统一了。当"现代"目标尚在方案设计阶段时，所有的"叙事"可以不约而同地参与这种有关"现代中国"的文化想象，但一旦方案变为实际的历史场景，叙事想象中的完美期待不免要失落，80年代众口一词地呼唤的现代性在90年代果真部分地呈现出来了，人们反而觉出了种种不适。许多80年代思想与文化启蒙的先驱到了90年代转而表示了对现实的强烈不满，以某种文化精英的姿态重新审视强调感性生活的90年代①。但矛盾的是，90年代的世俗文明正是80年代"现代"想象的一部分，即摆脱意识形态上的神学色彩、改革不切实际的经济模式、追求多元自由的文化价值等。所以，从百年中国的历史宏观对照中，可以发现20世纪30年代上海的新感觉派小说所展开的文学想象与文化景观与90年代文学中的某些特异叙事很相像，这种相似性主要不在叙事对象上，也不在叙事技巧上，而是在文化逻辑与文化境遇上。新感觉派通过小说叙事展开了五四启蒙主题的某些方面，如人的感性欲望、现代性所具有的"解放"与"压抑"的双重性等；而90年代的某些新锐小说也十分热衷于当代都市文明的观照，刻写当代都市人的生存状态特别是心理变异（包括在上海这个仍属中国"现代"最大表征的都市中出现的"上海宝贝"式的"新新"叙事景观），这种已然发生的现实场景正是80年代现代性追求所露出的某种历史真相。"从生活方式到道德观念，中国这条古老的大船终于驶到了新旧交替循环并存的阴阳界。满街处处有老树开新花的妖娆之气，好比老年人久病之后

---

① 参见张旭东：《重访八十年代》，《读书》1998年第2期。

施行整容术，那光鲜的外表下隐藏着深刻的恐怖和悲哀，而战胜无奈感的有效办法便是及时行乐。从老主流的角度看，他们当然是道德败坏自私自利的叛逆。从新主流的角度看，他们则是附丽其上尽领风骚的晶莹泡沫。"① 这一番对90年代新一轮上海前卫作家的描述移来评说半个多世纪前的新感觉派，依旧显得十分贴切，他们都可称为在道德暧昧的"新时代"里凸现在中国化的都市文明景观中的"恶之花"。虽然人们仍不免会认为新感觉派面对都市文明时"震惊"大于反省，但同样难以回避的是新感觉派的叙事见证了这种来自"现代"的冲击，并以颇为本色的都市想象呈现出现代人的两重心性。在此意义上，新感觉派所代表的中国现代都市叙事与波德莱尔这位西方现代主义最早开出的"恶之花"便具有了相近的精神内质："波德莱尔作为美学现代性的辩护士，毕生对资本主义文明保持一种批判的姿态。然而，假如波德莱尔对现代文明的态度只此一端的话，现代性理念演进的历史就十分简单了。波德莱尔的复杂性在于，在表象上他游离于巴黎这个现代大都市所象征的现代生活世界，仿佛巴黎街头游手好闲的张看者和局外人，而在骨子里，他比任何人都深爱着现代都市生活，他从现代都市的内里所感受到的'忧郁'，正是他对巴黎深深地投入、沉溺的结果。正因如此，波德莱尔才无可替代地贡献了现代都市生活的哲学和美学。他的内在的审美的悖论，构成了美学现代性的最为珍贵的部分。"② 新感觉派虽然尚不具备波德莱尔式的审美厚度，但在中国现代主流叙事之外，同时又是在中国现代都市文明漩涡当中，通过上述一系列文明幻象中的沉醉与颓唐，新感觉派同样贡献了有关中国"现代"执念的一副标本。

比较而言，同样触及了"城市与人性"主题的老舍的小说更多显示出的是来自乡村的城市"边缘人"如何受到城市生活法则的支配、如何竭力与城市生活的理想认同又如何被城市文明扭曲的病态人生。"城乡冲突"及其表现出的某种城市"文明病"显然更是老舍小说的主题。老舍从来不相信对西方现代文明或称"新文化"的追随会直接带来全面的"解放"与幸福，正如不少论者都已看到的那样，老舍对老派市民所代表的文化传统与文明习性虽然有过不少讽刺，但眷恋之情也十分浓郁。但一旦这种老北京的温情与诗意被一种新异的文

---

① 扎西多：《都市"恶之花"》，《读书》2000年第7期。
② 吴晓东：《中国现代文学中的审美主义与现代性问题》，《文艺理论研究》1999年第1期。

明渐渐侵蚀并取代,老舍叙事中的批判便主要指向了它。《骆驼祥子》在此意义上可以成为我们理解老舍城市批判的一个个案,并有望在此意义上获得新的阐释可能。老舍在此暗示读者的是,祥子孜孜以求的那个所谓生活美梦其实远非想象中那样美好,最终很可能得到的只是一个虎妞,一种虎妞式的生活。老舍写到祥子不像婚姻的这一次婚姻生活,实际上已经否定了祥子的幻梦。小说中的祥子不仅在物质上始终毫无所得,而且在心理与情感上也越来越走向末路和歧途,从一个身心健康的乡村青年到一个人人厌弃的城市流民,祥子失去了健康的身体,失去了生存的可能,失去了起码的廉耻心和个人尊严,做着原先自己鄙视的事情,前后巨大的变化与反差令人心悸。这种人性从自然到扭曲、由善到恶的转换在老舍看来正是那个可恶的环境,更具体地说是由那个异化了的城市文明造成的。《骆驼祥子》的这种叙事意图显然在通常认为的否定祥子式的个人奋斗之外,还在文本的深层完成了一次对病态文明的批判。关联到老舍早年在欧洲的切身体验以及他对英国现代小说的熟悉程度,可以说,虽然老舍虚构出的祥子式的人物尚无更加充分与直接的"现代文明"感知(如海派叙事中的都市人那样),但老舍叙事中的"现代"反省却同样是切中现代性固有矛盾的。在布满物欲期待的"文明"陷阱中,人们究竟将会"得救"还是变得不能自拔地颓唐下去,这是无论都市中的现代人还是城乡夹击下的祥子们都无法逃脱的困境。

(原载《山东文学》2013 年第 10 期)

"问题叙事"与"诗化抒写":
解放区文学实践中的个性表征
——以赵树理、孙犁为中心

"解放区文学"作为中国现代文学研究中的一个特定对象历来是一个阐释话语的汇聚场,虽然"革命叙事"始终是言说解放区文学的价值旨归,但如何叙写革命、如何呈现解放区的现实人生,在解放区文学实践中其实有着值得总结的丰富性。对解放区文学的文学史意义的肯定,除了彰显其革命现代性价值之外,阐发提取某些代表性作家对"诗学一律"倾向的克服及其表现出的创作个性,同样具有积极意义。在这一视域中,赵树理和孙犁分别表征着解放区文学的两种最具个性价值的文学实践。

赵树理是《延安文艺座谈会上的讲话》之后涌现出的一位富有创作实绩的作家,也是一个在文学史上留下独特影响的人物。一方面,赵树理的生活与创作深深植根于农民的现实经验与文化生态中,叙事对象、小说体式和精神趣味都印证着解放区文学的目标期待与宗旨,同时,赵树理的小说又在一定程度上规避了对现实政治的简单应和,其特殊的问题小说意识及其形成的"问题叙事"甚至还表现出某些尖锐的思考,加之赵树理传神贴切的农村叙事,使得他成为一个既代表着解放区方向又不失个人印记的有意味的作家。

赵树理出生在农民家庭,从小对地道的偏远农村的农民文化底蕴耳濡目染,尤其是体现于乡间艺术中的趣味与形式更为赵树理所熟悉和认同。赵树理也受过师范教育,新文化运动对他而言实际上也并非陌生的事物,日后创作中那些对新的政治实践的肯定与反省也无不与新文化理想的熏染相关。然而,真正成为赵树理创作动力的主要还是他始终不渝地坚持着的农民本位的价值立场。正是这一立场既天然拉近了赵树理创作与解放区文学的距离，同时又最终见出了赵树理小说叙事的独特关切与思考①。赵树理作为解放区典范式作家的地位似乎一目了然，不过，如何深入辨识赵树理创作的精神内核与情感立场，这并非简单套用解放区文学的一般法则所能言明。

  赵树理创作的一个突出特征是他与农村生活与农民文化心理的血肉关联，可以说，他是一个真正扎根于农民之中的作家。《小二黑结婚》发表后不久，周扬就曾指出："赵树理，他是一个新人，但是一个在创作、思想、生活各方面都有准备的作者，一位在成名之前已经相当成熟了的作家，一位具有新颖独创的大众风格的人民艺术家。"② 赵树理的"有所准备"不仅是他对农村社会生活现实经验的熟悉，更是他对农民文化的深刻理解与亲和态度。他的文学积累与资源都迥异于此前的绝大部分现代作家，与他们主要接受西方文学与文化思想的主导性影响不同，赵树理始终围绕农民而思考和创作，他的灵感、语言、情感态度与文学取向都是农民文化所赋予和激发的。这正是赵树理既是实实在在的文坛"新人"又已然是一位"成熟"作家的根源所在。值得关注的是，由于在创作对象和价值立场上一直有自己自觉的选择，赵树理的小说往往既能活画出农村生活的真切场景、农民形象的生动本质，更能对新形势下的农村政治生态与农民心理展开思考。赵树理叙写出的农村生活带有北方农村特别是山西偏远地区的风味与气息，实际上从农民现实生存而言，这也是中国农村社会的一个具有概括力和浓缩性的样本。如果说现代文学中的早期的乡土文学还往往止于对农民文化心理的批判式启蒙、止于对农民日常生活的勾勒式说明，那么，赵树理的小说则对农民的生活与思想情感增加了许多同情与理解，也能够从近处和细处翔实描画农村社会的实际生活。二诸葛式的喜欢搬弄阴阳八卦、头脑既活泛又可笑的"小能人"形象，三仙姑那种底层社会常见的神神鬼鬼、不甘清寂生活的农村妇女形象，作者虽对他们多有讽刺，但刻写之传神也正源于了解之透彻，所以人物身上的本真的鲜活性实际上又越出了简单的褒贬，阅读接受的过程中不难泛起同情甚至温情之意。可以说，赵树理笔下的场院屋角、婚丧嫁娶、卜卦烧香、乡野妄语、饮食弹唱乃至杂谈骂俏无不浸透着

---

  ① 刘旭：《文学史中的赵树理》，《浙江社会科学》2008年第9期。
  ② 周扬：《论赵树理的创作》，收于《周扬文集》（第一卷），周扬著，人民文学出版社1984年版，第486页。

他对叙事对象的通透的了解与会心的关切，读来饶有风趣也常常催人回味。

当然，赵树理小说中呈现的毕竟是一个新人新时代中的新的政治现实下的农村社会，他在农民形象的塑造上最具新意的也正是那些新的年轻一代农民人物。《小二黑结婚》中的小二黑与小芹、《李有才板话》中的"小字辈"等人物形象已经不再是简单麻木与隐忍的农民，尽管他们身上也会有上一代的某些印记，但他们又总是与进步、革命、抗争、觉悟和力量联系在一起。在一定意义上，赵树理通过这些新人形象，从一个不同于启蒙文学路径的角度，将新文学中屡见不鲜的个性解放主题进行了一番新的书写。这里正体现出了赵树理创作思想中的双重自觉：一方面他自觉地将农民的命运与自己的创作紧紧相连，在小说中始终关注农民的生存现实；另一方面，他自觉地通过认同新的政治力量与政治理想努力寻找改善农民境遇的现实可能。正是这种双重的自觉意识，使得赵树理将个性解放与社会解放这两个在此前的文学叙事中难以兼容的诉求自然地结合在一起，解放区带来的新时代新社会使小二黑们的恋爱自由和幸福婚姻得以实现，个性解放没有脱离社会要求，反而找到了更加实在的现实支撑力量。这是《小二黑结婚》这类作品为一个五四式的文学主题给出的新的回答，也是赵树理为新时代的农民在精神和物质上彻底翻身提供的一个现实的答案。

如果赵树理仅仅对一种新的政治生态和农民的新的生活境遇进行简单的肯定与颂扬，那么，赵树理所代表的解放区文学的某种文学高度也就难以体现了。实际上，赵树理一直坚持着一种创作方式，那就是不断叙写他所理解的"问题小说"。赵树理所热衷的问题小说做法确实影响到他的小说的心理深度，但如果考虑到作者独有的不同于精英主义的叙事立场即农民式的知识分子视角，那么，赵树理对"问题"的关注实在又是内在于农民文化的一个体现，比起带着隔膜去表现农民的灵魂与心理，赵树理直入生活当中的观察与思考倒是更能显示出现实人生的复杂性。可以说，对农民的浓厚情感促使赵树理在事关新时代农民生活命运的实际问题面前不肯松懈。"我在做群众工作的过程中，遇到了非解决不可而又不是轻易能解决了的问题，往往就变成了所要写的主题。"[①] 这些实际问题既包括农村落后的旧人物的阻碍以及农村社会的积习痼弊，更体现为新政权下新滋生的各色新问题。相比之下，赵树理揭示的种种新

---

① 赵树理：《也算经验》，收于《赵树理文集》（第四卷），赵树理著，工人出版社1980年版，第1398页。

弊端更成为其叙事的重心和价值所在。"人民政权"在赵树理小说中既是一个确保农民解放的现实力量，也是一个需要不断自我警醒、不断趋于完善的成长中的新事物。《小二黑结婚》中个性解放、婚姻自主、追求合理幸福生活的年轻人之所以遇阻，不仅是因为有来自守旧人物的干涉，也有以权压人、公泄私怨的缘故，人民政权如果发生权力偏失或异化，同样会带来凶险。赵树理并非认为新时代的现实政治中有不可解决的矛盾，新政权最终还是积极的解放力量，但现实政治实践中的曲折性与复杂性的确被叙写出来了，这其实同样富有对政治、权力与人性理解的多重启示。《李有才板话》在围绕着乡村政权归属问题展开叙事时，对权力异化、新现实中的旧遗存、农村社会的封建文化制约力等既实际又深长的问题都有深切的表现。农村政权建立之初的换汤不换药固然已经是值得警惕的偏失，而某些"小字辈"新人甚至新政权的干部同样步入权力的泥潭更是值得反复思量。小元被推选为代表后便改换衣装，官架十足，盛气凌人；《邪不压正》中的小昌当上农会主任后也表现得如同革命成功后的阿Q，从受压迫者变身为施害者。虽然赵树理由衷地相信"邪不压正"，但对问题的揭示已经体现了写实文学的应有厚度，直至中华人民共和国成立后一度横扫一切的激进政治实践，也让赵树理再陷痛苦的现实思索中。

　　对于中国现代小说的体式演进而言，赵树理同样有独到的建设。其实，小说体式的进退与雅俗，并非仅是一个形式技巧问题。新文学革命之初便有大众文学与平民文学之说，其后的"大众化"与"民族化"讨论更是延续不已。较之深受西方文学影响的新文学作家，赵树理虽然无力在整体上回应现代文学的新旧雅俗问题，但在"大众化""民族化"一端，他又确实有着天然的优势和自觉的努力。当然赵树理最初也有过沿用五四新文化人的启蒙路径的短暂尝试，毕业于新式国民小学和省立师范学校的赵树理当然也受到了五四新文化的洗礼，年轻时代的赵树理返乡时也曾向乡人传播新观念和新文学①，但屡屡受挫的经验使赵树理直接体会到自上而下的精英文化启蒙的巨大限制。当他返回自身经验与农村现实之后，反倒形成了一条行之有效的文学道路。"我写的东西，大部分是想写给农村中的识字人读，并且想通过他们介绍给不识字的人听

---

① 范家进：《农民启蒙的政治遭遇和形式探寻》，《中国现代文学研究丛刊》2006年第4期。

的，所以在写法上对传统的那一套照顾得多一些。"① 实际上，不仅是叙事技法上的侧重，赵树理自我的文学定位就是贴近大众的："我不想上文坛，不想做文坛文学家。我只想上'文摊'，写些小本子夹在小唱本的摊子里去赶庙会，三两个铜板可以买一本，这样一步一步地去夺取那些封建小唱本的阵地。做这样一个文摊文学家，就是我的志愿。"② 赵树理确实实现了自己的文学理想，他为现代小说与农民大众读者之间真正架起了一座理解的桥梁。早在鲁迅翻译域外小说之际，西洋小说刚一开头便已结束式的叙事技法就困扰着新文学的倡导者，此后的大众读者所乐于接受的仍是章回体的旧小说样式。现代通俗小说中的新章回体特别是张恨水式的小说也颇受欢迎。赵树理同样看到了新文学借鉴西方过程中的困局，更意识到民间的传统艺术资源是突围的有效路径。与张恨水式的都市色彩浓厚的章回体小说不同，赵树理的借鉴与改良对象扎根农民文化之中，而且十分自觉地写给农民看。对于传统的讲唱文学与程式化的旧的章回体小说，赵树理也是为我所用，并不原地照搬。从叙事框架来看，赵树理发挥了民间传统叙事艺术的优长，故事性强，首尾连贯，结构清晰完整。叙事中的悬念与插叙也恰到好处，有起伏又线索可辨，可读性强。对于传统叙事技法中的刻板与拖沓之弊，赵树理自觉扬弃，叙事内容新颖，节奏明快。虽然他的小说中人物形象尚有被叙事本身挤压的弱点，缺乏现代小说所注重的静态描画与心理叙事，但语言的乡野气息和独特幽默一定程度上弥补了那些叙事缺憾，语言的生气活泼还原了乡土世界的生活气息，使得活动其间的人物也具有了元气淋漓的生命质感。在语言上赵树理的选择是自觉的："写文艺作品应该要求语言艺术化，是在每种不同语言的习惯下的共同要求，而我只想在能达到这个共同要求的条件下又不违背中国劳动人民的特有的习惯。"③ 运用于赵树理小说中的语言正是合乎农民大众"听书"式的欣赏习惯，在新文学精英化启蒙叙事的书面语、欧化语之外，他的小说创立了一种更加直观、更加具象的民间口语体式。语言的选择背后是思想与价值观的择取，赵树理自觉地让知识者的叙事身份退隐，又使地道的农民语言登堂入室，这种有意味的语言形式一再折射出他对农民文化趣味和生活态度的温情与理解。可以说，赵树理语言修辞

---

① 赵树理：《赵树理文集》（第四卷），赵树理著，工人出版社1985年版，第1485页。
② 李普：《赵树理印象记》，《长江文艺》（创刊号）1949年6月。
③ 赵树理：《〈三里湾〉写作前后》，《文艺报》1955年第19期。

的意图除了达到让农民看得懂甚至听得懂这一功利的传播效应之外，还有彰显他一贯的农民立场的作用，"文艺为工农兵服务"在解放区主流文学观念中尚是一种理论倡导，到赵树理的小说中，已经从形式到观念、从修辞到价值，整体上加以坐实了。

在20世纪40年代解放区文学中，与赵树理差不多同时出现在文坛上的孙犁是又一位具有鲜明创作个性和独特文学史影响的重要作家。与赵树理相比，孙犁虽然也将表现对象集中于解放区涌现出的新时代的新农民，但孙犁小说中的形象类型、人物气质、语言风格和审美趣味等显然表现出明显的差异。如果说赵树理是一位农村新政权下新旧农民现实命运与思想变迁的思考者和记录者，那么，孙犁则可以说是一位新时代里农民翻身解放后身心俱变的感受者和赞美者。孙犁的小说不追求赵树理作品中常见的迫近现实问题的复杂叙事，透过孙犁小说纯净的语言、简单的情节，弥漫开来的是庄严背后的日常意境、历史一隅的诗意人情、风云过后的朴素人生。可以说，孙犁的存在，显示了乡土叙事形神兼备的新进境，也确保了解放区文学理应具有的丰富性。

孙犁出生在滹沱河畔，后又曾在白洋淀水乡生活过，山水上下，乡土之间，孕育了孙犁的生命情志与艺术灵感。孙犁对养育他的一方乡土感情颇深："我出生在河北省农村，我最熟悉最喜爱的是故乡的农民，和后来接触的山区的农民。我写农民的作品最多，包括农民出身的战士、手工业者、知识分子。"①"对于我，如果说也有幸福的年代，那就是在农村度过的童年岁月。"②孙犁的文学世界里最引人注目的首先是一个独特的农村女性形象系列。《荷花淀》里的水生嫂、《芦花荡》里的大菱二菱、《采蒲台》里的小红母女、《丈夫》中的媳妇、《钟》里的尼姑慧秀、《小胜儿》中的小胜儿、《光荣》中的秀梅等等，这些女性人物尽管长幼不一、性格各异，但都焕发着光彩照人的形象魅力。可以说，孙犁将自己的乡情乡念尽可能多地投射到笔下的女性身上。故乡多水更多情，孙犁记忆中的白洋淀苇皮、芦花、鸭子、泥泞、低矮紧挤的房屋、狭窄的夹道等等，无不显现着水乡特有的温婉与亲和。生活在冀中平原上的女性正是这种乡土气韵的美的化身。作为一个"每天都在思念农村"③的远

---

① 孙犁：《自序》，收于《孙犁文集》，孙犁著，百花文艺出版社1982年版，第1页。
② 孙犁：《孙犁文论集》，人民文学出版社1983年版，第549页。
③ 孙犁：《老荒集》，山东画报出版社1999年版，第14页。

人,孙犁的乡愁既是自然的乡土感念,也包含文化心理上的传统意绪。孙犁曾经这样自述:"我的一生,是最没有远见和计划的。……后来竟怀笔从戎,奔走征战之地;本来乡土观念很重,却一别数十载……"① 孙犁最初的成长背景里有着以父母为对象的乡间传统文人与女性的言行熏染,故乡不仅山水可亲,民风与教化更觉可敬。这一层面的写作动机在孙犁那里若隐若现,其中既有作家无意识的一面,也是革命战争环境下一个进步文人自觉淡化而又难以真正斩断某种传统伦理意识的缘故。不过,这种似有似无的传统眷恋在上述女性形象身上合情合理地传达出来了,无论作家表现出她们怎样的英勇与革命情怀,吸引读者目光更多的还是她们秀美端庄的外表和贤淑无我的美德。人们往往由于孙犁赋予这些女性形象以民族解放战争的参与者的意义而忽略了她们的牺牲与奉献、善良与顺从中还有革命正当性之外的传统教化的底蕴。指出孙犁蕴藏其间的传统伦理意识并不难,人们当然还可以对之进行文化观照意义上的反省;不过,孙犁也无意从中表彰传统的女性之德,毋宁是以一种审美化的态度刻写记忆中的乡土人情,实现自己在小说叙事中最愿意达到的诗境。从这一意义上看来,孙犁无论写战斗的豪迈之情,还是抒写"家务事、儿女情",其实都是表达他的诗化美学。

当然,孙犁创造的这些女性形象确实可以置入新文学既有的女性人物系列中加以考察。不同于现实主义叙事中的苦难模式,孙犁以带有浪漫主义情怀的笔调抒写女性的离情别绪,又以英雄主义的氛围烘托女性的乐观与成长,女性身上添加了不少新时代的喜悦,虽然也带着战争影响下的微微的日常愁绪;孙犁也不将笔下的女性着上江湖野性式的男儿气,与沈从文长于表现的纯美少女的原始自然美也不同,孙犁的乡间女性毕竟置身全新的政治现实与新的生活情境中,革命解除了她们的枷锁,带给她们更多的自由的可能,释放出她们固有的力量与美,第一次与时代靠得如此之近,当然也遇到许多从前未有的亲历战争凶险的经验和更多的个人亲情与时代要求之间的纠结。孙犁给予女性人物的空间更大了,蕴涵在女性叙事中的情理冲突其实也并未弱化,但孙犁小说的艺术处理却总是倾向于举重若轻、风轻云淡,让征战与暴力成为远处的背景,活动在前景的总是日常风物、儿女之情,从中散发出的却是浓郁的诗美与生命韵致。这种抒情化的叙事实际上在新文学惯有的"感时忧国"或慷慨悲凉的宏大

---

① 孙犁:《后记》,收于《无为集》,孙犁著,山东画报出版社1999年版,第276页。

叙事之外，别具一格，形成现代小说散文化体式的一个样本。《荷花淀》中的经典叙写值得再三体味："月亮升起来，院子里凉爽得很，干净得很，白天破好的苇眉子潮潮润润的，正好编席。女人坐在小院当中，手指上缠绞着柔滑修长的苇眉子。苇眉子又薄又细，在她怀里跳跃着。""这女人编着席，不久在她的身子下面就编成了一大片。她像坐在一片洁白的雪地上，也像坐在一片洁白的云彩上。她有时望望淀里，淀里也是一片银白的世界。水面笼起一层薄薄透明的雾，风吹过来，带着新鲜的荷叶荷花香。"小说中的水生嫂其实经历了丈夫即将参军、自己与丈夫离别所激起的心理波澜，随后更有湖上遇敌的战斗历险，但孙犁首先集中笔墨勾画宁静优美的水乡湖光夜色，水生嫂娴静清秀的动人姿态，荷叶的清香，以及荷花的可人，使乡间的田园美色、叙述者的文人趣味、女主人公细腻温柔而又深明大义的内心世界，无不和谐地交融在一起。

在这样的诗化抒写中，即使展开战斗场面也不会是血雨腥风式的，孙犁只是几笔侧面的描写，将战争环境下水乡年轻男女的勇敢、机智、多情和快乐自然地表现出来。由于孙犁立意书写人物的日常情味与灵魂之美，所以女性形象是当然的主角。白洋淀里的水生嫂们有荷叶荷花的清气、如水如月的性情，她们的心灵也如同一片银白世界般纯净美好。孙犁对生活之美的向往正是通过小说中如此美好的水乡风情和女性焕发出的生命光彩传达出来。面对同样的现实经验，不少革命作家选择的是直写刀光剑影、风云激荡的历史实景，而孙犁则似乎有某种艺术"洁癖"，正像孙犁自己所说："善良的东西、美好的东西，能达到一种极致。在一定的时代，在一定的环境，可以达到顶点。我经历了美好的极致，那就是抗日战争。我看到农民，他们的爱国热情，参战的英勇，深深地感动了我。我的文学创作，就是从这个时候开始的。我的作品，表现了这种善良的东西和美好的东西。""看到真善美的极致，我写了一些作品。看到邪恶的极致，我不愿意写。这些东西，我体验很深，可以说镂心刻骨的。可是我不愿意去写这些东西。我也不愿意回忆它。"① 从文学承担历史叙事的使命、凸现历史与人的宏大主题来看，孙犁的这种现实理解与艺术选择显然缺少力之美；从文学表达人性关切、憧憬诗化人生而言，孙犁的小说则恰恰是一种范式。他有意规避艺术中的悲剧性崇高，执着于"优美"的审美境界，无论是月

---

① 孙犁：《文学和生活的路》，《文艺报》1980年第6—7期。

夜织席、夫妻夜话的乡间庭院，还是风生水起、短兵相接的战斗场景，无不指向孙犁一直崇拜而反复讴歌的成长起来的乡民们的生命气质与灵魂闪光。置身于解放区文学的阳刚氛围里，孙犁的偏于阴柔的浪漫气息自然有些格格不入；而有了对孙犁美学风格背后的生命理想的认识，人们理应同样意识到孙犁小说的分量。这种偏于温婉的文字后面是对美的生命形式与生命表现的理解与尊重，也是对美的极致的传达；这种美的文学所体现的理想，显然不仅合乎人性之善，同样也应该成为所有的现实政治实践（包括民族解放战争）所要追求的历史之真。孙犁确实带着对人物浓厚的情感表达他对生活的理解，在这一点上，人们便易于理解何以孙犁同样将鲁迅这样一位与自己文学气质颇为不同的作家引为知己。他表示过自己最喜欢的还是鲁迅，他选择接受的鲁迅的小说是《故乡》《药》《孔乙己》《社戏》《祝福》《风波》这类作品，以及《野草》《朝花夕拾》这些散文集子。孙犁非常注意鲁迅的抒情方法，特别是鲁迅作品中的那种内在的精神，对人生态度的严肃，和对他的人物命运的关注。可以说，在人物身上倾注了那么深的感情，这是孙犁与鲁迅发生共鸣的内在原因。

　　孙犁小说的抒情特质决定了情节叙事的弱化，虽然他的白洋淀题材的小说几成系列，人物也在不同作品中先后重复出现，但作者并没有给出一个全景式的叙事结构，人们看不到20世纪40年代根据地抗战烽火的整体画卷。具体到各个作品中，孙犁也从不讲述完整的战争传奇，叙事基本上是在静态的乡土风物与内在的人物心理层面上延展。小说中也有灵动活跃的动态叙写的穿插，但那些仿佛是湖面上偶起的风浪，风云过后，依然是一片风轻云淡、水波不兴的日常情境。孙犁并没有完全回避人物所要经历的冲突，有时还会是激烈的内心反应，像《芦花荡》一篇往往被视为传奇色彩最强的一个文本。老船夫在湖面上经年如鱼得水，穿梭自如，可就在一次护送两个女孩穿越封锁线时，敌人的枪弹打伤了其中一位小姑娘。老船夫在心痛之下，自尊被伤害，血性再度被激起，发誓让敌人加倍偿还血债。随后的复仇故事本来是最富传奇性的段落，但孙犁的处理偏偏是弱化激情，平静出之，没有看得见的血腥，也没有听得见的枪炮声，老船夫如同水乡照例出外的捕鱼手一般机巧地诱击了敌人。化繁为简的叙事弱化了战争的残酷，却平添了对农民式的战士的由衷赞美，同样获得了一种乐观豪迈之情。在更多的小说中，孙犁更加明显地醉心于物我相契的瞬间捕捉、动人心神的印象描摹，"强调它，突出它，更多地提出它，用重笔调写它，使它鲜明起来，凸现出来，发射光亮，照人眼目"①。《吴召儿》一篇塑造的山地姑娘吴召儿与白洋淀里的水乡妹子一样清新可人，却又平添了不少爽朗干练的性格。吴召儿给部队当向导，她的天真开朗把不无凶险与危机的一次特殊的行军过程点缀得生趣盎然。孙犁使用了一个他所喜爱的"红棉袄"意象，显然不合与敌人周旋时隐藏目标的实际需要，孙犁也不是真的讲述一个惊险的穿越敌阵的故事，红衣姑娘的一颦一笑、一举一动，既是实际的道路指引，更是作者诗化叙事的表征。"她爬得很快，走一截就坐在石头上望着我们笑，像是在这乱石山中，突然开出一朵红花，浮起一片彩云来。"如履平地的山的女儿吴召儿不光熟悉道路，也熟悉山中的一草一木，在她眼里，只要走进大山，就永远不会有生命之虞。面对这样健康明朗的生命，随行的文化兵尽管不是扛枪的战士，但怎能不被小姑娘的旺盛生命力所感染？带着这样的热力与生机去投身战斗，汲取的又是怎样持久的力量！平实简单的叙事中融会时代风云、人性力量与乡野风神，这是孙犁小说抒情性的完美体现。

  作为解放区文学的别样书写者，孙犁还为新文学的语言建构添加了清新健康的血液。他的文学语言有内在的文人情致与传统风味，也有自然的乡土气息和时代新质。在他笔下，日常情趣与诗意笔墨、朴野语调与细腻修辞、明快简易与浓墨工笔，均有难得的一致性。关于《荷花淀》的一鸣惊人，孙犁曾轻描淡写地解说过："这篇小说引起延安读者的注意，我想是因为同志们长年在西北高原工作，习惯于那里的大风沙的气候，忽然见到关于白洋淀水乡的描写，刮来的是带有荷花香味的风，于是情不自禁地感到新鲜吧。"② 实际上，这股文坛的清新之风着实影响了一些作家的艺术道路，刘绍棠、韩映山等同样在河北、天津等地活动的青年作家先后接受孙犁的文学影响，形成文学史上习称的"荷花淀派"。孙犁及其后继者的创作，虽然在随后不同的历史时段尚有许多新变，但已经以不凡的创作实绩构筑起一个"史诗"之外的抒情叙事体式。

  （原载《东岳论丛》2011 年第 11 期）

---

  ① 吕剑：《孙犁会见记》，收于《孙犁研究专集》，刘金镛、房福贤编，江苏人民出版社 1983 年版，第 10 页。
  ② 孙犁：《关于〈荷花淀〉的写作》，《新港》1979 年第 1 期。

构筑历史与人生的诗境

"现代文学的最高峰,往往采取最终的两重性形式,这是诚实的天才对世界所能做的最好的描绘——即二元论没有得到解决而产生的诗境。"① 当作家们将叙事的灵性与触角伸向或远或近的历史之中时,他们正是通过诸如"历史与伦理""道与欲""存在与超越"这些不同的"二元对立"的人生困境完成了各自的历史重构。当然,本文在审美现代性的视域中考察现代小说中的历史文学,的确会遇到不小的阐释困难。长期以来,人们似乎已经习惯于用"讽喻"来概括现代作家历史小说的价值。如果"讽喻"是指一种历史与现实的关联,那么称历史小说为讽喻作品也并不失当。从着意凸现历史颓败之际殉道者的人格力量到刻意撕破虚妄的历史表皮以至想象性地感应强权时代知识者的历史境遇,历史小说的叙事的确始终心系现世,通过被各自复活的一段段历史传达不同的时代诉求。这种目光贴近现实世界,用心倾听历史回声的自觉意识显示出传统史学的"史鉴观"对作家创作心理的实际影响,历史小说也因此具备了一定的史学精神。但,需要指出的是,历史小说与现实的关联,远非仅是一种平实浅近的现实指涉,而是一再传达着作家对"历史与人"颇具现代意识的多义理解。不管这是作家们在多大程度上自觉努力的结果,历史小说正是在"讽喻"之外或通过"讽喻"的深化取得了历史与现实之间更为内在的联系,从而确立了现代作家历史小说在现代叙事中的精神价值。从某种意义上说,"历史"

---

① 李文俊编选:《福克纳评论集》,中国社科出版社1980年版,第207页。

与"诗"从来就是关于人类一切物质生产和精神活动的两种最主要的叙述手段,历史小说正是由于其独特的表达体式得天独厚地拥有了某种程度的双重品格——一种作为文学的历史叙述。历史文学毕竟有其确定的诗性本质,有其超离的美学指向。"写诗这种活动比写历史更富于哲学意味,更受到严肃的对待;因为诗所描写的事带有普遍性,历史则叙述个别的事。"① 亚里士多德对"历史与诗"的界分在历史小说的叙事中表现为以文学视界看取历史这一更为本真的叙事动机。即使是在那些讽喻(史鉴)意识较强的历史小说中(如郁达夫《采石矶》、冯乃超《傀儡美人》、曹聚仁《焚草之变》等),我们仍然可以抽离出其各自内蕴的诗意情怀,甚至在明显地身受时代心理浸染的叙写历史殉道者的那些作品中(如郑振铎《取火者的逮捕》、沈祖棻《崖山的风浪》、吴调公《突围》、罗洪《斗争》等),我们也确实看到了众多凸现的历史形象,虽然这些形象的产生及其承载的意蕴大都直接导源于作家急迫的现世拯救意图,但文本有意无意地突破了浅近实在的功利框架,从而使历史形象获取了本应具有的文学意味。与前述各类历史小说在求真求善之际隐约透出的审美气息相比,冯至的《伍子胥》、鲁迅的《铸剑》、巴金的《沉默集》、施蛰存的《将军底头》等一系列作品所代表的一类历史小说中展开的艺术追思就显得更集中鲜亮也更悠远深长。这些作家试图超离有形的历史实体,努力抓取无形的历史灵魂,在对"历史与人"这一总题旨的诗意领悟中,选择最适于文学叙事与想象的不同情境,于饱含诗思的历史重叙中揭示历史极具意味的另一面。

  实际上,当鲁迅以《不周山》(《补天》)为名发表第一篇历史小说时,他已经确立了从这类叙事中寻找历史隐喻的审美视界。对人类历史而言,"抟土为人、炼石补天"的女娲虽是最初的创造者,却不是一个最终的拯救者。当初造人留下的人性缺憾("獐头鼠目"的"小东西")竟带来日后"天崩地裂"的文明裂缝与历史磨难,女娲只得重新"打起精神修补起来再说了"。从创世到补天,叙述者的深意开始越来越多地显露出来:"火柱逐渐上升了,只留下一堆芦柴灰。伊待到天上一色清碧的时候,才伸手去一摸,指面上却觉得还很有些参差。"我们的创世者为人类留下的就是这样一个勉强补缀上去的天宇,

---

  ① 亚里士多德:《诗学》,收于《西方文论选》(上卷),伍蠡甫主编,上海译文出版社 1979 年版,第 65 页。

在它的笼罩下人类始终无法抹去源于历史的一丝阴影。《补天》最终完成的就是这样一个难获拯救的历史寓言。与鲁迅开启的这一历史小说叙事指向相一致并比较集中地刻写历史演进中人的复杂感知、情感困境与"救赎"渴望的作品当属巴金收在《沉默集》中的一组以法国大革命为题材的历史小说。恩格斯的《家庭、私有制与国家的起源》中提及:"任何进步同时也是相对的退步,一些人的幸福发展是通过另一些人的痛苦和受压抑而实现的。"每一次历史的大震荡大蜕变都使冰冷的历史法则与软弱的道德温情之间发生激烈的冲突,从而令作为历史"主体"的人不由自主地沉浸在悲喜俱存的精神起伏中。当现代性的理性辨析与认知无法对此作出一个真正的历史"断言"时,文学却获得了一个贯注历史感思、传达审美体验的典型情境。作家们往往倾注心力叙写这种困境中的人性,而无意进行历史脉络的全面厘定。巴金选取的是一个发生着最充分、最激烈的历史变革的"革命"题材,描写的又是三位历史浪尖上推波助澜、沉浮不定的弄潮者形象,因此《马拉的死》《丹东的悲哀》《罗伯斯庇尔的秘密》最为清晰而有力度地完成了历史小说所追求的一个诗性题旨。虽然巴金对这场人类历史上划时代的巨大变革始终抱着真诚的向往与感激:"我们都是法国大革命的产儿,都是在它的余荫之下生活,要是没有它,恐怕我们至今还会垂着辫子跪在畜生的面前挨了板子还要称谢呢!所以在法国大革命后一百多年,到了巴斯底广场上我不由得让感激之泪狂流。"① 但是,他笔下的三位大革命领袖都没有被简单肯定为内涵单一的历史英雄,而是分别处于各自难以自拔的身心窘困与磨难之中。相对而言,马拉是作者给予最多肯定的一个形象,他既饱含着革命的激情又富有清醒自觉的同情意识,献身事业却并不狂热。作者基于对马拉在历史上常常被人误解、被人诬陷、被人侮辱的激愤,着意将马拉叙写成一个热烈的、悲歌慷慨的、充满着爱护人民和正义之心的人。然而,正如作者后来所说的那样,在重读了有关这段历史的许多著作之后,"我的愤怒渐渐消了下去,文章起了几个头,都被我把原稿撕毁了"②。巴金无疑感到了马拉这个人物所蕴含的更为深远的历史与人性内涵,因此最终出现在叙事中

---

① 巴金:《〈沉默〉附录:法国大革命的故事》,收于《巴金全集》(第十卷),巴金著,人民文学出版社1989年版,第298—299页。
② 巴金:《〈沉默〉序》,收于《巴金全集》(第十卷),巴金著,人民文学出版社1989年版,第168—169页。

的马拉及马拉之死已经被巴金赋予了历史隐喻的色彩。从一个引领革命的"英雄"转而成为一个厌恶流血、试图调和历史法则与伦理关切的理想性角色,马拉的这种意图在巴金看来并没有持久地实践下去的可能。"革命"巨浪掀起的时代狂热难以真正平息,马拉自己尽管十分清醒,革命却需要他付出历史狂热的代价。"哥代刺杀马拉并不是偶然的事情,她实现了王党和吉隆特党的愿望。老实说她不过是一个误入迷途的狂热分子。"① 巴金真正的叙事意图通过结尾自己附加的一段对哥代行刺后的心理描写而流露出来,只有当马拉已经成为自己的"牺牲者"后,哥代才恍然醒悟,可以想象,疑惑与悔恨最终将瓦解这位狂热分子的"革命意志"。巴金显然有意对史实作了一番添加,以便将人物置于一个无以逃脱的历史困境之中,马拉的悲剧也就将人类能否在历史"进步"的同时完善和拯救自我这一永恒疑问凸显出来。在《丹东的悲哀》和《罗伯斯庇尔的秘密》中,巴金以人物相似的命运进一步昭示那种超越人性限度的历史企图几近梦呓,被膨胀的自我与权力蒙蔽已久的革命者真诚地感到了惶惑与恐怖。巴金的历史叙事让人看到,"革命"的巨轮碾过,地上留下的不只是邪恶的碎尸,也有一颗颗本质上脆弱善良的心,包括驾驭历史的"英雄"。这场空前的资产阶级大革命一旦变成一匹脱缰的野马,巨人也要被它拖着狂奔。巴金无意重复那种简单的英雄颂歌,却让人听到了罗伯斯庇尔发出的这样的历史呻吟:"我疯了!我疯了!"作为"现代性"理念与实践的一个重要表征,法国大革命从18世纪启蒙思想家们的书斋中走向巴黎内外血与火的街头,"革命"从"平等、自由、博爱"的梦想变成了冰冷的断头台上下善恶之间的暴力角逐,巴金以一支文学家的纤笔将这段历史重新拉至案头,不仅没有解答那些夹缠不清的历史难题,反而一再强化着来自历史的疑问。"在诗情的描写里,不管怎样都是同样美丽的,因此也就是真实的,而在有真实的地方,也就有诗。"②巴金式的历史重叙活动正是诗意地叙写了被抛入历史漩涡中的复杂的生命灵魂,所谓历史人物的局限往往呈示着"历史"本身的局限,那些推动历史进化的人,反而最先触摸到冰冷无情的历史法则。历史实际与人性理想在"幻而成

---

① 巴金:《〈沉默〉序》,收于《巴金全集》(第十卷),巴金著,人民文学出版社1989年版,第168—169页。

② 别林斯基:《别林斯基选集》(第一卷),满涛译,上海译文出版社1979年版,第154页。

真、真即非幻"的通常境遇中显得愈加缠绕不清。

当施蛰存有意识地运用精神分析理论进行历史小说创作时,他的《将军底头》《鸠摩罗什》《阿褴公主》《石秀》等小说显然也是站在现代性历史叙事的边缘重新绘画古代人物或一方面的心理图式。中国现代作家自觉地将某些现代主义的叙事因素移植于小说创作,这在历史文学中便落实到施蛰存所追求的这种"创作的新蹊径"①——用心理分析的叙事态度表现历史与人性,特别是"着重于性心理的曲折的分析",虽然不免"失掉了人物的完整性格和作品的社会意义"②,但由于作者集中笔力叙写一种处于"道/欲"纠缠下的历史人性,所以他所重构的历史故事格外获得了一层历史新意。施蛰存曾经对自己的历史小说做过这样的认定:"《鸠摩罗什》是写道和爱的冲突,《将军底头》却写种族和爱的冲突。至于《石秀》一篇,我是只用力在描写一种性欲心理。"③ 其中最富有浪漫诗情的当属《将军底头》。大唐名将花惊定可以在外表上兼具"美好的容貌"与"勇猛英锐的神情",内心却无法避免各种情感价值的缠绕。花将军血管里流淌着一半吐蕃人的血,种族冲突似乎生来便暗伏其身。"将军是企慕着从祖父嘴里听到的武勇正直的吐蕃国的乡人,而一面又不愿意放弃大唐如在成都一般的繁华生活。"如果说在上述冲突中的花将军尚不失一种自我把持的定性,那么,当那个容颜天真的美丽少女出现在叙事之中后,施蛰存终于将人物推入难以自拔的困扰中:将军"对于在这样冷僻的西陲所遇见的少女,却从头就把全身浸入似的被魅惑着了"。于是将军开始了自己沉睡已久的爱的痴求,同时小说中那种最难挣脱的选择困境也开始凸现,其实这也正是《鸠摩罗什》《石秀》等作品中所蕴含的叙事题旨。与西域高僧罗什以及年轻武士石秀不同的是,花将军虽然也是一个笼罩着"二重人格"阴影的历史形象,但他更有勇气从精神困境中走出,将军这个形象显得更执着、更单纯、更忘我——更诗化。在施蛰存的历史小说中,兼具刚性与柔肠的花将军是一个最义无反顾而又色调明朗的人物形象,作者给了执意追求爱的将军一个空虚的结局,却也同时完成了一个具有高度概括性的诗境的构筑。正如一个变态者的石秀形象虽然失去了《水浒》中的一身豪侠正气,却换来了历史重叙后的诗意感

---

① 施蛰存:《自序》,收于《将军底头》,施蛰存著,上海书店1998年版,第1页。
② 王瑶:《中国新文学史稿》(上册),上海文艺出版社1982年版,第298页。
③ 施蛰存:《施蛰存全集》,华东师范大学出版社2011年版,第623页。

染力。女色之于石秀"是明知其含着剧毒而又自甘于被它的色泽和醇郁所魅惑的一盏鸩酒",石秀的复杂性心理远不如花将军那般澄明,但其形象的美感力量同样是巨大的。没有挣脱的意识便没有挣脱的痛苦,施蛰存笔下这些本来拥有不同的"神圣"光环的历史人物(事功卓著的将军、威猛正义的武士、修行深厚的得道高僧)无一例外地陷入"道"与"魔"的争斗中,而且无一例外地以"俗欲"的公然肯定与"佛法""道义"的彻底沦丧而告终。这种历史重叙一方面固然显明了作者在道欲冲突中对于人性之本的肯定态度,同时这些被灵与肉的永恒磨难撕扯得痛苦不堪的人物,以其所有的主动与被动的得与失,昭示着那种期望逃离"一切的人世间的牵引,一切的磨难,一切的诱惑"的天国理想必将遭逢的永恒的现世羁绊。

历史是人的历史,文学本质上是"人学",真正攀缘历史文学高峰的作家应该更为自觉地从表现生存困境走向传达人的终极关怀,从重叙过去走向反观人生,从"历史叙事"走向审美永恒。前述两类历史小说于不同的二元困境中积蓄着试图参悟人性之谜的诗意冲动,的确显露出作家历史重叙中饱含的"历史与人"的诗思。如果我们能够透过下面这组历史小说中"复仇"故事的叙事表层,窥见其抒写诗性人生的真实底蕴,那么,我们将会进一步得到"诚实的天才"们从心灵深处唤起的历史回声,感受在"存在与超越"中历史人物所蕴含的丰富美感。从某种意义上说,《苏丞相的悲哀》《伍子胥》《铸剑》也可以被视为审美视域中现代历史小说的三部经典。三篇小说的作者分别是被舒芜称为"蘸着风雨尘沙,把无边的烟柳斜阳、故国山川,一起写进浩荡春愁里去"[1]的现代女词人沈祖棻、被鲁迅誉为"中国最为杰出的抒情诗人"[2]的冯至以及鲁迅先生自己。在这里作家们展开的是对交织着生与死、有限与无限、"停留与克服"[3]的人生诗意的艺术追思,他们笔下的主人公都是失去了生命安慰并且决意"复仇"的历史形象,这些人物在相似的人生背景与各自的具体情境中分别展开了他们永无和谐的生命过程。苏秦一开始丧失的是温暖的家庭

---

[1] 舒芜:《序》,收于《沈祖棻创作选集》,沈祖棻著,人民文学出版社1985年版,第3页。

[2] 鲁迅:《〈中国新文学大系·小说二集〉序》,收于《鲁迅全集》(第6卷),鲁迅著,人民文学出版社1981年版,第243页。

[3] 冯至:《〈伍子胥〉后记》,收于《冯至全集》(第三卷),冯至著,河北教育出版社1999年版,第425页。

之爱与知心的朋友之情，伍子胥与眉间尺则都是以单薄的身躯承受着丧失父亲的重负。这些来自生活的强烈刺激驱使他们踏上一条注定超脱"凡尘俗雨"的道路。沈祖棻似乎最早让人物（苏秦）走近了目标，但也最早让他感到了空虚与悲哀。苏秦从落魄失意、众叛亲离的功名末路到飞黄腾达、志得意满的锦绣前程，这是一段流传了千年的历史故事，而在作者笔下它终于突破了士人穷达之变的狭隘视界，实现了指涉人生底蕴的深长意味。第一次人生惨败后寻求报复的苏秦还只是一个被动的受刺激者，而终于尝到了复仇快感的得志的苏秦已经开始成为一个主动的自我鞭策者。叔本华所说的理想实现与否都将带来痛苦的人生理论其实也可以到远离"现代"的古人身上去获得印证。苏秦从亲历的世间冷暖中彻底体认了人性虚伪丑陋的一面，"他现在是什么都没有，属于他所有的只是满屋子的冷冰冰的、硬邦邦的金子、银子和一颗斗大的黄金的六国相印……而他是一个彷徨在无边的沙漠里孤独的游魂"。这种世俗的成功反而激起对真正人生价值的渴望，苏秦最后的悲哀成为他获取新的刺激、再求生命"正果"的一个起点。一个获取世俗成功的复仇者却同时显示着无限追求中的人生局限，这也是冯至叙写伍子胥替父兄雪恨申冤的历史传说时所表露的主题，这样的"复仇"故事如果只是被简单地重叙出来，其形象的历史光影难免会显得黯淡。冯至避开胜利的复仇结局，着力叙写人物的心理行踪，从而凸现出一个有着明显"浮士德"影子的历史形象。"《浮士德》里有一段著名的诗，在这首诗中，上帝对魔鬼靡菲斯特说：'人的活动太容易松弛，几乎都喜爱绝对的安宁，为此我乐意给他增添伙伴。'我认为，魔鬼是一个必要的刺激者或挑剔者，而这正是关于人生的一个深奥的真理。"[①] 一个怀着坚执的复仇信念同时也克服着种种"安宁"诱惑的伍子胥，让人们真切感知到这样一个永恒追求者的历史形象。林泽中的草舍，江面上的渔夫，溧水畔的少女，这一切都曾使伍子胥心驰神往，他留恋"简单的环境"中"一个青年的心像纸鸢似的升入春日的天空"，仰慕隐士那种将友人的坟墓"也会用一支宝剑把它点缀得那样美"的可爱的生命。在对这些"诱惑"与"美"的"停留与克服"中走上自己的复仇之路，伍子胥这一形象身上显然贯注着冯至自己对生命存在的诗意感受，陷入千种纠结万般缠绕中的伍子胥同时也是一个处于不辍追求中的生命，

---

① 汤因比、厄本：《汤因比论汤因比》，王少如、沈晓红译，上海三联书店1997年版。

似乎没有一个哪怕暂时的终点能够让他停歇。冯至有意将小说《伍子胥》的结束设置为人物复仇行动的实际开端,在这之后的伍子胥应该是怎样的?冯至在《〈伍子胥〉后记》中曾向友人做了回答:"如果写,我就写他第二次的'出亡'——死。"歌德让浮士德在至美的预感中长逝,冯至也准备为一个"浮士德"式的人物安排一种相同结局——对于所有的无限生命的追求者而言,诗意的死亡正是一个必然的人生走向。"伍子胥的一切所见都化成了他的感悟,他思考的是各种互斥又互补的观念形态:自由与责任、庸俗与高贵、投入与超脱、眷恋与弃绝。这一切观念的思考最终凝成一个生命过程的哲理图式。《伍子胥》之所以走着一条为绝大多数现代小说家所陌生的路子,正在于它以小说的框架容纳着诗的本质。"[①]

以"死亡"换取生命的永恒,这其实也正是鲁迅意义上的"死亡"。如同《野草》中所希望的"火速到来"的"死亡与朽腐","要不然,我先就未曾生存,这实在比死亡与朽腐更其不幸"。实际上,"死亡"已成为一种真正意义上的生命存活与新生的证明。与《野草》创作时间相仿的《铸剑》,将《伍子胥》的作者没有在文本中完成的意愿实现了,《铸剑》中的复仇者通达了自我生命的最高境界——一个生死交织的人生场景。鲁迅的叙述兼及过程与结果,被超离的是脆弱的肉体生命,凸现的则是永恒的意志力量。"黑色人"便是这种意志力量的化身,当眉间尺付出了生命与宝剑之后,也便即刻拥有了这种力量。肉体是脆弱而易受伤害的(眉间尺父亲的被害、眉间尺尸体被恶狼吞食),而不绝的是精神力量。人的肉体本身也许并不能承受如此坚硬执着的意志力,所以鲁迅将它直接幻化为一个奇异的"黑色人"——他很难构成小说叙事意义上的通常"形象",在"黑色人"身上只有铁一样的生硬的仇恨与火一样猛烈的力量。仇恨与力量积蓄得如此之深以至于他自身也几乎承受不下,除非将它们付诸复仇的行动。鲁迅如此看重这种意志力以至于不惜将之人格化,并由这人格化的精神力量实践了复仇的愿望,正是为了显示人的精神与意志一旦超越了有形的肉体,将会产生多么巨大的无形力量。复仇的场景之所以奇异,是因为"黑色人"没有把仇人身首异处视作复仇的完成,最终的胜利是由头颅之间的争斗决定的,"头颅"正是精神与意志之所在。肉体的脆弱与精神的强悍在

[①] 吴晓东:《现代诗化小说探索》,《文学评论》1997年第1期。

《铸剑》中恰成反衬,生命意义的显现由此反衬也变得格外奇异——它只能显现于那不灭的灵魂,对于现世的活生生的人而言,这种意志力是否只会成为一个神话?实际上,这种追问也同样适于上述审美视域中的其他历史小说,鲁迅、冯至等人的历史重叙活动一方面强烈地传达着一种既有"历史叙事"之外的审美意绪,另一方面也关联着审美现代性自身的矛盾:"审美的自我既是审美现代性的必要条件之一,同时又是审美现代性可能失去必要依托的重要原因之所在。它以高蹈的精神否定物质世界的有限性和观念世界的限制性,又悖论性地回到肉体和感性的层面,将一切的一切建立于感性当下,使世界和个体的意义永远飘浮不定。"① 也许,在某一部具体的历史小说文本内,生命的历史存在与精神的诗意超越之间尚有着较为分明的界限(如《铸剑》中的意志力对肉体存在的扬弃、《伍子胥》中的永恒追求对人生有限性的克服等),但历史小说家们构筑"历史与人生诗意"的真正意图又何尝在于给出一个"人与历史"困扰的最后"解决"?在"现代历史小说"这一叙事体式的阐释中结束"现代性"这一难以"结束"的论题也许是再合适不过的了,因为正像这一小说文体名称本身所显示的那样,"现代性"中固有的诸多冲突如"历史叙事"与"文学想象"、"历史进化"与"审美独立"、"理性主体"与"感性个体"、"历史存在"与"精神超越"等等实际上都已蕴含其中,"历史""小说""叙事"正所谓现代中国"自我想象"的关键词与主要方式②,而历史小说的审美自觉也正见出"小说不建构中国,小说虚构中国"③ 的叙事本色。

(原载《中国现代文学研究丛刊》1998 年第 1 期)

---

① 张辉:《审美现代性批判》,北京大学出版社 1999 年版,第 190 页。
② 王德威:《想象中国的方法》,生活·读书·新知三联书店 1998 年版,第 1 页。
③ 王德威:《想象中国的方法》,生活·读书·新知三联书店 1998 年版,第 2 页。

中国小说现代性命名的审美视域

"新小说"叙事：主流之外的审美面向

汪晖在论及中国现代认同问题时做过这样的判断："迄今为止，中国的现代历史是被现代性的历史叙事笼罩的历史，传统主义、后现代主义和启蒙主义对现代性的批评或坚持，都是以现代性的历史叙事为前提的。因此，在讨论中国的现代问题时，需要重建更为复杂的历史叙事。"[①] 实际上，当我们试图重新解读和建构"现代"历史时，多元的亦即"更为复杂的"历史叙事有时就潜隐于历史之中，所谓"重建"也就随之成为某种"重读"或重新发见与阐释。至少，就中国小说现代性的发生与命名而言，"现代"话语的多重景观已经得到初步呈现。我们看到，当小说叙事与历史现代性发生关联时，小说既充当着社会启蒙的庄严角色，也不乏对现代转型的凡俗与感怆的体验，只不过对后者而言，更需要文学史乃至文化史上的进一步认定。不管怎样，小说现代性在中国发生之际，仅在其历史叙事层面，既已显现出现代性的固有矛盾，鸳蝴派小说所标示的日常现代性被神圣化的政治感与启蒙叙事一再遮蔽，正是历史现代性自身悖论的体现。进一步而言，也许，在审美现代性的视界中，上述历史现代性的两端又会成为共同的批判对象。"如果说，现代性已生成为一种'普遍

---

① 汪晖：《汪晖自选集》，广西师范大学出版社1997年版，第4页。

主义的知识体系',本身就具有强大的整合力量,那末,倘若有某个领域可以逃逸出这种整合的普遍性的话,这个领域只可能是文学的领域。'文学性'天生就拒斥历史理念的统摄和约束,它以生存的丰富的初始情境及经验世界与历史理念相抗衡。"① 应该指明的是,这种将"文学性"强化为"审美主义"的认识并非就是"审美现代性"的立场,本文所谓"小说现代性的审美视域"也并非立意强调小说文体与现代话语的对抗,因为正如不少论者所一再言明的,审美独立本身就是现代性的一大表征,现代性的知识学将知、情、意三分,人类精神世界中的审美一维由此始获独立意义,因此毋宁说"审美"与"历史"在这一意义上是一种相互催生的关系。由"审美独立"进而倡言"审美主义",实际上再次抹杀了科学、伦理与艺术判断之间的分殊,也就抽掉了现代性话语的基本前提,从而重又陷入"前现代"的形而上学式的知识等级秩序中(如中世纪的神学至上),只不过在"审美主义"那里,艺术代替了神学的位置而已。另一方面,审美现代性(并非审美主义)又的确可以成为现代性历史叙事的一种反对力量。"审美现代性问题,是整个现代性工程的一部分。但是,它却是复杂的、充满着矛盾的一部分。如果说,现代性在思想变革与社会变革的层面分别表现为主体性的确立和理性化的最终形成,并最终对人及其理性予以了高度的肯定的话,那末,我们必须同时看到,作为现代性构成的有机组成部分,在美学与艺术领域对人的灵性、本能与情感需求的强调,实际上,既是从感性生命的角度对人的主体性的直接肯定,又包含着对现代科技文明与理性进步观念的怀疑乃至否定。"② 当然,内涵如此丰厚与完整的审美现代性意蕴,在本文的小说发展时段里体现得也许还并不充分,所以这里所说的小说现代性的审美维度可以转换到小说文体的"文学性"体认与小说批评的美学意识的自觉这一层面来论述。

"理想"与"写实":小说界革命的文体自觉

实际上,即使在梁启超等"新小说"的主流理论家那里,对小说文体的某

---

① 吴晓东:《中国现代文学中的审美主义与现代性问题》,《文艺理论研究》1999年第1期。
② 张辉:《审美现代性批判》,北京大学出版社1999年版,第5页。

些本体性认知也是存在的,虽然其最终用意显然不在文体建构本身。在梁启超的小说观中,"欲新一国之民"的启蒙诉求和"新中国未来记"式的政治乌托邦冲动理当是其小说现代性内涵的主要成分;与此同时,为了对小说乃"文学之最上乘""小说为国民之魂"此类判断提供必要的文学依据,梁启超也的确在小说文体方面多有申发。其中,有关"理想派"小说与"写实派"小说的辨别和对于小说审美接受效应的生成问题的发见,最能见出梁启超为晚清小说理论作出的另一层面上的贡献,从而也为我们考察中国小说现代转型之际的文体新质提供了实例。客观而言,仅从梁启超小说理论的构成上来看,其小说功利主义取向与小说本体认知这两端都具有引领当时文学风气之力,只不过前一方面既为梁启超本人所重也更被文学史家津津乐道而已;而梁启超作为一个在中国小说乃至中国文学转型之际的象征性人物,其小说观念中"历史"与"审美"两端在文学史叙事中的不同定位,恰好显示着中国文学在"现代"命名之初的一个影响深远的"历史"走向。不管怎样,梁启超在《论小说与群治之关系》中自觉从审美心理、审美效应与审美境界上对小说文体特质所作的一番论说的确启发了晚清文坛:"凡人之性,常非能以现境界而自满足者也。而此蠢蠢躯壳,其所能触能受之境界,又顽狭短局而至有限也。故常欲于其直接以触以受之外,而间接有所触有所受,所谓身外之身,世界外之世界也。……小说者,常导人游于他境界,而变换其常触常受之空气者也。此其一。人之恒情,于其所怀抱之想象,所经阅之境界,往往有行之不知、习矣不察者;无论为哀为乐、为怨为怒、为恋为骇、为忧为惭,常若知其然而不知其所以然。欲摹写其情状,而心不能自喻,口不能自宣,笔不能自传。有人焉和盘托出,彻底而发露之,则拍案叫绝曰:'善哉善哉,如是如是。'所谓'夫子言之,于我心有戚戚焉'。感人之深,莫此为甚。此其二。此二者实文章之真谛,笔舌之能事。……而诸文之中能极其妙而神其技者,莫小说若。故曰小说为文学之最上乘也。由前之说,则理想派小说尚焉;由后之说,则写实派小说尚焉。"① 虽然在上述论说中,梁启超尚未真正构筑起体系化的小说理念,但其"理想派小说"论中所包含的审美想象与语言虚构之意,以及其"写实派小说"论中所内蕴的审美召唤与艺术陌生化效应,都已触及有关文学"现代"体认的若干论

---

① 梁启超:《饮冰室合集》(第二册),中华书局1989年版,第6页。

题。实际上,小说的真正独立在某种意义上正是经由"理想派小说"式的语言世界与叙事再造活动实现的,特别是在传统的规范伦理渐趋瓦解之时,小说作为重建生存意义的一种特定方式,更多的就是以想象与虚构的途径与世界相沟通。让世人在一个叙事的语言世界中"变换其常触常受之空气",获得一个"身外之身""世界外之世界",这正是小说最大的"现代"伦理。而对于"写实派小说"而言,唤醒世人的审美感念、催生业已麻木的情感反应、发抒不得伸展的心理情绪,这一切也正是小说叙事对于置身在无所依凭的生存世界中的个体生命的最好抱慰、呵护与陪伴。这样看来,梁启超所谓"理想"与"写实"两类小说的界分,并非创作方式与文体类型上的"浪漫主义"与"现实主义"可以尽言,毋宁说其中蕴含着中国小说现代性生长的别样信息。自然,这种理解也许更多的是对梁启超理论的主观阐释而已,毕竟见诸小说发展历史的梁氏理论更钟情于小说叙事的"宏大主题"与"社会动员"力量,但是,重新解读中的"误读"也正是发掘既有阐释中的"盲点"的过程,我们惯于追随小说史叙事的"核心"线索,无形之中压抑了中国小说现代性发生与命名之际更细微复杂的现代性内涵。同时,被主流叙事遮蔽的小说生长潜质,虽然一时并未在文学史凸显,但仍然为丰富文学发展的可能性储备潜能。仅就梁启超个人而言,在小说界革命的崇高理想遭受民初小说重创之后,他一方面虽仍然对新的小说取向发难,另一方面其小说救世的使命感也不免消沉了许多,用夏志清的话来说:"令人惊奇的是,他不仅谴责纯属当时的作品,连此前十年的作品也被他一并否定。……梁启超依然相信小说对社会的巨大力量,但他年轻时对新中国的幻景已然消失,提倡政治小说的雄心也就因不满现状而消沉。他觉得小说家只要能记住他们对社会的道德义务也就够了。"① 这种"历史意识"的弱化与"伦理关切"的发生,除了现实刺激之外,深植于其小说理念之中的人性情怀也应是一个缘由。在现代性反思的视野中,对包括梁启超在内的这种观念变化、认知调整与情感回旋,首先并不是一个需要进行价值判断的问题,毋宁说这些变换一再为我们提供着追问小说现代性何以如此发生又何以如此演化的有益思路。至于梁启超在小说接受心理与审美效应方面做出的阐发,更可置

---

① 夏志清:《新小说的提倡者》,收于《人的文学》,夏至清著,辽宁教育出版社1998年版,第82页。

于小说文体的"文学性"视野中来考量。"抑小说之支配人道也，复有四种力：一曰熏。熏也者，如入云烟中而为其所烘，如近墨朱处而为其所染。……二曰浸。熏以空间言，故其力之大小，存其界之广狭；浸以时间言，故其力之大小，存其界之长短。浸也者，入而与之俱化者也。……三曰刺。刺也者，刺激之义也。熏浸之力利用渐，刺之力利用顿；熏浸之力在使感受者不觉，刺之力在使感受者骤觉。……四曰提。前三者之力，自外而灌之使入；提之力，自内而脱之使出，实佛法之最上乘也。……小说之为体其易入人也既如彼，其为用之易感人也又如此，故人类之普通性，嗜他文终不如其嗜小说，此殆心理学自然之作用，非人力之所得而易也。"① 像这样从接受时空、心理共鸣和美感升华等诸种角度对小说的文体特质细加解说，不能不视为中国小说文体自觉的一个具体体现。如果说借小说以启蒙的历史功利主义观念促发了小说由边缘走向中心，从而在小说功能论意义上完成了对传统小说观的一种克服，那么，对小说文体本性进行认知的自觉意识及其某些结论，则在小说本体建构上显示了新的可能。后者对于颠覆传统的小说偏见、完善小说现代转型的文体内涵尤其富有意义。

诗学关切：小说理论与批评的现代体认

实际上，在中国小说现代性发生之际，虽然追求小说历史化功能的呼声占据主流，但小说界也的确存在一种关心小说诗学问题的声音，从而成为一股小说变革过程中的自我制衡的力量。这种自我规约的作用也许的确难以令人满意，但它的存在本身却对中国小说的转型与持续发展具有价值。像上文所言梁启超自身理论中的"双重性"，就是这种自我制衡的一个曲折体现。更值得关注的是，有一些着意在小说理论与批评本身自觉作出美学理解的小说家或学者，他们的努力尤其为小说现代性的完整命名作出了贡献。"1907年，《小说林》的共同发起人，东吴大学教授黄摩西很明确地谈到小说的艺术。他在《发刊词》中承认小说对人们行为与态度的影响，但也慨叹：'虽然，有一弊也，则以昔之视小说也太轻，而今之视小说又太重也。''今也反是，出一小说，必

---

① 梁启超：《饮冰室合集》（第二册），中华书局1989年版，第7页。

自居国民进化之功,评一小说,必大唱谣俗改良之旨……'于是他请读者检讨一下'小说之实质'。小说毕竟是一种文学,必须要满足美感的要求。一个小说家如果蔑视一切艺术的考虑,而夸口更高贵、更伟大的目的,他便没有履行自己的正常任务;他唯一的成就,'则不过是一无价值之讲义,不规则之格言而已'。黄摩西的《发刊词》对小说之特性及功用之评价,有一番较成熟的了解。在中国文学批评史上,他应该比严复和梁启超获得更高的地位,即使严梁二人对大众有更大的影响力。"① 此外,不少论者都已将周氏兄弟早期的文学活动纳入考察小说现代转型的研究视野当中,特别是他们在表露自己新的小说观念时,显示出既不同于梁启超式启蒙功利主义也有别于将小说与人生相隔断的审美主义的立场:"周氏兄弟投身文艺事业,当然也期望以之改良社会人生,故对梁启超等人之提倡小说界革命颇有好感;但对其以文学为工具,'欲利用其力以辅益群治'却大不以为然,以为'其效亦未可期'。小说当然可以'陶熔其性情'进而改造社会,'有益于人间',但这些都不应该成为文学创作的直接目的。因为'由纯文学上言之,则以一切美术之本质,皆在使观听之人,为之兴感怡悦。文章为美术之一,质当亦然,与个人暨邦国之存,无所系属,实利离尽,究理弗存。故其为效,益智不如史乘,诫人不如格言,致富不如工商,弋功名不如卒业之券','能移人情,文责已尽,他有所益,客而已'。……这种强调艺术的独立价值,不依傍经史,不谋求直接功利的文艺观,在清末民初几同空谷足音。"② 当然,如果对照差不多同时的王国维的文学与美学理念,周氏兄弟的艺术理解还是有同道可援的。如果再将王国维的《红楼梦评论》与晚清新小说家对包括《红楼梦》在内的古典小说先抑后扬却终不免曲解的认识相比较,就更能看出王国维之于小说乃至文学的现代转型的独特意义。王国维从现代哲学与美学的视角来考量《红楼梦》的艺术与伦理价值,对于中国文学现代性的获得具有多方面的意义。他带来了中国"现代"批评的观念与方法,为中国文学注入了现代哲学的内涵,并以具体可见的批评实践使人们直接见证了何谓"现代美术"。特别是以小说这一在当时还未确立自身真正地位的文体来作美学批评的对象,显示出王国维在艺术审美上的过人之处。如

---

① 夏志清:《新小说的提倡者》,收于《人的文学》,夏志清著,辽宁教育出版社1998年版,第76页。

② 陈平原:《二十世纪中国小说史》(第一卷),北京大学出版社1989年版,第142页。

果说梁启超为小说戴上了一顶耀眼的"历史"桂冠,从而使小说获得第一次文体解放的话,那么,王国维则为小说充实了深邃的美学内涵,从而为小说艺术品格的真正确立奠定了基石。同样身处中国现代化意图正式萌生并日益转化为急迫的社会行动的历史时段,同样参与了小说观念脱离传统束缚的文学变革过程,王国维却没有像梁启超那样在小说功能论上重复传统的文学观念,没有继续强调"道统"对文艺的统摄,他的小说与文学认知中也没有那些过剩的政治理念,甚至他也不像梁启超等人那样致力于追求政治与当时新小说实践的"互文"效果(包括直接进行新小说的创作实践),王国维将目光投向了古典,却显示出富含"现代质"的新内涵。这种新内涵既包括他从传统小说中阐发出的现代悲剧哲学的艺术与人生观,更包括在其中体现出的现代性尤其是审美现代性的复杂一面。相比之下,主流小说家的启蒙理念所体现出的现代性图式要单纯和透明得多。而对于王国维来讲,其学术与人生过程中更多透发的是一个在新旧、美善、知识与审美之间敏于感受全部复杂性的哲人心事。"余之性质,欲为哲学家则感情苦多而知力苦寡,欲为诗人则又苦感情寡而理性多。""哲学上之说,大都可爱者不可信,可信者不可爱。余知真理,而余又爱其谬误。""知其可信而不能爱,觉其可爱而不能信,此尽二、三年中最大之烦闷。"① 王国维的这些"经典"自述其实也正言及了自康德以来"现代性"自身不同价值向度之间的矛盾所在。联系到王国维本人的西方哲学的知识背景,对于其学术与人生执念中的这些"现代"困惑的认定应是毋庸置疑的。而对于我们的小说现代性论题而言,王国维无论是借《红楼梦》阐发的艺术感念,还是他在其他学术语境中的论说,既让人看到了审美现代性意识的觉醒,同时也让人感知到某种陷入"审美主义"困苦中的矛盾心境,这种复杂意蕴之于中国文学现代性的发生而言,就不仅具有完善"现代"内涵的意义,更衷露出中国文学现代性在最初便已具有的深度。从强调"美术"之独立价值到肯定审美超越之于生存世界的意义,王国维所表达的美学思想确实与康德意义上的知情意分立、审美判断作为认知与实践的桥梁以及叔本华的悲观主义哲学、审美独立及其超越性这一脉"现代"思想的源流相关联。"吾人之知识与实践之二方面,无往而不与生活之欲相关系,即与苦痛相关系。兹有一物焉,使吾人超然于利害之外,

---

① 王国维:《静庵文集》,辽宁教育出版社1997年版,第160—161页。

而忘物与我之关系。……然则非美术，何足以当之乎？……故美术之为物，欲者不观，观者不欲，而艺术之美所以优于自然之美者，全存于使人易忘物我之关系也。"① 寻找审美的特质、为感性立法，这一理路不仅凸显了一个独立的艺术判断力，而且泄露出现代性的内在张力。"从现代性问题的发生这个角度来说的话，这种对审美或判断力的重要性的强调，具有双重含义。一方面与现代性的目标相一致，表达了人企图确立自身心灵的准则，按照自身的逻辑来行事，而不是按照外在的或来自神启或来自传统的指令来行事的强烈愿望。因为，审美独立是人的精神独立的一部分。这是宗教所代表的世界的整体性与统一性分崩离析之后，人的主体性出场的重要标志之一；另一方面，审美独立问题的提出，本身也是现代性内在矛盾的反映：单纯从理性的原则出发，或从悟性的原则出发来面对现代性问题，已经显出了局限性。归结起来，前一个方面构成了现代性与前现代性的紧张；后一方面，则构成了现代性内在的紧张，或者说，一种现代性症候。"② 前文说过，在中国现代性命名之初，历史现代性不仅构成了一种权威话语，而且自身又是价值自明的，这从梁启超等人对小说历史功能的热切肯定以及以此为尺度所进行的小说评判中即可一再见出；在此背景下，王国维对审美独立问题的阐发，既是回归文学本性的一种纠偏式的努力，也为我们呈现出了现代性的多维价值及其不同指向。而对于王国维自身的文学观念来说，其"审美主义"的话语逻辑本身同样能够引发人们对现代性内在制衡与失衡结构的反思。在中国现代文学观念的演变过程中，艺术本体论的话语模式显然可以以王国维作为一个重要源头，而将审美置于科学与伦理原则之上从而追求审美超脱的艺术神话同样可从王国维论起。只是在王国维那里，对生活世界的认知、伦理层面的关切与艺术自身的价值并未真正断裂，"美术一务，在描写人生痛苦与解脱之道，而使吾侪冯生之徒，于此桎梏之世界中，离此生活之欲之争斗而得暂时之和平，此一切美术之目的也"③。但此后所衍生出的某些艺术至上论者，由于知识背景、社会关切以及美学深度的差异，就往往失去了上述这种生活认知、伦理解救与悲剧性美感价值之间的应有联系。

中国小说试图克服传统、寻求转型之际，其"现代性"品格的获得的确有

---

① 王国维：《静庵文集》，辽宁教育出版社1997年版，第67页。
② 张辉：《审美现代性批判》，北京大学出版社1999年版，第87页。
③ 王国维：《静庵文集》，辽宁教育出版社1997年版，第72页。

多重体现。对于当下新的小说史叙事而言,这些多元现代图式中的显在景观(如已成话语定势的小说界革命)固然是我们必须面对的主题,而那些曾经遭受压抑的不同的"现代"指向或"现代"焦虑,无论它们是在历史抑或审美层面,也同样需要我们认真面对。只有在呈现出一个相对完整的"现代性"发生与命名过程的前提下,中国小说现代性问题的反思才会不失依凭并能渐趋坐实。

[原载《山东大学学报》(哲学社会科学版)2006年第1期]

诗化叙事与人生救赎
——中国现代小说中的审美现代性

现代性话语作为中国现代小说发生与展开的"合法性"依据而成为小说叙事的核心语义与价值指归,这已经是在文学史中不断见证的事实。然而,在现代小说自身表现以及对其所进行的研究阐释活动中,真正构成现代小说最高规范的也许只是"呼唤现代文明"式的现代性历史叙事。在这一话语规范的统摄下,现代小说一方面获得了从传统中挣脱的可能和根据,并充分参与到新时代的历史建构活动当中,另一方面也在普遍意义上的历史进化信念与中国语境中的现代民族国家复兴道义的双重作用下,形成了某种"失衡的"现代性诉求。在原本意义上,小说作为文学想象的一种具体方式,其叙事题旨主要为作家的情思表现和文体形式所规引,其现代性感念的表达并不意味着是对现代观念的完整解释,因而也就无所谓"失衡"一说。然而,我们在既有的文学史阐释中所发现的某种偏颇,是小说传达的与历史进化与社会解放的宏大主题相一致的"现代"意识,不仅仅被视作文学史上的一种价值,它所具有的解释力量还显得过于强大,以致成为某种针对那些本应具有自身合法性的小说多元叙事的话语霸权。现代性之所以能够成为文学生长与文学史阐释的一大枢纽,不仅因为其具有解释历史的巨大力量,更重要的还在于"现代"价值内在结构的不能自足及其价值理念的未完成性,审美的现代性指向既是其中的一支结构力量,又经由多元化的文学世界不断表现出现代性的内外冲突。对于中国现代小说而言,那些凭叙事主体的诗性自觉或人生智慧游离并挣脱了现代性中心话语规约的小说文本,在小说主流叙事之外构筑了一个审美反思的视野,从而获得了艺术表达与主体生命的某种自由。

"抒情小说家"的文体意识与文化自觉

审美现代性虽然最初与现代历史的进步价值理念一同反抗传统的宗教规范与政教伦理,但随着现代历史的逐渐演进,美学意义上的现代内涵更多地依靠感性生命、情感本能与诗意人生得以建立和展开,而现代性在历史层面则更多地强调理性法则、科学主义与统一伦理,审美主体渐渐感受着进而不满于感性自我与诗性生活的遗落。中国现代小说对现代社会与现代国人的想象与表现,自然既包含着上述两种指向,同时也会显示出对单一的历史价值的某种规避、困惑乃至艺术抵抗。这是现代作家对现代性内部固有冲突所作的富有张力的表达,也体现着现代文学在表现现代主题时应有的审美丰富性与思想深度。真正接受了浪漫主义文学精神的小说家们自然在创作心理与文化感念中认同在西方文学史上最早起来抵抗单一的历史进步法则的诗学传统:"在启蒙理性昂扬奋进的现代性主旋律中,浪漫主义与唯美主义的美学曾经掺入一些不大和谐的调子。在对感性的充分肯定中,直接包含着对于人与自然的亲和性、个体的充分的自在自由的肯定;而这些却正在被大幅度变化的文明所破坏。审美的现代性由此产生了一个重要的主题,便是以审美的个体感性去反抗现代化进程对人性的异化。审美的现代性,即是寻求重构审美主体的现代性,以审美之力重新激活对生命的直接存在和快乐幸福的渴望。"① 虽然这种对一般意义上的现代性审美诉求的概说不一定与汉语语境中的美学意识完全吻合,但其基本的诗学取向则是一致的。

在现代小说中,浪漫情思、宗教情怀、传统怀抱以及现代主义的斑驳色调往往一并汇成逸出历史现代性规范的叙事支流,表达着中国作家更为丰富的现代想象与文化体验。中国现代小说在寻求新的叙事资源与叙事主题时,反省了自身文学传统中的"道统",但也难以在西学新知与"现代"价值那里得到真正彻底的新生。如果说"民主""科学"等新的理念能够有效地缔造一种启蒙直至革命的新的小说叙事,那么这种"现代小说"还不足以最终填补脱离自身叙事传统后小说家们所感觉到的意义缺失与文体建构的不足。也就是说,拥有田园与乡土记忆和诗化的人生态度的中国现代小说家们有充分的心理基础与审

---

① 吴予敏:《美学与现代性》,西北大学出版社1998年版,第149页。

美传统去觉察继而试图克服对现代小说文体与文化底蕴上的不满。所以,在中国现代小说中,既有老舍式的文化民族主义情怀通过对"北京"新旧文化的不同取舍所表露出的现代批判,也有20世纪30年代新感觉派小说对"上海"代表的现代都市文明"既爱又恨"的直接感知。这两种不同的小说叙事虽均寄寓着现代性反思的内涵,但其诗性资源又分别来自中国传统和西方社会。即便是老舍自己,其小说所表露的文化理念中也是以西方思想与文化作为主要参照的"国民性批判"与充满古典精神的"老北京神韵"俱存。同样,在沈从文、废名、师陀、冯至、许地山等人的小说叙事中,我们既可以窥探到源于中国审美传统的意绪,也能够寻找出欧美现代文化与艺术精神的显现。也许,强调这种所谓的"双重审美意识"本身实际上仍未走出历史现代性对审美话语的遮蔽,因为现代性的审美指向显示的正是现代理念本身的问题和现代人的反拨意念,无论处于何种历史文化语境,其呈现出的叙事景观都不脱现代性这一共同的视界,过于强调小说审美话语对中国特有的历史文化困境的应对作用,仍然是以社会历史发展的需要衡量小说的美学追求是否具有合理性。对本文的论题而言,"审美救赎"的所指无论有着怎样的诗学与知识学背景,其自身功能都是一致的:"救赎"一方面标示出审美主体的解脱之路,另一方面也是对小说文体的一种解放。

  沈从文的《边城》在这里再次成为一个考察现代小说叙事革新的经典文本。虽然沈从文这样的作家并不直接标榜浪漫主义或其他什么主义,但小说家提供的文本却构筑起了一个真正意义上的诗境。《边城》中没有强力英雄或个性张扬的人物,却一再体现着一股浪漫主义文学所应有的审美指向——体式的自由与文化上对"前现代"情韵的缅怀。小说背景的原始色彩为沈从文凸现自己的理想人生模式提供了极佳的艺术空间。这中间没有"现代文明"的浸染,没有生命的迷失与异化,每一个人物的爱恨悲欢都源于人性的本真形态,也都体现着自然向上的生命活力。湘西这个化外之地、世间桃源成为沈从文心目中理想人性得以展开的场所,《边城》是一个最典型的例证。原始生命的赞歌也是以《边城》为代表的诸多抒情小说与散文的主调,追求"现代"与守护传统、历史进化与人的"诗意生存"之间所蕴含的美学与文化价值意蕴,也理应是作家要表现的诸种冲突的要义所在。在这样一个背景上进入沈从文的"边城"世界,可以更加自觉地理解其包含的现代性自我批判意向和复杂的"乡土"情怀。作为一个沈从文式乡土叙事的经典文本,《边城》在初读之下想必都会促使人们自然而然地神往于沈从文构筑的那个遥远的边地"桃源"。沈从文对于自然总有一种认同感,所以《边城》构建的生命世界远远要比现实生活中的生命世界悠远鲜活得多。沈从文无意将人与人之外的世界自相隔离,而是将二者非常和谐地融合在一起。"人"这一被"历史现代性"重新塑造的理性主体,在沈从文式的新叙事中,不再与自然相对立,而是与那块原始古朴的生命天地以及其中所有的生灵自然沟通、相互印证,人物认同的是自我的天然身份,正如"翠翠"这一传神隐喻所透露出的人与自然原始的同一关系——小女孩的名字正来自竹黄遍野、翠色逼人的环境。"桃源"世界总会充盈着一种原始的人情美,《边城》自然非常突出。城里河水猛涨时,沿河的吊脚楼有时难免被冲走,这时便常常有人驾了小舢板,搭救洪水中落难的妇人与小孩,也顺便打捞起一些东西。这些爱利也仗义的诚实勇敢的人,正是用他们强健的体魄、冒险的勇气、质朴的心地,再加上一些可爱的缺点,显示着边地人真率淳朴的天性。

《边城》长达 7 万余字的篇幅自然不仅仅是为了让我们领略那种抒情散文式的叙事之美,如同沈从文以充盈着诗意的文字突破了小说写实的惯例一样,他在《边城》里所抒之情也以深化了的乡土之情打破了人们对田园之美的浅近体验。诗化小说若是仅仅唱出牧歌情调也就无法显现更为深切的现代忧思。从和谐到痛苦,从"边城桃源"到有缺憾的人生,沈从文体现着对"历史"的浪漫反拨,同时更自觉地强化着诗化小说的这一叙事指向。细读《边城》,我们将发现小说里暗含着一个被作者平静的叙述轻轻带过却令读者无法平静和忘怀的故事——翠翠母亲那段美丽的令人伤心的恋情,其最终结局是令人断肠的:一个伴随自己爱之梦的幻影一同幻灭,一个让清清的溪水带自己去实现生不聚首死相依的誓言,留下的只有那个可怜的孤雏——翠翠。翠翠的祖父便一直承受着这样一个凄凉的回忆。小说中的祖父实际上重新陷入忧郁之中,因为他觉得翠翠的一切全像那个母亲,而且隐隐约约便感觉到这母女二人共同的命运。从祖父永远讲不完的故事中翠翠也听到了自己父母的故事。在《边城》的叙事中,这个动人而忧伤的爱的故事不但留在祖父的记忆中,而且也似乎并未完结,因为还留下了一个翠翠。正是翠翠使沈从文在叙述中化为一个遥远的暗示的这段故事不再仅仅是一个背景。

《边城》这样的诗化叙事总是在不经意间透露其对人生困扰的深切思量，沈从文这样的作家更是擅长用微妙的情感连线的细微波动消解对人与事的简单理解，由此而来的叙事未免变得复杂了。这种情感连线的波动在翠翠心中呈现得虽朦胧却也更真切。仿佛又是命运无情地将她置于一个两难的选择困境之中——选择的两端都是人间至情，两种肯定性价值之间的选择无疑比通常的是非选择更为痛苦。也就是说，爱的向往与亲情的依恋正是翠翠都不能无视的美好的东西，沈从文有意将二者缠绕在一处，让人物无法理清。这正表达着人的存在悖论：正是那些美好的东西而不是丑恶的东西使生活变得真正的艰难。小说第十三节的一段精彩叙述几乎写尽了翠翠微妙的心理。静谧的黄昏之所以让翠翠觉得有点儿薄薄的凄凉，是因为她在成熟的生命中觉得好像缺少了什么。好像眼见得这个日子过去了，想要在一件新的人事上攀住它，但不成。好像生活太平凡了，忍受不住。翠翠对自己心底萌生的那份爱的渴望促使她希求冲破眼前早已习以为常的平实的旧有的生活格局，去寻找自己也说不太清的幸福。于是胡思乱想，要坐船下桃源县过洞庭湖，让爷爷满城打锣去叫她，点了灯笼火把去找她。奇异的遐想带给翠翠莫名的兴奋，以至于越发放纵情思：好像故意跟祖父生气似的，出走后祖父无论怎样也找不到她，无奈之下，竟要拿刀去找，然后杀了她……沈从文不惜用了这样一段弗洛伊德式的梦境来表现翠翠潜意识中那种离开过分熟悉而平淡的生活也就是离开渡口和祖父的愿望，只是走出梦境的翠翠无法果真如此。沈从文对上述"白日梦"的叙写也刻意节制，翠翠自己便已被"梦"吓醒，跑向溪边望着暮色之中的渡船和忙碌的祖父。

  诗化小说在清新淳厚的桃源叙事背后，也时时流露出对一种不能自知的蒙昧人生的忧思，对平凡生活中那些无法抵御的仿佛命定的悲剧人事的关注与同情。沈从文作为一个典型代表自然深含这种感伤气息，这种气息使他不止于进行山水风物的自然刻写，并成为其不同于其他浪漫抒情作家的一个标志。值得注意的是，正是这些悲剧性因素触发了沈从文对于生命本身的巨大关注，无论是生命的自然与活力，还是生命的脆弱与夭折，都会引起沈从文的精神呼应，在他笔下，最终歌唱的对象是生命本身。他的全部生活感兴都离不开对湘西世界的直面与怀念，他要从湘西世界中体味出爱与美、痛苦与不幸，直至重新发现一种真正合理的生命形式。沈从文的小说在给人一种怀古的幽情、一次无奈的苦笑甚至一个噩梦的同时，也许更能给人以勇气与信心。对湘西的向往与肯定实际上是这种生命意识的一种流露,以这种生命主题超越自己充满矛盾的乡土记忆与体验。

诗性追求中的叙事自由与人生解脱

　　诗化叙事的文体解放既已关乎人生救赎的文学主题,那么,此类现代小说的叙事革命实际上可以支撑起文学史的重要一维。可以说,"诗化小说"就是现代小说拓展出的叙事新天地,这也正可以有效地化解那些对现代作家叙事局限的不满或遗憾。像夏志清在《中国现代小说史》的结论部分就曾提及象征主义与中国大部分作家的隔膜:"象征主义运动是针对自然主义与科学的实证主义而发的,因为这两种主义的论调贬低了西方的生命与艺术价值。可是中国的文学革命措施却相反,把希望寄于 19 世纪的民主、科学与自由主义上——而这些绝对性的价值,正是象征主义者要摒弃的东西。"① 而在我们看来,那些不同程度地摆脱了小说既定规范并在叙事艺术与文化反省上具有相当自觉意识的"诗意抒情的"小说家们,实际上也已构成了中国作家"现代"叙事的一股不容忽略的力量,他们之于中国现代小说生长所发生的作用恰恰是既调整了中国作家看取"现代"的视角也丰富着小说叙事的方式,对于夏志清所说的小说史上的缺失也是一个有力的补救。

　　所谓"诗化小说"也恰恰正是与夏著中所属意的"象征主义"关联紧密,西方文学中的象征主义思潮不仅在诗歌上大有收获,而且影响到小说文体的重新确立。象征主义诗人甚至否认存在一种远离诗歌的小说,也就是将小说的诗性品格强调到极致。诗的表现与小说的叙事相互交织融会,这种文体的创新是象征主义者所刻意追求的目标。而中国作家在这种文体创新中的思考与尝试,也正表明中国现代小说与象征主义的美学精神相贯通的一面。吴晓东等论者对诗化小说的文学史源流有过细致梳理。"抒情诗的小说的概念,尽管侧重强调的是小说中抒情成分对经典小说结构模式的冲击,但仍于无意中预示了中国现代小说一种类型的创生,即'诗化小说'。这种小说的诗化倾向与西方小说 20 世纪的历史发展大体上保持一种同步的进程。在创作领域,则有废名、沈从

---

① 夏志清:《中国现代小说史》,复旦大学出版社 2005 年版,第 323 页。

文、何其芳到冯至和汪曾祺构成了一条贯穿性的线索;在小说观念领域,则有沈从文提出了'象征的抒情'的概念并进而向他后来的'抽象的抒情'衍化;汪曾祺也在20世纪40年代探究'纯小说'的范畴;同时,朱光潜、刘西渭和唐湜等人的批评实践也对'诗化小说'的发展起了推波助澜的作用。"① 除了这些小说创作与批评中的"诗化"表现之外,从20世纪20年代初周作人对库普林小说的介绍到20世纪30年代中期下之琳对里尔克、保尔·福尔等人的诗体小说的翻译,再到20世纪40年代纪德、乔伊斯、伍尔夫、普鲁斯特直至卡夫卡这一脉现代小说或浓或淡的影响,小说体式与内质确实发生着某种新的审美自觉。从一定意义上说,现代小说中的诗化叙事最终建构起了一种真正独立的小说话语方式,在意义重建的多重语义(历史、文化、审美及其各自在不同时空向度上的展开)激荡中,小说不仅参与了这一场"现代"世界的话语狂欢,而且不再付出失落自身叙事品格的代价。无论小说家们的诗性理想指向何方,叙事主体连同叙事活动本身都已见出获得应有解脱的可能。在进入具体文本个案之前,我们不妨对照一番沈从文与汪曾祺这两位有着前后师承关系的"抒情小说家"对"诗化小说"意趣的体认。沈从文在20世纪40年代初论及"短篇小说"创作时有意将小说与绘画和雕塑等加以比照,在当时普遍贬抑小说"艺术"取向的背景中,沈从文坚持认为小说作者"能从一般艺术鉴赏中,涵养那个创造的心,在小小篇章中表现人性,表现生命的形式,有助于作品的完美,是无可疑的",而小说写作"应当把诗放在第一位,小说放在末一位。一切艺术都容许作者注入一种诗的抒情,短篇小说也不例外"②。沈从文实际上在两个层面上赋予小说诗性的品格:对诗的认识使小说作者产生对于语言文字的特殊敏感和必要耐心,同时诗情诗意也带来作者对于人性的智愚贤否、义利取舍的敏感与不同感受。经过诗情的涵养,小说家不但能于平凡哀乐中接触人生,而且能够理解诗人式的人生感慨,以此为小说写作的资源与动力,作品的深刻性就必然因之而增加。沈从文最终的结论便是:"至于从小说学小说,

---

① 吴晓东:《现代"诗化小说"探索》,《文学评论》1997年第1期。
② 沈从文:《短篇小说》,收于《二十世纪中国小说理论资料》(第四卷),钱理群编,北京大学出版社1997年版,第112页。

所得是不会很多的。"①20世纪40年代后期,汪曾祺更加明确地表露出对纪德提出的"纯小说"的向往,虽然他心目中的"纯小说"较之纪德的概念已有所调整。汪曾祺同样从两个层面表达小说诗化的理想:首先,小说的纯粹性并非指叙事本性的强化,恰恰相反,"纯小说"须经由一番诗性提炼方能生成,不应固守经典小说的叙事原则、排斥其他文体特别是诗歌语言的表达方式,"一般小说太像个小说了,因而不十分是一个小说","我们宁可一个短篇小说像诗,像散文,像戏,甚至什么都不像也行,可是不愿意它太像个小说,那只有注定它的死灭。我们那种旧小说,那种标准的短篇小说,必然将是个历史上的东西"②。在20世纪诸种文体都已与前一世纪大异其趣的背景下,汪曾祺对中国小说的保守性(所谓"我们的小说仍是18世纪的方法")深表不满;除了这种对"现代小说"的呼唤之外,汪曾祺对小说诗化理想的体认还有一个指向,那便是对沈从文强调"表现生命的形式"的小说观的延续,这也是汪曾祺对那种指"纯小说"为"唯美主义"的批评不以为然的原因。小说"是一种思索方式,一种情感形态,是人类智慧的一种模样"③。在这里,小说文体的解放、诗性语言的营造与叙事主体的精神自由和生命存在并未失去应有的联系。

如果联系到中国小说现代性的发生,我们也许会意识到,"诗化小说"接续的更多的是王国维曾经表现出的现代性理路,既强调小说的审美特性,又不忘与人生"救赎"关联,而这种小说的拯救功能与强调"小说救世"的社会历史意义的不同在于,诗化小说参与中国现代性建构时的身份不再是一种似是而非的角色,不再需要经由后者的认定方可获得自身的价值依据,小说叙事本身即构成一种具有独立语义功能的现代性话语,其文体表层的形式更新(针对小说叙事成规而言)与文体深层的诗性向度(针对现代性历史叙事而言)一并构成了一种"现代人"理应拥有的现代审美精神。如果我们再联系欧洲现代小说的发生情境,则会发现诗化小说的叙事指向与之同样暗合:"在近四百年来的哲学和科学遗忘生

---

① 沈从文:《短篇小说》,收于《二十世纪中国小说理论资料》(第四卷),钱理群编,北京大学出版社1997年版,第112页。
② 汪曾祺:《短篇小说的本质》,收于《二十世纪中国小说理论资料》(第四卷),钱理群编,北京大学出版社1997年版,第432、439页。
③ 汪曾祺:《短篇小说的本质》,收于《二十世纪中国小说理论资料》(第四卷),钱理群编,北京大学出版社1997年版,第442页。

活世界的同时，一种全副心思关注生活世界、勘察个人的具体生存的学问有声有色地形成了，这就是近代欧洲小说的兴起。生活世界中总得有某种思想要理解人的具体生活，小说就是这样的思想，它甘愿与一个人的生命厮守在一起，这就是小说存在的唯一理由。小说询问什么是个人的奇遇，探究心灵的内在事件，揭示隐秘而又说不清的情感，解除社会的历史禁锢，触摸鲜为人知的日常生活角落的泥土，捕捉无法捕捉的过去时刻或现在时刻，缠绵于生活中的非理性情状，等等。"① 在此意义上，诗化小说引发了中国小说现代性的一次重新命名，或者更准确地说，小说审美现代性的觉醒有效地填补着"小说界革命"一直到五四文学变革以来现代性诉求的某种"结构性缺损"（黄子平语）。这种"缺损"或曰"失衡"的结构实际上也是中国现代新文化的自身缺失。陈来在《五四文化思潮的反思》一文中指出："近代文化的发展也是恰当地运用了'传统'的观念和力量，从传统汲取所需要的精神资源。文艺复兴和启蒙运动所代表的文化取向尚不足以反映整个西方近代文明的全貌。诚然，近代西方文明的基本特色是启蒙运动后'理性'发育出的新政治制度和新科技体系（民主与科学）。但是，基督教经过宗教改革转化为与近代社会仍然可以结合的价值系统。它与启蒙运动养育的文化方向是西方文明中两个互补的要素。不仅如此，在西方近代以来的人文文化发展中，不但黑格尔总体上对启蒙运动的形而上学提出批评，浪漫派和历史解释学也提出对启蒙运动一些基本观念的修整。近年来更有学者经过研究发现，文艺复兴事实上也曾受惠于中世纪的宗教文化，所有这一切使我们更加深切地体察到近代化过程中文化运动内部'传统-现代'问题的复杂性。"② 面对这样一种在新与旧、变革与守成、历史与伦理、东西古今以及价值理性与工具理性之间的不平衡，诗化小说（包括后文将要论及的其他富于叙事主体自觉的现代小说）没有简单地认同历史叙事，与主流小说对上述不完整的小说主题的肯定性呈现或有意遮掩不同，通过写实之外的心理表现、理性之外的宗教情怀、现代之中的传统意绪，有效地克服了心灵单一化、粗俗化所带来的叙事局限，以形态各异的修辞话语构筑了对现代性历史叙事的批判视野，在文体形式和文化理念上使小说叙事获得了双重解脱。

---

① 刘小枫：《沉重的肉身》，上海人民出版社1999年版，第114页。
② 陈来：《传统与现代》，北京大学出版社2006年版，第32—33页。

小说惯例的颠倒与审美意识的回归

诗化小说文体界限的开放性也为不同叙事题材的表现提供了新的美学空间。以小说史中的乡土小说为例，其文体本来就并不是建立在体式一律的基础上，而主要是基于一种题材的自觉。在诗化小说的视野中，乡土小说表现人生的空间自然更加得到自由拓展。实际上，尽管乡土小说中的主流乡土写实派深受鲁迅叙事意趣与笔锋的影响，但其中的大部分作家于写实之外也都有几副笔墨，其乡土批判与复杂的人生意绪及艺术感念常常是并存的。如王鲁彦小说中的伤感与悲悯，对生死人鬼题材的叙述多少带有鲁迅作品中的"死"与"鬼"的意象特征。当然，鲁迅小说与杂文中的"死"的意象与其精神深层有着更为深刻的联系。日本学者伊藤虎丸专文论及"鲁迅之生命论与终末论"，指出"鬼"在鲁迅小说与杂文中的巨大象征内涵，如《祝福》中主人公的想象与难以更易的盲信、《女吊》中的怨鬼以及"阿Q"的大结局等等。在这些鬼或即将成为孤魂野鬼的意象上，寄寓着鲁迅对乡土中国的悲悯与深思[1]。前文讲过，鲁迅对启蒙理想有过不少反省与犹疑，而论者在这里言及的是"鬼"这种中国文化中底层的一种存在，理性之光照不亮的所在，鲁迅在这里发现了启蒙知识者的盲点、无力与虚伪。王鲁彦的小说写到民间的生死人鬼问题，颇有鲁迅的风格，只不过寄意不深而已。此外，王鲁彦小说中的抒情与梦幻叙事，许杰小说中乡村的原始性与都市的浪漫性及其所受郁达夫小说的影响，都可在此显示出写实之外的韵味。杨义从许杰的信函及其他旁证材料中就曾得出结论，许杰的创作经历三变：乡土小说——浪漫抒情与心理小说——复归乡土。而蹇先艾是短篇小说高手，也曾是一位新诗诗人，而且受到闻一多、徐志摩等人的影响[2]。鲁迅在《中国新文学大系·小说二集导言》中也曾说到另一位乡土小说作家黎锦明的叙事风格："他大约是自小就离开了故乡的，在作品里很少乡土气味，但表现着楚人的敏感和热情。"[3] 凡此种种，都显示出即使在乡土文学的主流作家那里，单一的写实与乡土批判都是不存在的。

---

[1] 伊藤虎丸：《鲁迅的"生命"与"鬼"》，《文学评论》2000年第1期。
[2] 杨义：《叩问作家心灵》，中国社会科学出版社2000年版，第115页。
[3] 鲁迅：《中国新文学大系·小说二集》（影印本），上海文艺出版社2003年版，第11页。

我们在考察现代小说叙事变迁时尤其要加以关注的是"乡土写实"之外的乡土抒情小说,自然就更加强化了叙事中的情感与诗意。废名就是进入我们视野的这样一位自觉构筑乡土小说诗境的代表作家。正像前述几位"写实派"作家颇得鲁迅器重一样,废名也深受周作人赏识。冲淡的叙事、简洁的文字、平实的人生、空灵的意境,这些不难感知的废名式小说叙事特质即足以引发力倡"抒情小说"的周作人的激赏,周作人为废名小说"包写序文",并誉其为新文学转变后一个代表流派。在《〈竹林的故事〉序》中,周作人说:"冯君的小说,我并不觉得是逃避现实的。他所描写不是什么大悲剧大喜剧,只是平凡人的平凡生活——这却正是现实。特别的光明与黑暗,固然也是现实之一部,但这尽可不去写他,倘若自己不曾感到欲写的必要,更不说如没有这种经验。冯君所写的多是乡村的儿女翁媪的事,这固然他所见的人生是这一部分。其实这一部分,未始不足以代表全体。"① 在《〈桃园〉序》中,周作人说:"废名君的小说里人物,也是颇可爱的。这里边常常出现的是老人、少女与小孩。这些人,与其说是本然的,毋宁说是当然的人物。特别是长篇《无题》(即《桥》)的儿女似乎尤其是著者所心爱。那样慈爱地写出来仍然充满人情,却几乎带点神光了。……好像是黄昏天气,在这时候,朦胧暮色之中,一切生物无生物,都消失在里面,都觉得互相亲切,互相和解,在这一点上废名君的隐逸性,似乎是占了势力。"② 周作人所指出的废名小说的人物恰好都处于社会的边缘,与废名小说叙事的内敛风格正相吻合,也符合周作人所标示的简单朴实的人生境界。废名小说之于中国现代小说的意义还可进一步置入现代小说叙事整体乃至与传统文学精神相连接的更大背景上进行考察。梁秉钧曾在《中国现代抒情小说》中论及这一小说传统线索中的废名等人。抒情小说是现代小说主流之外的一条隐约的叙事线索,沈从文、废名最具特色,鲁迅、郁达夫、林徽因、卞之琳也有体现,师陀、孙犁、萧乾部分作品中也有类似风格,20世纪40年代汪曾祺承沈从文、废名,下启80年代的阿城、何立伟等人。捷克汉学家普实克于20世纪五六十年代曾讨论过中国现代文学中的"叙事性"与"抒情性"。普实克从茅盾、郁达夫、鲁迅等人的小说中看出了抒情对叙事作品的渗透,以及惯见的叙事形式的解体。鲁迅的《伤逝》、茅盾的《蚀》三部曲以及郁达夫的

---

① 钟叔河:《周作人文类编》(3),湖南文艺出版社1998年版,第626页。
② 钟叔河:《周作人文类编》(3),湖南文艺出版社1998年版,第629页。

小说往往能够见出某种特殊的语气与气氛，戏剧性被削弱，主观性与个人化叙事则凸显，抒情的色调也较为明显。如同前文所说的"诗化小说"一样，"抒情小说"在梁秉钧文中也得到了中西文学传统及流变上的梳理。在西方学者那里，常把抒情小说称为一种混杂的文体，用小说来达到诗的效果。浪漫主义、象征主义以及现代小说的感性特质和表达方式均可与抒情小说关联。将情节化为诗的联想、呈现一个抒情的视野、表现一个内省的过程、以意象表现经验、把时间作空间化的处理等等，这些诗歌修辞的大量渗透为小说带来了新的文体可能性，心理世界、各式隐喻与象征等可以达到纯粹的叙事无法传达的丰富层次。抒情小说与中国传统的内在关联在这一论述中尤其受到关注。在中国文学传统里，抒情性一直是一个重要因素。中国文学的抒情传统讲求内省、内观，从表达上看，讲求借意象来表达自我。而现代文学源于对传统的否定，这种抒情传统也面临崩溃，叙事法则开始成为一种新的主流美学意识，抒情性反而成了旁逸斜出的支流。在此意义上，诗化小说或抒情小说的存在与发展，不仅丰富着现代小说的叙事结构，而且延续了传统文学的审美境界，其文本创造与其艺术思维一并产生了文化与文学的双重意义，特别是与现代性的二元对立理念形成一种制衡力，中国现代小说与历史叙事之间的话语失衡与制约关系被抒情小说做了一次必要的颠覆。周作人所谓"废名君是诗人，虽然是做着小说"确乎言及根本。相比之下，"废名小说比包括沈从文在内的抒情小说家们的作品更接近诗，情节更简单，叙事性更弱，人物更少，往往只是一种情调、气氛、一些生活的零星片断"[①]。即使《竹林的故事》这种在废名诗化小说中并非最典型的作品，我们也能随处解读出叙事背后流淌不已的诗意。如同废名的诸多小说一样，《竹林的故事》中的人物也十分简单，三姑娘的形象很容易令人想起沈从文笔下的翠翠，竹林、小溪、茅屋、菜园以及和气的老汉与路人，都在营造散文诗般的情境。这种叙事场景中的故事其实并不是作者最关心的部分，也并非读者最瞩目的对象，全篇的叙事似断似连，不变的是三姑娘清新可人的笑容与天真洁净的性情。不必说种菜打鱼的劳作、灶前屋下的日常闲情，就是写到老人的谢世、孩童的过于乖巧带出的伤感等等情节，废名也愿以轻灵平淡

---

① 梁秉钧：《中国现代抒情小说》，收于《中国现代文学新貌》，陈炳良编，台湾学生书局1980年版，第117页。

的笔墨点染而过，并不留下什么激烈的情绪波澜。实际上，竹林里发生的故事的底色也有一种令人伤怀的色彩，像叙述者对三姑娘成年后的惋叹就是一种由衷的伤感，但我们读到的文字仍是无声无息的，恰如三姑娘在沙土地上踏出的印痕，风云流水，起起落落，我们看到的不过是三姑娘一个遥不可及的身影而已，这正是废名的独特叙事带给我们的一份乡土情愫。有了这种源源不断的乡土底蕴、永驻内心的诗化人生的情致，无论遭遇何种心理或现实的羁绊，天地都不失其明朗，生命也有了自由解脱的可能。在历史进步的宏大主题上，这种"竹林故事"般的叙事并未有新的表现；对启蒙乃至革命文学所规定的小说体式而言，这种诗化叙事也并不合乎狭隘化的"现代"规范。然而，正如前文所论及的，现代小说存在与发展中的文体裂变与生命意识却又着实呈现了出来。

　　文学史家如司马长风等大都注意到，废名也是一位新诗诗人，并有《谈新诗》《杜甫研究》等诗论。废名自己说过："就表现手法来说，我分明地受了中国诗词的影响，我写小说同唐人写绝句一样，绝句二十个字，或二十八个字，成功一首诗。我的一篇小说，篇幅当然长得多，实是用写绝句的方法写的，不肯浪费语言。这有没有可取的地方呢？我认为有。运用语言不是轻易的劳动，我当时付的劳动实在是顽强。读者看我的《浣衣母》，那是最早期写的，一支笔简直就拿不动，吃力的痕迹可以看得出来了。到了《桃园》，就写得熟些了。到了《菱荡》，真有唐人绝句的特点，虽然它是五四以后的小说。"① 从生涩苦吟到灵动自然，废名小说颠倒小说惯例、营造抒情气氛、表达化外风味的意图的确是渐渐达到了某种自身的完满。实际上，这种"完满"也成为现代小说审美意向所能标示出的一个高度。杨义、梁秉钧包括废名同时代人都曾指出《桃园》与"意识流"手法的某种暗合，废名自己在事后读过伍尔夫的小说后，也大体认可自己与之相似之处。与此同时，汪曾祺则更着意于体味废名"将晚唐诗的超越理性、直写感觉的象征手法移到小说里来"②，可见，交织着多重抒情底色的废名小说不仅借助文学想象克服了现实矛盾，而且经由不同文化语境中共有的诗意感知方式与内涵的贯通，审美地解决了在中国现代性叙事中时常夹缠不清的"古今中西"之类的话语困扰。这虽然只是所谓"审美主义"的幻

---

　　① 废名：《冯文炳选集》，人民文学出版社1985年版，第394页。
　　② 梁秉钧：《中国现代抒情小说》，收于《中国现代文学新貌》，陈炳良编，台湾学生书局1980年版，第117页。

觉,但也正是现代性审美之维应有的景观。在现代小说的抒情叙事中,废名有开创之功,特别是对于乡土抒情小说而言。在小说形式建构上,废名的小说代表了一种独特创造,白话小说走向现代小说不仅仅是语言体式的改变,还应是小说文体深层的变化,语体还只是一种文学体式的表层内涵,叙事体式、结构模式乃至文化态度的呈现其实都是文体的内蕴。废名的小说当然在语体上实现了转换,但更重要的是小说的成规被打破了,从故事走向抒情、从客观叙事走向主观的叙述(自指性的独语)。废名还体现了现代小说生长过程中源于传统文学神韵的中国文学的某种"内发性现代转型",除了西方文学的强大影响外,废名小说主要让人看到现代中国小说中复活了的传统文学意识与审美情趣,在实践意义上将新文学与传统文学相互关联起来。

在中国小说的现代叙事中,废名等人连同前述诗化小说的叙述者们所创造出来的独特文字也可以被称为一座重要的"桥"——在诗与小说、历史与人生、古典与现代之间的沟通者。诗化叙事的意义实际上也与现代小说最终实现其"拯救"初衷相关,只不过并非以梁启超式的"救世"模式,而是更多承接着王国维式的审美现代性。诗化小说虽然或多或少地将审美置于科学与伦理原则之上从而追求一种审美超越的艺术精神,但是作家们对生活世界的认知、伦理层面的关切以及对叙事艺术自身的表现并未真正断裂,这也就保证了其人生救赎意图的实现。诗化小说的作者毕竟并非艺术至上论者,他们并没有以所谓的"审美主义"作为叙事目标,没有失去生活认知、伦理解救与悲剧性美感价值之间的应有联系。我们正是在上述作家的小说所代表的一类诗化写作中,在小说文体的像与不像之间,在牧歌情调的纯与不纯之间,领受到一种自由的现代叙事,感知到一种复杂的现代情绪,体味着一种亲历"现代"转型的中国作家在历史主潮之外的生命体察,其间所有的生命关切正是一种并未失去历史意识的审美话语所应体现的功能——在历史的边缘省视社会人生,在人性的深处开掘神圣的善。在文学叙事中作家虽然难以完成统一伦理的建构,却能专注于历史演进中生命本身的一呼一吸、人性存在的美的形式。诗化叙事所具有的人生救赎意义也正从中焕发出来,在语言表现的解放中、在人生悲苦的理解与宽慰中,使现代国人的精神得以从内外困扰中部分地挣脱出来。

(原载《文史哲》2008年第6期)

从手稿到刊发稿：老舍《语言与生活》简说

  老舍作为中国现当代文学史上公认的语言大师，生前写过不少专门谈论文学语言的文章。仅从中华人民共和国成立后出版的几部老舍的理论随笔集来看，这一类谈话、发言、讲演和长短不一的论文就多达几十篇①。《语言与生活》就是其中颇为经典的一篇。这篇文章最初发表于《剧本》1963年第5期（1963年5月20日），后又收入文艺随笔集《出口成章》（1964年）。单从见诸刊物与文集中的《语言与生活》来看，这似乎是一篇专题论文，尽管带有老舍固有的随意幽默的话语风格，但内容集中、论述完备，看上去就是一篇文艺论文。不过，笔者日前在山东中国文学艺术博物馆见到一份老舍手稿原件，仔细阅读后发现，这份手稿正是老舍《语言与生活》的手写原件。手稿保存完好，具体内容与已经发表的两个版本不尽一致，从中可以见出有关老舍此文的史实背景、内容增删和编辑修订等诸多信息，这些有助于我们更准确地理解老舍写作此文的缘起和动机，也能还原文本原貌，见出某些不应忽略的差异。

  手稿与发表出来的《语言与生活》最大的内容出入是后者缺少手写原件中开头的三段文字，被删减的部分大约300余字，全文如下：

---

  ① 老舍的这一类文章大多见于《和工人同志们谈写作》（1954年）、《福星集》（1958年）、《小花朵集》（1963年）、《出口成章》（1964年）等文集中。

同志们：

我确信：听到周总理的报告，我们都得到了极大的鼓舞，都愿响应总理的号召，去作勇往直前、至死不移的文艺战线上的革命战士！我们感谢总理对我们的关怀，我们也决不辜负总理对我们的期望！在我们的小组里，大家一致表示，对总理的号召与要求，我们愿意全力以赴，彻底改造自己，决不满足于能作多少就只作多少！我自己虽然已年过花甲，也愿追随青年壮年朋友们之后，力争上游，去掉老气横秋，争取获得战斗的第二个青春！

周扬同志的报告也使我们心中都更开朗，眼睛都更明亮。他不但解答了我们所要问的问题，也使我们有了自强不息、战无不胜的决心与信心。

周扬同志的精辟而全面的报告中，也扼要地提到了文学语言问题。现在，我愿就此问题说几句话，请同志们指正。

从这三段被删减的文字来看，该文最初是老舍的一篇大会发言稿。《剧本》杂志发表该文的具体时间是 1963 年 5 月 20 日，查老舍 1963 年 4 月 16 日—27 日期间的日记[①]，老舍在这十余天中一直在参加中国文联三届全委扩大会议，其中，16 日参加文联主席团会议，19 日下午听周恩来总理做大会报告，22 日全天听周扬的大会报告，25 日大会发言。《语言与生活》实际上正是老舍的这次会议发言。手稿保留着当时大会发言的格式、语气和开头三段中老舍表露出的对两个大会报告的态度与回应。周恩来报告的题目是《要做一个革命的文艺工作者》，老舍在发言开头便提及周恩来的报告，并使用了周总理报告题目中的说法："去做勇往直前、至死不移的文艺战线上的革命战士！"老舍接着还谈及小组讨论的情况，按照前述老舍相关日记中的记载，除了 4 月 20 日下午老舍没有参加小组会之外，23 日上午、24 日下午的小组会老舍都参加了，并且在两次小组会的前后与间歇，两次记录自己"预备发言"[②]。作为当时的全国文联副主席、中国作协副主席、民间文艺研究会副主席[③]，老舍的发言也在相当程度上代表着当时参加会议的不少作家艺术家的声音。这次全国文联全委会

---

① 老舍：《老舍全集》（第 19 卷），人民文学出版社 2012 年版，第 183—185 页。
② 老舍：《老舍全集》（第 19 卷），人民文学出版社 2012 年版，第 184 页。
③ 郝长海、吴怀斌编：《老舍年谱》，黄山书社 1988 年版，第 163 页。

是在前一年著名的"广州会议"之后不久举行的，老舍作为那次会议的亲历者，对当时周恩来、陶铸、陈毅等人的报告自然印象深刻，当时会议上释放出的实事求是、促进创作的精神气息对文坛起到了积极正面的影响。老舍在广州会议上也有长篇发言，同样也是论述文学语言问题，后来也同样发表于《剧本》杂志①。时隔一年，老舍又一次在全国性文艺工作者大会上听到周总理的报告，更加增添了对这位早已熟悉的领导人的信赖感，所以在发言之初，老舍积极回应周总理提出的要求，表示："虽然已年过花甲，也愿追随青年壮年朋友们之后……争取获得战斗的第二个青春！"

手稿原文中被后来正式发表于《剧本》的文章所删减的第二、三段文字也颇值得关注。老舍在这两段发言中提到周扬的大会报告，特别说到周扬报告中讲到的文学语言问题。周扬当时的讲话持续了一整天，正如老舍所言，"精辟而全面"，但讨论语言问题的内容比较简略。老舍正是由此切入，在三天后的大会发言中专门讲述自己在文学语言上的意见，也可算是对周扬报告中未及详论的这一问题的积极回应。发表后的《语言与生活》除了全部删去手稿前两段之外，也对手稿第三段做了技术处理，只以"在这里，我简单地提点有关文学语言的意见"作为开头，稍稍保留了一点当时会议发言的语气。

手稿每一页均盖有《剧本》修订排版用章，显示这份手稿也是交由杂志编辑后进行编辑处理的排印稿。这些红色字体的编排意见除了常规的字体大小、版面样貌等内容外，还有几处修订值得关注。首先是文章标题，老舍发言手稿中并无标题，从手稿第一页页眉空白处可见到红色"生活与语言"题目，显然为编辑所加，而这个添加的题目与后来正式发表的文章题目"语言与生活"也有所不同。从老舍该文的缘起和实际内容来看，后一个题目显然更加符合老舍本意。其次，在诸多文字修订中，最富有意味的一处是老舍在论述第二个问题即"向人民学习"的过程中，谈到了语言的雅俗问题，老舍主张"用生活给语言加工，一定比用语言给语言加工更有好处"②，语言的雅俗与否，并无高低贵贱之分，而是决定于生活。就在这一节论述中，老舍举了拉三轮车这个例子，对照手稿与发表后的文章，这一处的用词并不一致，手稿第六页老舍原文

---

① 老舍的发言以《戏剧语言》为题发表于《剧本》1962年4月号。《人民日报》在发表当日（4月10日）也转载了老舍这篇文章。

② 老舍：《老舍全集》（第16卷），人民文学出版社2012年版，第606页。

中的用词是"三轮车夫",而在发表稿中,改成了"三轮车工人"。虽然这一修改并未见诸手稿页面,但从"三轮车夫"到"三轮车工人"的改动还是显示出编辑的现实敏感。老舍创作过像《骆驼祥子》这样非常经典的人力车夫题材的小说,作者对祥子一类人物当然始终充满同情与爱,即使在《语言与生活》手稿中沿用了"车夫"这个带有旧时代痕迹的称呼,读者也不会误解老舍对底层民众的基本态度。但是,"三轮车工人"这个新词显然又比"车夫"更具有20世纪五六十年代的时代气息和现实内涵,也更能体现老舍"向人民学习"中的"人民"一词的政治意义。所以说,这一语词的修订并不单纯地是一个词汇语法问题,而是一个体现政治褒贬和时代色彩的例证。实际上,老舍在手稿中,当行文涉及类似词语选用问题时,他已经做得十分谨慎与合理,比如,手稿第七页,老舍谈语言如何简练问题时,举了一些十分生动的生活实例,其中说到从前的饭店跑堂的如何活用语言,老舍使用的是"饭馆的服务员"这个富有时代新意的新称呼。为了与以往的称呼相区别,老舍还专门加括号说明"跑堂的"是一个"旧社会"的说法,新旧之别,作者显然了然于胸。与此类似的例子还有同页老舍直接用"商店售货员"这一称呼来指称"从前商店的"买卖人。老舍在文中还特意说到自己的举例"来自旧社会,思想性不强",这些行文细节让我们感觉到老舍写作时(也是发言中)某种自觉的政治意识,也能见出他在表达中想要自觉跟上时代、努力实践"人民性"的自我要求。在此背景下,前述"车夫"一例更让人颇为感慨,也许是老舍笔下一时疏忽,当然更是某种长期的生活认识与写作习惯的产物。今天看来,这些当然无伤大雅,但从手稿到发表出来的正式文章之间的这一词语修改,在《语言与生活》写作的时代还是颇为紧要的一个细节,其中也折射出特定历史阶段文化生态的一个小小侧面。

  老舍此文保持着其一贯的生动活泼的口语色彩,不发空论,善用实例。文章一开始便以齐白石的绘画艺术作为例子,说明有无对生活的热爱是能否提升语言技巧的关键。老舍引入的小插曲是"前几天,关山月与沈柔坚二友到我家来,看看我存着的几幅齐白石大师的作品"①。文中提及的这件事正发生在这次文联全委会召开前夕,查老舍同时段日记,就在大会开始的两天前,即4月

---

① 老舍:《老舍全集》(第16卷),人民文学出版社2012年版,第604页。

14日，老舍创作了两首七绝，分别题赠关山月、沈柔坚①，记下的也正是这次三人小聚、一同观画的随感。老舍所做两首绝句照录如下：

赠关山月
岭南岭北画中游，
翠柳轻风春色流。
画意诗情三万里，
桃花细雨过芦沟。

赠沈柔坚
柔如垂柳坚如竹，
柳伴桃花竹伴梅。
君到长安春似海，
卖花声里燕初来。

文联盛会前，老舍与好友再聚，喜不自胜。这种情绪也带到了正式开会之后，发言中一开始便提及此事，便是明证。当然，从文章本身而言，这一插入的小事也十分贴合文意，老舍正是带着这种真实的艺术感兴谈论语言与生活之间的关系，这种情绪甚至一直持续到文章末尾，老舍以"风流文采，江山万古多娇"结束发言，正体现了他对新中国文学艺术前景的殷殷期待。

---

① 老舍：《老舍全集》（第19卷），人民文学出版社2012年版，第182页。

《春城纪事》与"建国"前后的常任侠

时至今日，与20世纪相伴生的一代中国知识者大都已经走入了历史。细究这一代人的文化身份和精神姿态，人们很难用某种单一性来加以指认。如同现代中国所经历的漫长的转型一样，这一代文化人也始终夹缠在语义纷繁的种种"新""旧"之间。实际上，这种置身历史激变之中求取现实生存与精神发展的情形在20世纪可谓世界性的境遇。有的学者在论及本雅明时曾说，本雅明接受马克思主义的过程中时常遭遇阻挠和矛盾，这与他身上同时具有犹太神秘主义因素和马克思主义思想有关，前者是与生俱来的胎记，后者则是经过痛苦历练后的烙印，胎记和烙印都是抹杀不掉的①。常任侠身上同样兼具与生俱来的文人气和后来逐渐加深的历史烙印。

常任侠（1904－1996）是中国现代著名的文化人，他身兼多重角色，既是知名的古典艺术史学者，又是兼擅新旧文学创作的作家，同时还是民盟的重要成员，与中国现代文坛及思想文化界诸多著名人士交往颇多。常任侠也有丰富的跨国文化体验，20世纪30年代中期在日本留学，40年代后期在印度任教。在常任侠漫长的一生中，日记集《春城纪事》所涉及的1949年至1953年这几年显然只是短暂的一瞬，然而，其中所记录下的时代冲击、思想新变和情感困惑在其生活历程中却是巨大的，从中也正可见出一代知识分子身上被剧烈变动中的历史所打上的深深烙印。

---

① 吕正惠：《文学的后设思考》，正中书局1991年9月版，第46页。

"烙印"一词颇能传神地表达出常任侠与政治革命之间的关系。常任侠在20世纪40年代末选择回归祖国、参与新中国建设是主动的,他原本就既是一位学者,也是一个关心政治之人。当然,常任侠的这一政治选择在现实实践中也会遭遇各种困苦与矛盾,一个旧知识分子带着先天的个人印记试图融入新的现实秩序,不可能不在思想、情感和心理上产生复杂反应。在这个意义上,《春城纪事》正如编者沈宁先生所言,是常任侠"充满激情之内心世界与如火如荼之现实生活剧烈撞击后所带来的矛盾心态的真实记录"[①]。

说常任侠内心充满激情一点都不夸张,作者早年在自述中曾说自己年轻时"使酒好气,放诞不羁",后来充当教职为人师,又"诚恐一副道学面孔,自亦不善做得出也"。其实,即使在人到中年的《春城纪事》时期,常任侠的诗人性情也并无减少。这部日记中有大量的个人感情生活的记述,常任侠与原配夫人系奉母命成婚,并不相合,且长期异地而居,1953年日记中也记录了作者与原配离婚的经过。在这之前,作者的婚恋生活可谓经历丰富,但也十分坎坷,留日期间甚至还有一段跨国婚姻。在这部日记中同样记录了作者的几次恋爱经历,其中引人瞩目的是追求胡济邦未果和与旧日女友郁风的重逢。这两位女士均是各自领域中的知名人士,胡济邦更是风云人物。常任侠在日记中毫不讳言自己对胡济邦的钟情,且详细记录一次次见面、约会的甘苦经过,直至最终败下阵来。其间的文字非常生动,作者的一往情深、辗转反侧令人想起文学史上郁达夫追求王映霞的情形。作者参加了第一次文代会,会议期间也正是作者陷入苦恋之时,日记中有关文代会本身记述简略,而有关与胡济邦的交往过程则篇幅详尽。在这部日记的最后,即1953年年底,常任侠得以与原配协议离婚。可以说,作者是在婚恋生活上经历丰富、受伤颇多的一个人,常任侠生于1904年,在同时代的现代作家中,遭遇婚恋困苦的不在少数,但像常任侠这样主动追求理想爱情、且能一再付诸行动的人并不多,在这个意义上,常任侠也具有一种文人知识分子普遍匮乏的行动力。当然,爱情带给常任侠的伤害一点不亚于带给他的愉悦,他的日本女友后来失散,后来的一个蒙古女子又欺骗了他的感情,甚至使他陷入窘境。凡此种种,在日记中均有记录,特别是回

---

① 常任侠:《春城纪事》,秀威资讯科技股份有限公司2013年12月版,第753页。以下出自该书引文不再一一作注。

国后，中年常任侠的感情生活依然难以平静，婚姻有名无实，恋爱也曲曲折折，这种感情世界的冷热起伏，构成"建国"初常任侠生活境遇与精神心理的一个侧面。值得注意的是，个人生活的这种不稳定感与"建国"初身外现实世界的躁动、多变的时代氛围相互映照，共同形成一种特定的叙事语境。

  常任侠早年即追求进步，抗战时更是投身政治实践，战后去印度任教后，同样积极参与民主进步事业，所以，常任侠回到祖国实际上还是怀有一定的政治抱负的。1951年作者在革大学习结束之际所写的思想总结中说："我从印度初回国的时候，自以为做过民主活动，受过迫害，写过许多亲苏反美的论文，因此背上一个进步的包袱。"作者的这种自我批评其实正道出了实情。看到昔日的同事友朋纷纷走上高位，又看到旧时的敌人居然也在民主人士的队伍里与自己平起平坐，常任侠不能不有一种政治上的失落感。从政未果，学问便成了一个平衡器。日记中有大量的关于购书、文物收藏和艺术史研究的记述，即使在个人经济拮据、入不敷出的情形下，常任侠仍然尽其所能，念念不忘其心仪的古籍文物。日记中屡次提及"贫不能医"、步行以省车费等，但偶有稿费外快，往往即赴书店古董铺，"写文章得稿费，到手即花尽，非常愉快"。常任侠归国后主要在学院教书，后专做图书馆主任，政治关切主要通过民盟活动体现，当然，随后的知识分子改造运动也从另一个维度勾连起作者与政治的关系。在这种情形下，作者的购书癖、文物癖所承担的意义就不仅仅是个人兴趣与专业研究的满足，也是一种精神生存的需要与支撑。这一点也颇像作者彼时活跃的恋爱经历，都是政治维度之外的精神意志得以伸展的别样渠道或某种心理代偿。与此相关，日记中有频繁的舞会娱乐记述，这些活动一方面符合"建国"初高层文化人的某种生活实际，另一方面，更呈现出常任侠保留个人趣味、释放现实郁结的一个特定空间。作者常去跳舞的场所主要是两个，北京市政协的文化俱乐部和中央美院，在严正的政治生活和不尽如人意的现实际遇之外，这些场所提供了回到感性自我的契机，虽然其间同样具有时代政治的色彩，但的确具有某种象征意义。1952年元旦前夜，结束了革大改造学习的常任侠先是在文化俱乐部参加晚会，接着又去美院跳舞，"与诸女轮番狂舞，至一点四十分。四十九年，在跳舞中终了，明日又五十矣"。这一段记述显得感慨深长。

  《春城纪事》作为时代转折中的一部文献，当然会留下诸多有关社会变迁、政治新潮的记录，日记体又特别能展示历史的细节与生动的现场感。作者见证了"土改"、"镇反"、抗美援朝、总路线等重大历史关节，也亲历了知识分子改造、知识界新的分化组合等事件，中间还伴有开国大典、新政协、文代会等重大事项，这些在日记中都有鲜活的记述。常任侠与知识界交游颇广，许多上层文化人物甚至政治人物或者是其旧友，或者是其学生，作者自己虽未被重用，但毕竟也身处上游文化界，所以，日记中出现大量时事类内容不足为奇。值得关注的是，日记中有许多政治大事与作者的个人生活有深刻交集，这些影响着作者实际生活的时事才是更有意味的。以"土改"为例，常任侠跟当时的许多文化人一样，也被派往农村参加了一些实际的"土改"工作，但这些体验远不如发生在他的故乡安徽颍上县的"土改"更加令作者有切肤之感。常任侠老家尚有老母和家人，而在当地粗暴的"土改"工作中，他的家人屡遭冲击，受到不公正的对待甚至人身危害，常任侠不得不屡屡求助于昔日的旧识乃至学生，恳请这些官员能过问一二。但据日记中所记，作者的这番努力收效并不明显，常任侠为此苦痛不已。此外，作者的亲友在"镇反"中也受到牵连。至于作者自己，其实同样身处新时代的政治熔炉之中，1951年的革大思想改造学习生活历时10个月，其间不仅有政治学习，也有实际的体力劳动。作者多次记述了搬砖劳动，并记下了自己在筑路劳动中手指受伤180天的经历。革大学习期间也正是"镇反"时期，经常有身边的学员被逮捕，彼时的气氛可以想见。常任侠原本属于具有历史大局观的知识分子，有方向感，认同革命，渴望民主新社会。尽管如此，在真正步入新时代后，作者意识到自己还需要一番脱胎换骨的改造才能实现自己的政治誓言。可以说，常任侠代表的这一类文化人经过"建国"初的思想改造运动，尽管伴随着灼痛，但精神上确实留下了不可磨灭的新的烙印。

如果说上面说到的作者所具有的历史方向感体现出常任侠某种现代知识分子的一面，那么，好议时政、有入世情怀则更多体现出作者身上保留的传统文人的习性。《春城纪事》所覆盖的1949年至1953年毕竟还不是后来"反右""文革"的年代，作者日记中大量的政治议论正可看出这一点。1949年春作者随民主人士东北参观团在东北多地参观，日记中记述丰富，其中表达了不少作者自己的看法。比如参观团所到之处，往往由政府要员设宴款待，作者记述了许多此类奢侈的宴会场景，包括哈尔滨群众欢迎参加和平大会代表归国的铺张仪式也记录其中，字里行间流露出作者的批评之意。对开国大典、国庆游行等，作者同样批评所费钱财过多。作者对当时东北甚至北京文化市场的凋敝也颇有微词，日记中记录了北京通古斋因无生意，改售油盐肥皂，哈尔滨糖果市场上包糖纸竟为木板宋书书页，等等。某些更为严肃的政治话题，比如政协选举、中央政府人员构成、文代会代表推选等，作者在记述之余，往往也直抒己见。从日记得知，常任侠归国进京之日是在1949年3月25日，恰与朱德、毛泽东同日进入北平，日记中也专门记下这一笔，虽为巧合，但也可以看出作者的某种历史亲历者所特有的历史使命感。作者也曾积极响应撰写国歌歌词，后来又为志愿军书写歌词，这些也正是作者对新中国自觉认同的体现。正是源于这种历史责任感，日记中才会有那些直言不讳的时事批评甚至不平之意。

常任侠是一位兼擅新旧文体创作的诗人，《春城纪事》所流露的文学趣味或曲折笔致也所在多多。日记中写了不少作者的梦境，其中除了归国前在印度梦见蒋介石投降、陈纳德死亡之类颇具政治色彩的梦之外，更多的还是回国后有关文化人的现实境遇以及自己对女性的率真冲动的梦境。有的记梦文字像是谶语，比如1950年3月15日，"夜梦见老舍死，甚奇"；有的富有黑色幽默色彩，比如1951年10月10日，作者尚在革大经历紧张的思想改造，日间读《聂鲁达诗文集》，夜间"梦见聂鲁达被人事部送来革大学习，念他的诗，交待他的历史"；至于梦中与钟情的女子相见的场景也记下不少。除了记梦，某些写实白描笔墨也颇具情味，比如1949年7月1日建党庆祝大会在先农坛运动场举行，作者记当时情景："适遇大雨，浑身淋漓皆湿。毛泽东同志及郭沫若、沈钧儒等十时始来，梅兰芳坐雨中，初犹硬撑，旋走。"常任侠"毕生以诗纪事抒怀"，日记中录有不少旧体诗作。《春城纪事》书名便由编者取自常任侠的一首旧诗绝句《春城》："春城寒尽小梅开，斜日东风细雨来。西苑垂柳丝万缕，和烟和雾隐楼台。"正如编者所言，此诗意境深远，颇合日记集所记内容。唐弢先生曾说，鲁迅的旧诗书写了作者不便明言的一时之积悃[①]，《春城纪事》之于常任侠，也可谓一段或隐或显的内心衷曲。

（原载《读书》2017年第10期）

[①] 唐弢：《关于旧体诗——〈鲁迅诗歌散论〉序》，《诗刊》1983年第9期。

让沉默者发声
——《中国的一日》与工人的解放叙事

在五四以后的新文学中,工人一直是一个被表述的对象。在新文学论域中,我们对20世纪30年代中国工厂、中国工人的认识大都来自这种文学的叙事与建构。其中,左翼作家的工人题材叙事又是一个突出的代表。左翼作家的叙事意图在于唤醒工人的政治意识、走向现实解放,从而参与到新民主主义革命的历史进程之中。但作为一个被代言的群体,工人少有自己发声的言说机会,因此,让沉默者发声,自己讲述自己,这将带来两种意义:一是在作家虚构与想象之外,呈现另一种工人的自我形象建构,二者既有重合也有差异,从而丰富或矫正习见的工人叙事的内涵;二是工人的自我言说也正是获得自我意识的开始,从"解放"意图上来说,从被代言到主动发声,本身也正是寻求彻底解放的重要一环,社会历史实践层面的觉醒与革命固然重要,语言与精神层面的主体性的确立,何尝不是"解放"的题中应有之义?作为一个被压迫的阶层,工人需要颠覆的不仅是现实秩序,也有无形的语言秩序。沉默者的声音不再被压抑,这种声响也与既有的文学书写秩序构成了某种对话关系。

曾有论者认为鲁迅乡土小说多停留在乡土世界的外景如打谷场、庭院等公开场所,最多写到门槛,但较少乡土生活的内景,这与鲁迅对实际的乡土并不熟悉有关[①]。借用这一视角,我们可以发现新文学中的工人运动叙事在某种意

---

① 范家进:《农民启蒙的政治遭遇和形式探寻》,《中国现代文学研究丛刊》2006年第4期。

义上也存在内景不足的问题，也就是工厂内部、工人自身、工长、会计乃至管理者、经营者等等，这些工厂内在的人与事较少得到表现，尤其是普通人事，往往是作为工运叙事的背景被处理的，或者被作家基于想象而加以代言，总之是模糊的、表面的、单一的，基本服从于政治动员的需要。实际上，无论是工厂各层人员的面目还是工厂的生存实相都是复杂多样的，有许多溢出既有叙事的面向。当然，习见的工运叙事也不乏较为信实的一面，尤其是其宏观的政治视野和历史方向感，当然都是不错的。发掘那些富有差异的别样叙事，也不是为了否定或规避既有的工运文学，毋宁说，是为了在一定程度上还原并丰富彼时的生存样态，为习见的工运叙事提供更多的血肉、参照和补充，也能从一个侧面见出工运叙事所处理的历史对象的复杂性。

选择《中国的一日》①作为考察 20 世纪 30 年代中国工厂叙事的个案，首先是因为这部文集的征文属性，《中国的一日》在文学史上被视为报告文学的一种，从它本身的作品样貌来看，这种归类是大体准确的。至少可以说，文集中的作品大都具有强烈的纪实性，虽然征文作者中偶见我们熟悉的文学史人物如陈独秀、包天笑等，但绝大部分作者都是普通人，他们提供的叙事都是基于实际的个人经验而非文学虚构，涉及工厂题材的，均为工厂中人所写，至少与工厂直接相关。而从此类题材所占文集全部征文的比例来看，工人投稿人员占征文作者的 1.7%，除了专门从事文字工作的作者之外，在所有投稿者分类中处于第四位。其次，选择这个个案也是因为这次征文虽有左翼背景，但并非自觉的左翼视角，或者说，编者有自觉的左翼视角，而投稿人却不一定具备这种自觉。他们只是通过写作提供了中国社会"人生的一角"，就工厂题材的征文而言，这些文本未经过某种作家式的取舍，提供了 20 世纪 30 年代较为真实多样的工厂生活的面貌。

工人形象的自我书写与叙事新意

20 世纪 30 年代中国工人的实际面貌如何？这当然是一个十分复杂的问

---

① 《中国的一日》是由邹韬奋发起、茅盾主编的大型报告文学集，生活书店 1936 年初版，本文所引该书具体征文的材料皆出自 2012 年三联书店新版，不再一一作注。

题。《中国的一日》提供的自然也只是某些侧面。值得注意的是，在征文作者笔下，工人形象有一些以往不被留意的因素。上海作者钟惠的《我是排字学徒》讲述了自己一天的工作和业余生活，文章一开头便有两个细节，一个是自己"早上起来，总是把桌上散乱的书籍，略微整理一下"，另一个是"挟了一份 *Womndi Shgie*（一份拉丁化新文字的报纸，意为"我们的世界"）上工去了"。这是一个常常读书、关心拉丁化新文字运动①的青年人，显然，作者是一个有一定文化知识的工人，他所关心的拉丁化新文字运动是一场文字运动，同时，也具有群众运动的属性，但又不同于工人运动这种政治意义上的群众运动。这场运动起初有苏联背景，也经过了中共人士的推动和促进，同时也是社会各界知名人士包括新文学作家联手推广的文化运动，为工人扫盲、让工人识字是运动的一大初衷。可以说，这场运动对于工人的意义与价值并不亚于实际政治斗争的启蒙与发动。这篇文章的作者参加了面向下层职员的"蚂蚁社"，文中记述了他当晚的工余活动便是去"南京路大陆商场四楼"的蚂蚁社参加聚会，商议推广新文字的具体事宜。作者还是基督教青年会的一名新成员，作者刚入会不久，文中讲到他做完一天繁重机械的工作之后，马上赶往四川路青年会，"心里觉着无限的兴奋"。无论是参与新文字运动，还是加入青年会，都是这位年轻工人克服日常劳作带来的身心压抑的有效途径，考虑到这两个组织的社会关怀，我们也不难看出，这位叫"钟惠"的工人实际上也已经自觉不自觉地投身于改造自我、改良社会的历史实践当中，这种价值也已经超出了简单地释放个人压力的狭隘意义空间。"七点钟出了青年会，一步一步走到南京路大陆商场四楼，到蚁社里会了二个朋友，是为了要推行新文字，商讨时间及其他，谈到了九点半，出了蚁社就到黄浦滩路，乘电车回家。"这正是作者脱离了日常沉闷机械且饱受压抑的做工生活之后的状态与场景，相较之下，左翼工运叙事大多以"革命组织"号召工人，而上述此类社会组织并不强调现实的政治斗争，而是从精神文化和具体的教育、互助、伦理等层面作用于大众，对于像作者这样的工人而言，后者也同样给予他安顿自我、改变境遇的期待。

《中国的一日》的编辑缘起虽然具有直接的左翼文学背景，编者的政治取向也会使他们对征文来源有取舍与偏重，但同样地，这部文集的编辑初衷也充

---

① 参见曹伯韩：《论新语文运动》，东方书店1952年版。

分考虑到了要发动一次覆盖全国各阶层的"脑力的总动员"的意愿,正如茅盾在《关于编辑的经过》中所言:"对于这样伟大的'脑力总动员'的整理、编次和采录,我们敢不审慎,敢不周详?"①"例如上海之部我们收了写纱厂生活的两篇,一为职员所做,一为工人所做。(要是有纱厂老板也来一篇,我们觉得更好;我们最初'发动投稿'时本来是这样计划着的,不幸效果等于零。)"②实际上,效果还是有的,比如有不少来稿的作者都是"工长"这样一个身份,可以说,这是一个左翼叙事中较为负面的角色,虽然不乏出场乃至发声的机会,但又往往被简化甚至丑化为"工头"形象。《中国的一日》提供了一个不同的语境和发声可能,我们也的确在这一类征文中听到了不同以往的声音。茅盾在编辑说明中提及的上海纱厂的一篇来自职员的征文(黄微波《纱厂的一日》)就写得相当精彩,这位工长早上五点钟就要起床赶奔工厂,早饭几乎吃不上:"虽薄薄一碗,要仗了它支持到正午哩!"作为工长的作者,工作时长并不比车间里的工人少,在生产车间也要忍受环境之苦:"头上,身上,都沾满了花衣,鼻孔里为微小纤维塞住,痒得很难过。身上只穿着两件单衫,可是已经在热潮潮地淌着汗了。"这样的工长形象已经在一定程度上打破了既有叙事中习见的作为工人血汗劳作对立面的文学形象,值得注意的是,作者在文中面对工人的叙事姿态是同情的也是亲和的,在录用新人一节,作者"立在旁边默默地望着,……面黄肌瘦的她们,为了饥饿与寒冻,当然谁也怕失掉这个难如上天的吃饭机会的"。实际上,作者也在为自己的工作机会担忧:"翻开《新闻报》的经济栏一瞧,标纱的市面,可又下落了。……我国纺织工业的前途的可虑,使每一个从业者,无时不在提心吊胆地感着不安和烦恼。"这里,作者写出了纱厂内部不同阶层之间共情的可能性,也正是一定程度上的休戚与共,使他们能够如作者所写,在工余时间参与共同的娱乐活动:"记得上个月,在上海的三场球赛,本厂同仁竟去了三汽车之多。"可以说,无论是纱厂内景的呈现,还是对20世纪30年代上海工人多侧面生活样貌的描述,以及对"工长"形象的新的塑造,都很好地实现了编者所期待的让"大多数向不写稿的"普通人发出声响、完成自我书写的良好效应。

---

① 茅盾:《关于编辑的经过》,《中国的一日》(第一卷),三联书店2012年版,第7页。
② 茅盾:《关于编辑的经过》,《中国的一日》(第一卷),三联书店2012年版,第9页。

让早已被茅盾《子夜》定格化的"屠维岳们"重新发声，一方面带来前述叙事新意，另一方面也从一个别样的视角传达出征文作者与左翼的工人叙事相重合的某些主题，比如20世纪30年代时政影响下的民族工业的命运、工人在不平等境遇下的抗争可能，由于这些左翼叙事中的常见主题是由新的叙事角色所承担的，所以这种意蕴的重合又并非叙事重复，而同样具备了新的意味。无锡一家纺织厂的"领班"参与了征文，他的《生活剪影和一些感想》写得十分深入，可以见出这位作者对现实的敏感和一定的社会意识。"这七八年间，社会只在开着倒车，一点没有新的气象。""我很不满现实。因生活的逼迫，做了资本家的下级干部，然而很怀念工人们的苦痛……我很想设法改善工人的生活，可是，目前的环境还不容许，倘使一有实际的行动，那么，我的饭碗先要粉碎，生活失了保障，就要感受失业的痛苦。"作者不乏同情之心和改变现实的意愿，但又格外清醒，除了自我顾念之外，也为工人的出路做出了思考："在工人的智识水准未到水平还不能自觉之前的时候，更谈不到有自己的能力组织起来，这时倘干组织工作，又没有切实的保障，徒然的牺牲罢了！"在这位"工长"式的人物身上，我们不仅看到了基于人道主义的同情，还见出了基于现实思考的社会认知，可以说已经较为接近左翼文学所想象的进步工人思想发展的某种可能性，虽然并未达到应有的政治认知，但也绝非对立者。相较之下，左翼作家想象中的"革命"可能性却往往距离这一类角色较为辽远，这既是新文学作家想象力的问题，更是对于工人群落各阶层人物凝滞化的认识惯性所造成的结果，换句话说，身为工厂中人的征文作者富于实际感受和现实经验，比较容易避免作家们基于政治理念和虚构想象所带来的现实认知的局限，从而为此类叙事添加了不同的内涵。当然，并非所有的征文作者都表达出这样较为深入的思考，但往往也会提供有关工厂内景的叙事，与素材相近的新文学作家笔下的工人形象相互映照，而且更加富有血肉感。《在香烟制造厂里》出自一位工厂会计之手，文中诸多的烟厂女工很容易让人联想到郁达夫《春风沉醉的晚上》中陈二妹的形象，不同的是：陈二妹活动在劳动空间之外的日常世界，与知识者"我"的交集在工厂大门之外；而征文作者笔下的女工们存身于生产车间，她们的衣着仪态、行为心理全部在劳作现场被作者呈现出来，同样作为知识者的"会计"作者与同样身为烟厂女工的叙事对象展开的自然是另一番"看与被看"的对视与交流。在这种近身的实地观察下，作者描绘出的女工形象既有读者习见的新文学作家笔下那种生存苦闷,也有较少得到表现的20世纪30年代居于时代生活潮流中的女工样貌:"一双一双的,零零星星的女工们,吱吱喳喳地跑进工厂来,有的打扮得很好看,有的却睁着那疲倦和饥饿的眼睛,没有一点儿劲似的走着。在那广大的工作场里,他们有的张着微笑的嘴巴,在吃着一碗冷面,有的剥着香瓜子,等候着工作。"因此,同样是表达知识者与对方的共情,郁达夫更多是从自我出发,体验对方带给自己的情感净化与温情,征文作者却能充分贴近对方的具体情境,在细节与实景中观察和表现对象。与此类似的是,茅盾《春蚕》式的城乡经济叙事是基于作家间接的信息搜罗和有距离的观察,而征文中一篇出自经纶茧厂视角的作品却能提供当时桑蚕业国内外实际情形更为内在的场景,这位作者虽然真心同情蚕农,但也提供了一个知情者对茧价下跌的思考:"耐心等着吧!这样的希望总会来的,现在丝茧价格的低落,完全是因为我们的出品太坏,以致外国不愿向我们买。只要我们能够把育蚕改良,使出品优良起来,海外能够畅销了,价格也就会跟着好起来的。"当然,与茅盾的同类叙事相比,这位征文作者缺少一个必要的社会阶级分析视角,但置身行业之内的叙述者提供了某种同样真实的观察,这也从另一层面丰富了既有的同类题材的文学叙事。

阶级镜像/民族意识:工人群体的另一种正向价值

"阶级意识"是以往左翼工运叙事的另一个重要指向,通过唤醒工人的阶级认同,可以有效地动员他们亲近革命、参与现实斗争的具体实践。"普罗列塔利亚小说是普罗列塔利亚文学里面的一部分,和普罗列塔利亚的任何艺术一样,它的特性是唯物的,集团的,战斗的,大众的。其次,它是观念形态的艺术,在普罗列塔利亚的解放运动中,它有了很重大的战斗和教养的作用。"[①]这是一段无产阶级文学的典型宣言,其中不断重复的"普罗"的阶级意识和战斗性是对左翼叙事的主要规约。《中国的一日》中的征文作者在表达自我认识与现实观察时,既有与此相类似的题旨,也有不相重合的一面。从相近的侧面

---

① 洪灵菲:《普罗列塔利亚小说论》,收入《二十世纪中国小说理论资料》(第三卷),吴福辉编,北京大学出版社1997年版,第102页。

来看，征文作者表达了工人劳作之苦、生存之艰，这些叙事内容当然并非源自进步观念的引领，也无须想象和虚构，而是他们直观的、切身的现实感受，有的篇目就直接命名为《一个纱厂工人的话》《一个绸厂工人的日记》。亲历者笔下的"牛马奴隶化"的日常实相充满了细节，比如纱厂"六进六出"的工作时间，即"日班早上六点进厂，下午六点出厂；夜班呢，下午六点进厂，次早六点出厂"。两夫妻同在厂子里做工，因为交叉轮班，虽然同居一室、同睡一床，却竟如相隔千里难会面。在作者看来，这还并不是最坏的遭遇，因为"六进六出"制很快就被打破了，"工作时间已从十三、十四，一直加到十六小时"。极限式的高强度工作却并不能换取应得的报酬，不少征文作品中写到工钱不能如期发放，或者只发一半，余下的一半转为实物，工人被强迫买下自产产品，这正是当时不少纱厂、绸厂采取的"转账券"。可以说，置身产业第一线的劳动者所记录的实际生活不仅产生了并不亚于作家的虚构文本所具有的感染力和冲击力，而且血肉丰满，格外真实。比如写到工厂关门、表达失业感受这一类遭遇，作者们普遍更着意传达失业者强烈的求生渴望而非反抗意愿，《今天的日记》中的汉口工人、《在煤栈》中的运输工，他们在失业重压下，更多发出的是希望有工做、有生计的生存呼求。比起左翼工运文学期待建构的阶级意识，这些工人作者笔下更为凸显的则是现实的生存意识。正因如此，诸多来稿中才会出现那些虽然苦于职业性肺病但又甘愿留在纺织厂内，甚至恳请亲属替补的女工们。"不是呐喊，而是呻吟。"这是一位征文作者对此做出的精准的概括，这位作者虽然也是一家小企业的工人，但属于技术工，尚有饭碗保障，也能运用自己的知识和观察思考自己周围的工友的境遇，文中写到一个富有意味的场景，即当时上海正在放映的卓别林的新片《摩登时代》，作者懂得卓别林影片对机械工业时代工人处境的同情，所以用了"不是呐喊，而是呻吟"来表达切身感与深深的认同。"夜饭后被朋友拉上金城戏院看卓别林新片《摩登时代》，它的演出仍保持着卓氏往日一贯的冷嘲热讽的作风，而以更新的姿态最明显的意识加强了深刻的含义。它讽刺着资本主义下的所谓合理化，也就是暴露了资本主义在没落趋势中用更苛刻的剥削方法，对待劳动者，以保持自身的利润。工厂管理是合理化了，工人却劳作过度喘不过气来，以致神经错乱；闹了许多粗看令人笑，继想使人哭的笑话来。"不难读出，这位技术工人具备一定的文化素质和思考能力，尤其能通过感同身受的现实经验体会电影艺术中的批判与同情，作品传达出的某种阶级意识是直观朴素的，但也是十分准确的。可以说，《中国的一日》中的苦难叙事一方面符合工运文学所要揭示的工人们的阶级处境，另一方面，其叙事侧重又充分贴近工人的生存实际，虽无更高的政治所指，但也不乏卓别林式的无奈与苦涩，其叙事效应并不逊色。

洪灵菲所呼唤的那种自觉的阶级意识的缺席对于《中国的一日》中的工人叙事而言其实是可以让人理解的，因为此类征文毕竟大多是一种朴素的普通人的写作。相比之下，征文所透出的民族意识反倒更为明显一些。有些作者写到了劳资冲突，比如双方围绕延长工作时间所发生的矛盾，这些内容原本并不鲜见，较为特别的是，劳资矛盾的缓和与化解，或者说工人们最终的让步，除了前述生存压力带来的无奈选择之外，还有一个双方皆能认同的价值标准，那就是民族工业如何抵挡洋人企业的强大冲击。华商纱厂与日商纱厂的竞争愈演愈烈，后者凭借强大的资本力量和市场优势不断挤压中国企业，这才有了原本起来抗议资方的工人们放弃斗争、接受新的工时制度的局面。"你们不是痛恨日本人吗？不是要反日爱国吗？日本人正要打到华纱使你们没有工做呢！现在你们帮助厂方减低出品成本，就是表示我们中国劳资合作的精神，也就是抵日货救中国的爱国行动！"虽然厂长的慷慨陈词并未让全体工人信服，但也让工人们失去了某种正义感，最终的结果便是冲突的缓和。在这里，资本的逐利本性与民族意识的征用相互交织，作用于阶级意识尚在懵懵发育之际的工人身上，产生了颇有意味的叙事效果。

如果说这种被征用的爱国旗号带有或隐或显的资本逐利动机的话，那么，在另一部分征文作者那里，"民族意识""民族企业"却并非一个幌子，而是切切实实的关切所在。当然，这一类征文作者往往不是最底层的蓝领，而是具有一定知识的技术工人或具有稍高地位的"工长"一类人物。他们在叙事中较少流露对阶级处境的关心，而是表达对民族工业境遇的体会与观察。在一位无锡作者所写的《丝厂工作的一日》中，同样是丝织行业，同样面临日本生丝的竞争压力，甚至同样是日夜加班的工时模式，可在作者笔下，工厂内的氛围、气象和工人们的精神面貌截然不同。作者正面讲述车间里的劳动激励机制，让读者看到的是一个管理得当、人人奋发的工作场景："同事及工人都是血气方刚的年青少年，加以去年分拆着红利的余热，使我们的工作格外起劲。"作者笔下的工人们既有劳动的疲惫，也有愉悦与兴奋，可以说，这是20世纪30年代工人题材叙事中难得一见的气象明朗的工厂场景,细读之下,这种颇有生气和主人翁感的叙事基调其实源于作者表达出的一种知耻而后勇、迎头赶上的自觉的民族意识:"太阳的曙光从紧闭的玻璃中透进来,我们的精神也跟着兴奋起来,在一个狭长的缫丝工场里,布置着取法于日本的多绪缫的缫丝车,每人多很注意地工作。近来也正是我们工作的非常时期,差不多每天海外总有些不满意本厂生丝的品质而赞美日本生丝的来信。本来在现在经济情况的中国,一提起我们所做的职业,便觉担负很重,当我们每跑过一部缫丝车,看见几粒茧子合并成一根丝条,无尽止地卷上小签,我们便觉得像在每一条坚韧而洁白的生丝上,系着一个危坠的中国。"这个"危坠的中国"的意象相当精彩,表明作者对当时的国家情势与民族工业处境的认知,也正是他们"尽力干着"的更深动力。如果说,阶级意识的觉醒将会带来工人对现实秩序的抵抗,那么,民族意识的认同带来的则是正向的建设意愿,同时也会带给工人更为重要的主人翁意识和使命感,后者同样可以被理解为工人群体获得历史自主性与现实能动性的一个表征。浙江作者王丕承是一名实习工人,他的《在铁路机厂》呈现出的也是这样一种积极的叙事基调,在这家钱塘边上的浙赣铁路总机厂内,一天的劳作繁忙而有序,作者写到了进口的英国新式车床,写到同事所发明的最新的动力电池,写到大修中的火车头、模型间、白铁间、汽车间,一直到材料仓库,每一个人都在紧张投入地工作着。值得注意的是,工业题材原本就是新文学作家的创作短板,这篇征文来自铁路机厂的年轻工人作者,可谓新文学作家笔下少有的有关20世纪30年代中国重工业生产场景的记录,作者当然缺乏透视现实秩序的自觉意识,但笔下流淌的职业精神、劳动热情和不无自豪的产业工人的身份意识,也是值得我们认真考量的,可以说,在产业经济层面走在时代前列的这样的青年工人,已经具备了领受先进政治理念、进一步投身社会改造洪流的物质基础。这也是此类正面叙写20世纪30年代中国工厂、工人生活的作品的历史价值之所在。

此类题材的征文中有一篇较为特殊,即作家包天笑的《参观新生橡皮膏厂》。包天笑在文学史上一般被定义为旧派小说家,实际上,包天笑身份多重,不乏新学眼光,也有相当丰富的现代职场经验,尤其是贯穿其一生的民族意识对其创作影响甚多。相比新文学作家尤其是左翼作家处理工人题材时大多抱有的阶级意识,包天笑更偏于以其一贯持有的民族立场看待新生的民族工业的发展。这一篇征文从作者身份而言,当然不像其他作者那样是工厂中人,但实际上又十分贴近,因为包天笑写的不是他人,而是自己的儿子开办的工厂,所以也大致可被视为相近的叙事视角。包天笑选取了几个颇具意味的细节来表达对儿子这家新厂的观感,其一是厂址所在的虹桥路:"那条路又是什么越界筑路的玩意儿。近虹桥那边,说是公共租界,法租界,和华界接壤的地方,公用事业,常常闹不清楚。"字里行间流露着作者对华洋之界的讽喻之意,这也为全篇的叙事立场确立了颇具民族意识色彩的基调。细节之二是儿子发奋开发的新产品即医用橡皮膏:"医药上的辅助物品,像纱布、药水、棉花等物,已经有了国货了,唯有这橡皮膏,还是用的外国货。"作者在这里实际上将华洋之界转换成国货与洋货之间的竞争,由此出发,文中对儿子白手起家、不计得失、自力更生的创业艰辛做出了细致的描绘。包天笑对这个小儿子的志向颇为嘉许,细节之三正是为表现这种赞赏,写到自己的大儿子劝说弟弟,何不生产橡皮绝缘带,同样材料,却更加容易,也更易获利,结果没有劝说成功。"青年们也有他们的勇气。……他们说:'不信东方人的脑筋,就不及西方人咧。'"身为知名作家的包天笑主动加入面向普通人的《中国的一日》的征文活动当中,其写作动力显然与这一独特的素材有关,更与其反复表达的民族意识相连,将该篇置于同类征文系列之中,我们很容易感受到包天笑的叙事更加凸显了"中国的"一日这一侧面。由于包天笑与鸳蝴派等旧式小说的渊源,他反而比新文学作家更容易脱开现实政治伦理的框范,较为正面地处理这样一种题材与人物。

整体来看,《中国的一日》中的工人题材叙事在一定程度上勾画出了20世纪30年代中国产业经济发展的若干实景图,这部浩大的征文作品集虽然在时间意义上仅仅聚焦于普通的一日,但其空间叙事的覆盖力极强,从东部沿海地区到中原地带乃至西北、西南各地,可以说均得到不同程度的表现。就本文所集中论述的工人题材征文来看,彼时中国工业经济最为发达的上海、江浙、湖北,可谓此类题材作品来源的主要地区,而相对滞后的内陆省份,也有不少分散的同类征文。新文学史上原本鲜见的工人题材创作往往将视线集中于上海这样的都市,相较之下,《中国的一日》虽然大多只是普通人的作品,但已经走出了既有的空间拘囿,天然地拥有了一种地方视野。更为重要的是,这部征文集不仅呼应着我们所熟悉的左翼叙事的声响,而且呈现出值得审视的差异性。

正是通过诸多差异，我们才会见到城市文化情境中的产业工人的日常样貌、工厂内景中的各类各层工人形象的丰富细节与精神心理，也才能留意到与阶级意识相互激荡的真实的生存欲求与普遍的民族情怀。总之，《中国的一日》这种源于个人性的直接经验的工人叙事虽然缺乏政治意识的足够自觉，但又暗合乃至丰富了左翼文学基于政治动员与文学想象的工运叙事，也在自觉不自觉间克服了后者的浅表化与简单浮泛，最终让人听到了嘈杂却又真实的被讲述者自己的声音。鲁迅在《俄文译本〈阿Q正传〉序》中曾谈到作为代言者的言说困境："我虽然已经试做，但终于还不能很有把握，我是否真能够写出一个现代的我们国人的魂灵来。别人我不得而知，在我自己，总仿佛觉得我们人人之间各有一道高墙，将各个分离，使大家的心无从相印。"[1] 这种代言者的犹疑在后起的某些缺乏自省意识的革命文学作家那里反而变得稀少了。鲁迅还曾在另一篇演讲《无声的中国》中说过："青年们先可以将中国变成一个有声的中国。大胆地说话，勇敢地进行，忘掉了一切利害，推开了古人，将自己的真心的话发表出来。……只有真的声音，才能感动中国的人和世界的人；必须有了真的声音，才能和世界的人同在世界上生活。"[2] 鲁迅的这两处言说在语境上虽然不同于本文论及的问题，但也切中了作为大众代言者的新文学作家的隐忧，也在试图唤醒大众走出既定的语言秩序，"讲自己的真心的话"。《中国的一日》中的工人叙事也许尚未具备鲁迅所期待的文化自觉，但在实践意义上毕竟完成了一种新的书写，以往沉默的大多数终于发出自己的声音，这不能不说是一次富有意义的"解放叙事"。

---

[1] 鲁迅：《俄文译本〈阿Q正传〉序》，收于《鲁迅全集》（第7卷），鲁迅著，人民文学出版社2005年版，第83页。

[2] 鲁迅：《无声的中国》，收于《鲁迅全集》（第4卷），鲁迅著，人民文学出版社2005年版，第15页。